KB155378

일곱가지이야기

옮긴이 박정임

경희대학교 철학과를 졸업했다. 일본 지바 대학에서 일본 근대문학 석사 과정을 마치고 출판 기획과 번역을 하고 있다. 옮긴 책으로 『방랑의 미식가』, 마스다 미리의 '수짱 시리즈'를 비롯하여 다니구치 지로의 『고독한 미식가』, 『산책』, 요코야마 히데오의 『클라이머즈 하이』, 기타모리 고의 『꽃 아래 봄에 죽기를』, 온다 리쿠의 『로미오와 로미오는 영원히』, 『미야자와 겐지 전집1·2·3』 등이 있다.

NANATSU NO KO

by Tomoko KANOU

Copyright © 1992 by Tomoko KANOU

First published in Japan in 1992 by TOKYO SOGENSHA CO., LTD.

Korean translation rights arraged with TOKYO SOGENSHA CO., LTD.

through Shinwon Agency Co.

이 책의 한국어판 저작권은 신원 에이전시를 통해
TOKYO SOGENSHA CO., LTD.와 독점계약한 **피니스 아프리카에**에 있습니다.
저작권법에 의하여 한국 내에서 보호를 받는 저작물이므로
무단전재와 복제를 금합니다.

이 도서의 국립중앙도서관 출판시 도서목록(CIP)은 서지정보유통지원시스템 홈페이지(http://seoji.nl.go.kr)와 국가자료공동목록시스템(http://www.nl.go.kr/kolisnet)에서 이용하실 수 있습니다.
CIP제어번호:CIP2016006431

일곱 가지 이야기

가노 도모코 지음 | 박정임 옮김

피니스
아프리카에

차 례

사에키 아야노 님에게.

대체 언제부터 의문을 갖지 않게 되었을까요? 언제부터 주어진 것에 납득하고, 상황에 납득하고, 여러 가지 모든 것에 납득하게 되어 버린 걸까요?

언제고 어디서고 수수께끼는 바로 옆에 있었습니다.

스핑크스의 심원한 수수께끼 같은 것이 아니더라도, 예컨대 사과는 왜 떨어지는지 까마귀는 왜 우는지 같은, 사소하지만 정말로 중요한 수수께끼는 일상에 넘쳐 나고 있었습니다. 그리고 누군가가 대답해 주기를 기다리고 있었습니다.

수박 주스의 눈물

スイカジュースの涙

✝ 일러두기
본문의 모든 주는 옮긴이 주입니다.

1

얼마 전에 수박 주스라는 음료가 유행한 적이 있었다. 전국적인 유행은 아니었는지 모르지만 적어도 당시의 내 주변에서는 작은 화제가 되었다.

솔직하게 말해 맛은 없다. 무언가 수박 비슷한 맛이 나기는 한다. 하지만 첫 모금을 마셨을 때의 '맹물 같다'는 느낌을 도저히 지울 수 없었고, 그 느낌은 두 모금을 마셔도 전혀 변하지 않았다. 수박을 영어로 'watermelon'이라고 한다지만 '수분이 많다'와 '맹물 같다'는 천지 차이라는 사실을 이 음료수는 가르쳐 주었다.

더구나 '수박 주스'라는 이름을 붙여 놓고도 '무無과즙'이라고 작게 인쇄되어 있던 것은 너무도 기묘했다. 몇 가지 향료와 조미료를 혼합하고 거기에 붉은색을 살짝 더해 수박 비슷한 맛을 만든 것이다. 뭔가 섬뜩한 느낌이다.

원래 사람의 미각은 사람의 생김새만큼이나 천차만별이다. 그 수박 주스를 맛있다며 즐겨 마시던 사람도 결코 적지 않았다. 친구 미아이도 그중 한 명이다.

미아이는 '베르사유의 장미'가 아닌 '캠퍼스의 여왕'으로 유명했다. 무슨 대기업의 사장 따님이라는데, 돈 씀씀이는 우리 서민의 사고를 한참 넘어선다. 그 탓인지 전통적인 일본 여성 같은 연약한 외모와는 달리 주위의 간담을 서늘하게 하는 엉뚱한 짓을 종종 한다. 좋게 보면 그만큼 세파에 찌들지 않은 것이다.

미아이는 호기심이 왕성해서 특히 새로운 것, 특이한 것에 약하다. 신발매품이니 신제품이니 하는 광고 문구에는 맥을 못 추고 여지없이 넘어간다. 뭐 하나에 꽂히면 무슨 일이 있어도 그것에만 집착하는 나와는 정반대다. 원래 이 차이는 우리의 가정환경, 즉 재력의 차이가 그대로 나타난 것일 뿐이다. 좋든 싫든 개인의 인격이 형성되는 데에는 일정 부분(전부라고는 하지 않겠다) 타고난 환경에 영향받는다고 생각한다.

여하튼 구내매점 옆에 있는 자동판매기에 문제의 주스가 채워지면 미아이는 부리나케 사 가지고 왔다. 나는 '역시나.' 하며 그다지 놀라지도 않고, 그녀가 빨간 반투명 액체를 맛있다는 듯 마시는 모습을 보고 있었다. 역시나 미아이는 호쾌하게 내게 그 음료를 권했다. 그녀 덕에 나는 신제품 음료가 나올 때마다 맛을 볼 수 있는 영광을 누리고 있었다. 돈도 내지 않는 주제에 맛이 있네, 없네 하며 잘난 척 평가하고 있는, 고약한 인간인 것이다.

당연히 나는 수박 주스를 '사서' 마신 적이 한 번도 없다. 아마 이후에도 없을 것이다.

시시한 음료 이야기를 이렇게 장황하게 설명하는 데에는 그럴 만한 이유가 있다.

얼마 전 태어나서 처음으로 '팬레터'라는 것을 썼다.

고백하자니 새삼 부끄럽다. 내 친구 중에는 초등학교 때 '핑거파이브'의 아키라에게 팬레터가 아닌 러브레터를 보낸 것을 시작으로, 이후 수십 통의 팬레터를 써 온 전적이 있는 아이가 있다. 그녀의 뜨거운 마음이 담긴 편지를 받은 사람의 대부분은 흔히 말하는 아이돌스타로 불리는 인종이다. 이제 막 뜨기 시작한 신인인 경우 성심껏 답장을 해 주는 경우도 있어서, 어쩌다가 그런 편지를 받으면 그녀는 기뻐서 어쩔 줄 몰랐다.

나로 말하자면, 원래 편지 쓰는 걸 귀찮아하기도 하고 연예인에 대해서는 완벽하게 무지했다. '히카루 겐지'가 대체 전부 몇 명인지 지금도 모르며, '다마'라고 하면 당연히 만화 『사자에 씨』의 고양이를 먼저 떠올린다. 요전에 친구들이 록밴드 다마를 이야기하는데 나 혼자 고양이 얘기를 해서 친구들에게 큰 웃음을 주기도 했다.

나는 그런 종류의 인간이다. 팬레터를 쓰겠다는 생각은 한 번도 해 본 적 없었고, 그 정도로 마음을 빼앗긴 대상도 이제껏 없었다.

그런 내가 변한 것은 우연히 구입한 한 권의 책 때문이었다.

서점 신간 코너에서 발견한 그 책은 '일곱 가지 이야기'라는 제목의 단편집이었다. 표지부터 나를 매료했다.

표지에는 밀짚모자를 쓴 소년이 서 있다. 조금 지저분한 러닝셔츠는 소년의 마른 어깨에 흘러내릴 듯 걸쳐 있고, 끝자락은 반바지 밖으로 조금 삐져나와 있다. 손에 든 하얀 잠자리채는 꽤나 오래 사용했는지 뚫린 부분을 묶은 매듭이 있다. 발은 맨발이다.

그 묘한 분위기의 소년은 어딘가 먼 곳을 보고 있는 것 같기도 하고 멍하니 시선을 헤매고 있는 것도 같았다. 살짝 투명감이 감도는 그 눈은 화가 나 있는 것도 같았고, 울고 싶은 것을 억지로 참고 있는 것처럼도 보였다. 그리고 등 뒤에는 연푸른 색조로 통일된 한가로운 전원 풍경이 시원하게 펼쳐져 있었다.

표지의 그림은 무척 정밀했다. 그림 속 소년은 당장이라도 몸을 움직이며 나를 말똥말똥 바라볼 것 같은 사실감이 있었다. 그러면서도 전체적으로는 어딘가 몽환적인 분위기가 감돌고 있는 것이다.

묘한 그림이었다.

'……그리워.'

까닭 없이 그런 생각이 들었다. 그리고 혼자 웃었다.

그리울 리가 없다.

나는 가나가와 현과 도쿄의 접경, 간신히 가나가와 현에 들러붙어 있는 곳에 살고 있다. 어렸을 적에 그나마 남아 있던 공터와 잡목림은 내가 성장하는 것보다 빠르게 모습을 감추어 갔다.

'집을 짓는다. 또는 주차장을 만든다'는 이 두 가지 이외의 선택지가 있다는 생각을, 적어도 땅 주인들은 하지 못한 모양이다.

나는 들과 산을 뛰어다니며 곤충을 쫓아다녔던 경험이 없다.

그것을 특별히 불행하다고 느낀 적도 없었다. 오히려 당연한 것이라고 생각했다. 고등학교 때 무슨 수업 시간에(아마도 생물 시간이었을 것이다) 선생님께서 질문을 했다.

"여러분은 집에서 학교까지 오는 동안 흙을 밟습니까?"

'아연실색'이라는 표현이 지나치다면, 무언가 불의의 습격을 받은 듯한 기분이었다고 할까. 반 친구들도 정도의 차이는 있었겠지만 비슷한 느낌이었던 것 같다.

학급의 절반 이상이(물론 나도 그 속에 포함된다) 전혀 흙을 밟지 않고 통학하고 있었다.

  일단 집에 마당이 없다. 설령 있다고 해도 정말 손바닥만 한 마당이 대부분이다. 그리고 모든 길은 아주 조금의 예외도 없이 아스팔트나 콘크리트로 덮여 있다. 학교 운동장에는 어디서 가져온 것인지 알 수 없는, 누런빛이 도는 고운 모래가 빈틈없이 깔려 있다. 따라서 체육 수업 때조차 흙을 접촉할 기회가 주어지지 않았다.

  우리가 '도시'라는 이름의 콘크리트 정글 속 주민이라는 사실을 새삼 깨닫게 되었다.

  수업은 그러한 사실을 토대로 생태계의 파괴니, 도시 기온의 상승이니 하는 내용으로 전개되었던 것 같다. 그러니까 역시 생물 시간이었을 것이다.

  이렇듯 파괴된 생태계의 정점에 서 있던 나로서는, 그때 집었던 책 표지의 소년에게 어떤 향수도 느낄 이유가 없었다.

  그럼에도 나는 소꿉친구를 다시 만난 기분으로 그 일러스트를 응시했다. 햇볕에 그은 밀짚모자의 냄새까지도 확실하게 맡을 수 있을 것 같은 기분조차 들었다.

  '기시감'이라는, 익숙하지 않은 단어를 입에 올려 보면서 나는 표지를 넘겼다.

2

'일곱 가지 이야기'라는 제목에 어울리게 전부 일곱 편의 단편이 실려 있다. 표제작인 「일곱 가지 이야기」는 제6화였고, 제1화는 「수박 귀신」이라는 이야기였다.

'수박 귀신'이라는 제목을 보니 왠지 피식 웃음이 나왔다.

무대는 어딘가의 시골이다. 이렇게 한마디로 표현하면 너무 성의 없이 들리겠지만 하늘로 녹아들 듯한 산이 있고, 소금쟁이가 헤엄치는 연못이 있고, 논밭을 지나는 바람이 부는, 그런 풍경을 작가는 풍부한 시적인 정취로 그려 내고 있다. 나는 본 적도 없는 그 어딘가를 동화의 나라처럼 머릿속에 그려 낼 수 있었다.

주인공은 '하야테질풍이라는 뜻'라는 이름의 소년이다. 아마도 표지의 소년이 하야테일 것이다. 나는 소년의 이름을 알게 되고 나서 마침내 정식으로 소개를 받은 것 같아 기뻤다. 그런데 하야테는 그 이름처럼 용맹스럽지도 않았고, 강하지도 않았다. 운동신경이 둔한 편은 아닌 모양이지만 유독 요령이 없어서 사람들에게 굼벵이라고 놀림을 받았다. 게다가 '울보 하야테'와 '약골 하야테'라는 불명예스러운 별명이 두 개나 있었다.

여하튼 그 하야테가 수박 밭을 지키는 임무를 맡게 된 부분부터 이야기는 시작된다. 하야테네 밭의 수박이 탐스럽게 자라자 충분히 익기를 기다렸다는 듯이 어둠을 틈타 그 수박을 하나둘 훔쳐 가는 고약한 사람이 연이어 나타났다. 그리고 여름방학이라 한가하다는 이유로 그 명예로운 파수꾼 역이 하야테에게 돌아온 것이다.

당연히 하야테는 그 임무가 달갑지 않았다. 밤새 잠도 자지 못하고 망을 봐야 하는 것도 힘들지만, 무엇보다 무서웠다. 매년 여름 담력 시합을 할 때마다 지겨울 정도로 괴담을 들어 왔던 것이다.

하지만 하야테는 싫다고 할 수 없었다. 소심해서가 아니다. 엄격하고 무섭지만 마음씨는 따뜻한, 사랑하는 아버지를 실망시키고 싶지 않았기 때문이다.

그날 밤 하야테는 망을 보러 밭으로 나갔다.

하늘 가득한 별들이 짓궂게 웃고 떠들면서 하야테를 내려다보고 있었다. 곳곳에 굴러다니는 수박들은 방금 자른 사람의 목처럼 보였다. 유일한 아군은 어머니가 준 돼지 모형의 모기향 받침대뿐이었다. 하야테는 계집애처럼 마른 어깨를 두 팔로 끌어안고 우왕좌왕 돌아다녔다. 무서워서 도저히 가만히 있을 수 없었던 것이다. 불안감이 스멀스멀 밀려들었다. 모든 것이 귀신으로 변한 세상에 자신과 돼지만이 남겨진 것처럼 느껴졌다.

하지만 신기하게도 날이 밝아 옴에 따라 불안감과 공포는 조금씩 사라져 갔다. 대신 아주 투명한 무언가가 하야테의 마음을 채우기 시작했다. 마침내 하야테는 자신이 무엇을 위해 그곳에 있는지도 생각하지 않았다. 더 이상 우왕좌왕하지 않고 허수아비처럼 우뚝 선 채 두 눈으로 밭의 구석구석을 빠짐없이 지켜보고 있었다.

마침내 하늘이 환해졌다. 상쾌한 냉기로 가득한 아침이 찾아오자 하야테는 묘한 충족감과 행복감에 휩싸였다. 아버지에게 부여받은 임무를 멋지게 해낸 것이다. 하야테는 만족스러웠다.

"훌륭하구나. 잘했다."

날이 밝기를 기다렸다는 듯 하야테의 아버지가 왔다. 그리고 커다란 손으로 하야테의 어깨를 두드리며 그렇게 말했다.

하야테는 크게 소리라도 지르고 싶을 정도로 기뻤다. 가슴이 두근거렸고 얼굴이 화끈 달아올랐다. 그리고 어쩐 일인지 눈물이 나올 것 같았다.

하야테는 집으로 뛰어가 더없이 행복한 잠에 빠졌다. 꿈속에서 '더 이상 겁쟁이라는 소리, 못하게 하겠어.' 하고 소리친 듯한 기분이 들었다.

하야테는 오후가 지나도록 계속 잠을 잤다. 그날은 어머니도 잔소리를 하지 않았다. 그리고 잠이 깨기 직전의 한순간, 가장 기분 좋은 그 순간에 하야테는 아버지와 어머니의 대화를 들었다. 두 사람은 하야테가 듣지 못하도록 목소리를 낮췄지만, 그 소곤거리는 소리는 언덕을 굴러가는 솔방울이 때때로 작은 돌에 부딪혀 튀어오르듯 명료하고 단편적인 단어가 되어 하야테의 귀로 파고들었다.

"어쩔 수 없는 녀석…… 역시 잠이 들었었나 봐……."

"밤새 깨어 있는 것도…… 아직 애니까……."

"그건 그렇고…… 수박…… 열 받는군……."

"도둑………몇 통 없어졌지……."

그러한 단편적인 단어들이 하야테의 꿈속으로 조용히 들어왔다.

그리고 마지막으로 아버지의 목소리가 아주 확실하게 울렸다.

"여하튼 이 일은 하야테에게는 비밀로 해."

하야테는 목덜미에 차가운 것이 닿기라도 한 듯 벌떡 일어났다. 아버지와 어머니가 놀라 얼굴을 마주 보는 동안, 이름 그대로 질풍처럼 달려 나갔다.

정말로 수박이 사라졌다. 가장 크고 맛있어 보였던 수박이……. 매끈하게 잘린 덩굴 단면에는 풋내 나는 즙이 배어나 있었다. 하야테에게는 그것이 수박의 눈물처럼 보였다. 하야테 자신도 울음이 터질 것 같았다. 하지만 눈물은 나오지 않았다. 무언가 크고 무거운 돌이 누르고 있는 것 같았다. 그 돌이 눈물이 나오는 관을 누르고 있는지도 모른다. 하야테는 왠지 그런 생각이 들었다.

"하야테, 무슨 일이냐? 얼굴이 새파래져서."

할머니가 하야테를 보며 물었다. 아버지가 식사를 하는 동안에는 할머니가 대신 밭에 나온다. 아무것도 아니라며 하야테는 고개를 흔들었다. 할머니는 미간을 찡그리며 엉뚱한 녀석이라고 중얼거렸다. 하지만 더 이상은 묻지 않았다. 그때 아는 사람이 찾아왔기 때문이었다.

"할머니, 고생하시네요."

낡은 소형 트럭을 세우고 운전사가 고개를 내밀었다.

"벌써 다녀오셨는가. 방금 전에 채소를 산더미처럼 싣고 나가더니만."

할머니는 눈을 동그랗게 떴다.

"뭐, 마을 채소 가게에 옮겨 주기만 한걸요. 최근에는 산지 직송
이라고 해서 잘 팔린다고 하네요. 에고, 이 녀석은 안 팔렸지만."

운전사는 그렇게 말하고 조수석의 남자아이 목덜미를 잡았다. 하
야테와 비슷한 나이의 소년은 주근깨 가득한 얼굴을 찡그렸다.

하야테는 소년을 잘 알고 있었다. 하지만 그다지 호의적인 감정
은 아니었다. 성이 기쿠치여서 기쿠베라고 불리는 그 소년과 방학
때문에 만나지 못하게 되는 것이 조금도 서운하지 않았다.

할머니와 기쿠베의 아버지가 이야기꽃을 피우고 있는 동안, 기쿠
베는 찡그린 얼굴로 교묘하게 조롱과 멸시를 표현하며 말없이 하야
테를 놀려 대고 있었다. 하야테는 그 시선을 피하지도 못하고 잠자
코 견뎌 내고 있었다.

기쿠치 씨가 시동이 잘 걸리지 않는 트럭을 간신히 출발시키면서
고뇌로 가득한 시간이 끝났다. 부르릉 하는 소리를 반주 삼아 기쿠
베의 날카로운 목소리가 내리꽂혔다.

"야, 겁쟁이 하야테!"

트럭은 모래 먼지를 일으키면서 달려갔다. 하야테도 달렸다. 트
럭과는 반대 방향으로.

여기부터가 동화다.

하야테는 정신없이 달리다가 산속에서 하얀 건물을 발견한다. 그
건물은 외국 소설 같은 데 자주 등장하는 요양원이었다. 그곳에서
소년은 한 여성을 만난다. 나이를 가늠할 수는 없지만 무척 젊고 아

름다운 듯하다.

'듯하다'를 쓰는 것은 그녀에 대한 묘사가 아주 적기 때문이다. 묘사를 아끼고 있다는 인상마저 든다. 소년에게 미소를 지으며 상냥하게 말을 거는 수수께끼의 여성은 그 생략된 묘사로 인해 독자의 상상 속에서 더욱 젊고, 그리고 빼어난 미모의 이상적인 여성이 되어 가는 것이다. 그녀의 이름은 아야메.

하지만 본명이 아니다. 그녀가 시원해 보이는 유카타 위에 아야메붓꽃 색의 얇은 카디건을 걸치고 있어서 하야테가 몰래 붙인 별명이다. 너무도 아름다운 별명이 아닌가.

아야메 씨는 정말로 신비한 여성이다. 하야테는 낯가림을 하는 소년이었음에도 그녀에게는 안심하고 모든 것을 털어놓을 수 있었다. 수박 도둑 사건의 처음부터 끝까지, 그리고 하야테의 마음에 날카롭게 꽂혀 있는 기쿠베의 조롱까지 전부 얘기했다.

아야메 씨는 말없이 하야테의 이야기를 듣고 있다가, 이야기가 끝날 무렵에 걱정스러운 듯 살짝 눈살을 찌푸렸다. 하지만 이내 소년을 격려하듯 생긋 웃으며 말했다.

"너는 잠들지 않았어. 수박 도둑은 나타나지 않았던 거야. 왔었다고 해도 하야테를 보고 포기했겠지. 하야테, 너는 훌륭하게 파수꾼의 역할을 해낸 거야."

하야테는 놀라서 아야메 씨를 말끄러미 바라보았다. 이렇게까지 무조건적으로 믿어 주면, 오히려 대충 듣고 있는 것은 아닌지 의심스러워지기도 한다.

'하지만 수박은 없어졌는걸!'

속으로 그렇게 외친 하야테의 마음을 꿰뚫어 보기라도 한 듯 아야메 씨는 고개를 끄덕였다.

"그래, 분명히 수박은 없어졌지. 하지만 너는 계속 깨어서 망을 보고 있었잖아?"

하야테는 크게 고개를 끄덕였다.

"그렇다면 네가 망을 보고 있는 동안에 도둑맞은 게 아니야. 알겠니? 수박의 눈물이 그 증거야."

하야테는 자신의 얼굴이 화끈 달아오르는 것을 느꼈다. 스스로를 믿지 못하고 부끄러이 여겼던 사실을 깨달은 것이다. 하야테는 아야메 씨가 하는 말의 의미를 알 수 없었다. 하지만 그녀가 자신을 놀리는 것이 아니라는 것 정도는 충분히 알 수 있었다.

"수박의 눈물?"

하야테는 앵무새처럼 중얼거렸다. 아야메 씨가 웃었다.

"네가 그렇게 말했잖아. 기억 안 나? 수박 덩굴의 잘린 단면에서 즙이 배어 나왔고, 그것이 수박의 눈물처럼 보인다고. 그렇게 말했어. 네가 수박 밭을 지킨 건 새벽까지였지? 그런데 네가 수박의 눈물을 본 건 오후였어."

하야테는 비명을 지를 뻔했다. 그렇게 간단한 사실을 왜 깨닫지 못했을까.

"그래." 역시 마음을 꿰뚫어 본 듯 아야메 씨는 고개를 끄덕였다.

"수박이 사라진 건 네 아버지가 알아채기 직전, 기껏해야 정오 즈음일 거야. 만약 새벽 전에 도둑맞았다면, 한여름이기 때문에 수박의 눈물은 말라 있었겠지. 네 부모님은, 아, 너도 마찬가지지만, 도둑질은 야심한 시간에 몰래 하는 것이라고 생각했을 거야. 누구라도 그래. 설마 대낮에 당당하게 훔치러 올 거라고는 생각도 못하지. 그래서 오전에 수박이 없어진 걸 깨달으면 누구나 밤중에 도둑맞은 것이라고 생각하기 마련이고. 그러면 당연히 네가 졸았던 것이 되겠지."

아야메 씨는 위로하듯 하야테를 바라보았다. 하야테는 목까지 벌게진 채 고개를 숙였다. 조금 전까지 하야테는 스스로도 자신을 믿지 못했던 것이다. 자신이 밤새도록 깨어 밭을 지켰다는 것은, 어쩌면 완벽한 착각인지도 모른다. 그런 꿈을 꾸었을 뿐, 사실 도둑은 히죽히죽 웃으면서 잠에 빠져 있는 자신을 넘어가기까지 했는지도 모른다고 생각했던 것이다.

"좀 더 자신을 믿으렴. 너는 강하고 용기 있는 아이야. 너는 아버지가 시킨 일을 멋지게 해낸 거야."

아야메 씨는 자장가를 부르듯 그렇게 말하더니 가녀린 하얀 손으로 하야테의 머리를 천천히 쓰다듬었다. 하야테는 꿈을 꾸듯 황홀한 기분을 느끼면서도, '하지만.' 하고 중얼거렸다. 하얀 손이 갑자기 동작을 멈추었다.

"하지만 대낮에 도둑이라니 불가능해요. 밭에는 늘 아버지가……."

"할머니가 계셨잖아."

아야메 씨는 갑자기 하야테를 끌어안았다. 하야테의 눈앞이 예쁜 붓꽃 색으로 물들었다. 아야메 씨의 카디건 소맷자락이 하야테의 볼에 부드럽게 닿았다.

"잘 생각해 봐. 지금부터 하는 얘기는 의심해도 좋아. 아니, 반드시 의심했으면 해. 네게 들은 이야기 외에는 아무런 증거도 없으니까. 모두 내가 멋대로 상상한 것이니까."

아야메 씨는 소년을 품에서 떼어 놓고, '알겠니?' 하고 묻듯 눈을 들여다보았다. 하야테는 아까와는 다른 이유로 얼굴이 빨개진 채 크게 고개를 끄덕였다.

"예전에 책에서 이런 이야기를 읽었어."

잠시의 침묵 후, 아야메 씨는 이야기를 시작했다.

"전쟁이 일어나서 수많은 일본 병사가 포로가 되었어. 수용소에서는 음식을 넉넉하게 주지 않아 포로들은 늘 배가 고팠지. 그래서 그들은 적군의 식량을 훔칠 생각을 하게 된 거야. 물론 식량 창고에서의 작업이 끝나고 밖으로 나갈 때는 철저하게 조사를 받았지. 이때 소심한 사람은 작은 캔 하나를 훔쳐도 반드시 발각되었대. 주뼛거리는 모습 때문에 금방 탄로가 난 거지. 하지만 대담한 사람은 옷이 불룩해지도록 잔뜩 훔쳐도 발각되지 않았다고 해."

여기서 아야메 씨는 잠시 말을 끊었다. 하야테가 무언가 이야기하기를 기다리는 것 같았다. 하지만 소년이 멍하니 입을 다물고 있자, 그녀는 다시 이야기를 이어 갔다.

"기쿠베 군의 아버지는 가끔씩 채소를 운반하러 마을에 간다고 했지? 작은 트럭을 타고. 네 이야기 중에 할머니가 말씀하신 부분이 있었지. '벌써 다녀오셨는가. 방금 전에 채소를 산더미처럼 싣고 나가더니만.' 하고. 그때도 분명 그 사람은 트럭을 세우고 할머니와 서서 이야기를 했었겠지. 그때 기쿠베는 무엇을 하고 있었을까?"

거기까지 이야기를 하는 동안 아야메 씨는 무척이나 괴로운 표정을 짓고 있었다. 어디가 아픈 걸까? 그게 더 신경이 쓰여 하야테는 그녀의 말을 바로 알아듣지 못했다.

"나는 그 일이 눈앞에서 일어난 것처럼 느껴져. 기쿠베의 아버지와 할머니가 이야기에 빠져 있는 동안 기쿠베는 트럭의 조수석 문으로 나와 밭으로 가는 거야. 그리고 주머니에서 꺼낸 접이식 나이프 같은 것으로 수박 덩굴을 자르고 트럭 짐칸에 휙익 던지기만 하면 되는 거지. 산더미처럼 쌓인 채소 속의 수박 하나는 누구의 눈에도 띄지 않아. 아무도 이상하게 생각하지 않지. 그리고 아무 일 없었다는 듯 대화가 끝나기를 기다리면 되는 거야. 그 이상 안전한 건 없어. 할머니는 이야기에 빠져 있고, 혹시나 무심코 밭 쪽을 본다고 해도 트럭에 가려 보이지 않으니까."

하야테는 침을 꿀꺽 삼켰다.

"하지만 그러면……."

나중에 기쿠베의 아버지에게 발각되지 않을 리가 없어요. 그렇게 말하려고 했다.

"그래."

아야메 씨는 슬픈 표정을 하고 고개를 끄덕였다.

"기쿠베에게 도둑질을 시킨 사람은 그의 아버지야."

"그럴 리가 없어요. 아버지가 자식에게 도둑질을 시키다니, 절대
그럴 리가 없어요."

하야테는 정색하며 화를 냈다. 그런 일은 상상조차 하기 싫었다.
설령 그 상대가 아무리 싫어히는 기쿠베라고 해도. 그리고 그런 말
이 아야메 씨 입에서 나왔다는 사실이 놀랄 만큼 충격이었다. 소년
은 마치 떼를 쓰듯 '아니야, 아니야.'라는 말만 반복했다.

"착한 아이구나."

부드러운 하얀 손이 다시 하야테의 머리를 쓰다듬었다.

"네 부모님은 너를 솔직하고 착한 아이로 키우셨구나."

자애롭고 부드러운 목소리였다.

"그래, 누가 했는지 따위는 사실 중요하지 않아. 앞으로 그런 일
이 일어나지 않도록 하는 게 훨씬 중요해."

"내가 낮에 밭을 지키면 되는 거네요."

말을 하고 나서야 하야테는 자신의 마음 깊은 곳에서는 아야메
씨의 말을 사실로 받아들이고 있음을 깨달았다.

"그보다도……."

아야메 씨는 잠시 생각하더니 장난기 어린 표정을 지었다.

"더 좋은 방법이 있어. 너희 집 수박에 표시를 해 두는 거야. 옆
마을 채소 가게에 진열되거나 하면 곧바로 알아차릴 수 있도록 말
이지."

"표시요?"

"방법은 네게 맡길게."

그렇게 말하고 아야메 씨는 빙긋 미소 지었다.

그리고 그날 밤 수십 통의 '수박 귀신'이 달을 향해 울부짖었다. 하야테는 양동이에 가득 담은 먹물로 수박 하나하나에 핼러윈 호박 같은 귀신 얼굴을 그렸던 것이다. 성난 눈과 들쑥날쑥한 날카로운 이빨을 드러낸, 그럼에도 어딘가 우스꽝스러운 수박 귀신이 달밤의 밭을 굴러다녔다. 양동이를 들고 수박 사이를 꼬마 귀신처럼 종종 거리며 돌아다니는 소년.

그것은 꽤나 몽환적인 광경이었다.

나중에 소년은 분명 호되게 꾸지람을 들었을 것이다. '수박 귀신' 은 과연 상품으로 팔릴 수 있었을까. 어쩌면 사람들이 재미있어해 서 의외로 잘 팔렸는지도 모른다. 뒷이야기는 없기 때문에 상상에 맡길 수밖에 없다.

여하튼 그 이후 수박 도둑은 분명히 사라졌을 것이다.

3

나는 천천히 책을 뒤집어 가격을 확인했다.

그래, 이 정도라면 내 빈약한 지갑으로도 감당할 수 있겠어. 그렇 게 판단하고 계산대 쪽으로 걸어갔다.

나는 원래 충동구매는 좀처럼 하지 않는다. 대체로 서점에서 사는 책은 문고본이며, 비싼 하드커버 책은 도서관에서 빌리거나 헌책방에서 사는 것이 나의 상식이다. 그런데 『일곱 가지 이야기』만은 어떡해서든 사야 한다는 생각이 들었다. 아무래도 이 책에 한눈에 반해 버린 모양이다.

말 그대로 첫눈에 반한 사랑이다.

지금까지 20년 가까이 살아오면서 정말 줏대 없이 많은 책들을 사랑해 왔다. 그 사랑하는 마음에 거짓은 없었다고 믿고 싶다. 하지만 어찌 된 일인지 점점 '책을 읽는 자신'이 싫어졌다. 늘 자신의 나이에 소화하기 힘든 책을 끌어안고 이해했다는 표정을 지으며 읽어 나가는 나. 거기에는 얄팍한 자기만족이 숨겨져 있는 것이 아닐까?

그런 혐오감이 들기 시작한 탓인지 단기대학에 입학한 후로는 오히려 독서량이 줄었다. '책을 읽기 위해 읽는' 짓을 완전히 그만두었던 것이다. 그러고 나서 독서가 즐거워졌다.

또한 독서 취향도 미묘하게 변했다. 까닭 없이 어렸을 적 읽었던 책이 다시 읽고 싶어졌던 것이다. 그것은 『아기 곰 푸』이기도 했고, 『어린 왕자』이기도 했으며, 때로는 『은하철도의 밤』이기도 했다.

나의 무의식 속에서 아무래도 무언가가 움직이기 시작한 듯했다.

그러던 중 이 책을 만난 것이다.

'팬레터를 쓰자.'

그렇게 생각한 것은 『일곱 가지 이야기』를 다 읽은 직후였다. '팬레터'라는 표현은 왠지 철없는 소녀들이 연상되면서 뭔가 경박한 느낌이 들었지만 달리 적절한 말이 떠오르지 않았다. 여하튼 나는 이 책을 쓴 '사에키 아야노'라는 사람에게 직접 말을 걸어 보고 싶다는 강렬한 욕구에 휩싸였다. 그럴 수 있는 가장 손쉬운 방법이 편지였다.

사에키 아야노 님에게.

일단 그렇게 시작했다. 호칭을 무엇으로 할까 잠시 갈등했는데 '선생님'이라고 쓰기에는 왠지 쑥스러웠다. 나는 계속 써 내려갔다.

대체 언제부터 의문을 갖지 않게 되었을까요? 언제부터 주어진 것에 납득하고, 상황에 납득하고, 여러 가지 모든 것에 납득하게 되어 버린 걸까요?

언제고 어디서고 수수께끼는 바로 옆에 있었습니다.

스핑크스의 심원한 수수께끼 같은 것이 아니더라도, 예컨대 사과는 왜 떨어지는지 까마귀는 왜 우는지 같은, 사소하지만 정말로 중요한 수수께끼는 일상에 넘쳐 나고 있었습니다. 그리고 누군가가 대답해 주기를 기다리고 있었습니다.

갑자기 이게 무슨 편지일까 의아하시겠죠.

오늘 귀저貴著인 『일곱 가지 이야기』를 읽었습니다. 작가님처럼 멋지게 표현할 수는 없지만, 책을 읽고 난 후의 제 느낌을 다소나마 전하고 싶은 마음에 펜을 들었습니다.

너무도 식상한 표현이라 송구합니다만, 무척 좋았습니다. 책을 든 순간부터 느낀 신기한 감정입니다만, 작가님의 작품에서 저는 계속 묘한 그리움을 느꼈습니다. 향수라고 해야 할까요. 물론 작가님의 뛰어난 필력에 힘입은 바가 크겠지만 마치 태어나고 자란 고향을 떠올리듯, 하야테라는 소년이 사는 시골을 뇌리에 그릴 수 있었습니다. 볼에 닿는 바람, 흙과 풀의 냄새까지 맡을 수 있었던 것입니다.

신기한 일입니다. 태어나서 지금까지 저는 그런 시골에 살아본 적이 없습니다. 땅은 콘크리트와 아스팔트로 덮여 있고, 주변은 플라스틱과 알루미늄으로 포위되어 있고, 그곳에 가끔 광화학스모그가 힘을 더하러 달려옵니다. 아이들은 투구벌레나 하늘가재 같은 건 백화점에서 파는 것이라고 믿고 있습니다. 그리고 그것은 안타깝게도 완전한 사실입니다.

말은 이렇게 하면서도 저는 도시의 삶을 좋아하며, 쾌적하다고 느낍니다. 저를 포함해 도시에 사는 사람들 대부분은 이제 와서 오십 년 전의 생활로 돌아가려고 하지 않습니다. 그 사실을 알고 있기에 더욱, 논두렁길이니 물가의 개똥벌레니 빨간 돌마늘 꽃 같은 것에 어쩔 수 없이 매료되는 것입니다. 제 자신도 놀랄 만큼 작가님의 작품에 매료된 이유 중 하나가 그런 것이었다고 생각합니다.

그렇지만 물론 그것이 전부는 아닙니다. 제가 한 가지 궁금한 것은, 작가님께서 이 작품을 쓰시면서 어떤 독자층을 염

두에 두셨는가 하는 점입니다.

왜냐하면 언뜻 보기에는 동화적인 요소를 많이 품고 있음에
도 아이들은 이해할 수 없는 (오히려 아이가 이해하기를 원치 않
으시는 듯한) 부분이 곳곳에 보이기 때문입니다. 그리고 이야
기의 구성은 더없이 환상적이지만 결말에는 잔혹할 정도로
현실을 반영해서 막을 내립니다. 읽고 있는 동안 문득 판타
지란 잔혹한 현실을 달콤한 초콜릿으로 포장한 게 아닐까 하
는 생각이 들기도 했습니다. 환상이 내포하고 있는 것을 살
짝 엿본 듯한 기분도 들었습니다. 그러한 험난한 현실 속에
서 주인공 소년은 확실하게 성장해 갑니다. 그 성장 과정이
하야테를 생기 있고 매력적인 소년으로 만듭니다.

그리고 또 한 명의 주인공인 아야메 씨.

소년 주변에서 일어나는 사소하지만 불가사의한 사건에 명
쾌한 해답을 보여 주는 아야메 씨는 그녀가 풀어낸 수수께끼
이상으로 불가사의한 존재입니다. 아야메 씨의 존재로 인해
작가님의 작품은 수수께끼 풀이 소설, 추리소설적인 성향을
띠면서도 동시에 (기묘하게도) 환상적이기도 합니다. 그녀는
대체 어떤 존재인가요?

명확하게 밝히지 않아서 좋은 미스터리가 되는 경우도 분명
히 있겠죠.

다른 이야기입니다만, 제1화 「수박 귀신」을 읽고 떠오른 일
화가 있습니다. 조금은 뒤숭숭하고 떠들썩한 미스터리였습

니다.

느닷없는 질문입니다만, 얼마 전에 시중에 나왔었던 수박 주스라는 음료를 알고 계신지요?

주스에 관한 설명은 글 첫머리와 중복되므로 여기서는 생략한다. 내가 편지에 쓴 '수박 주스 사건'은 몇 달 전의 이른 아침, 졸린 눈을 비비며 집을 나섰을 때 시작된다. 그날 나는 평상시보다 상당히 일찍 집을 나왔다. 1교시 수업이 있기도 했지만, 학교 도서관에서 4교시의 세미나 수업 준비를 해 두자는 대견한 생각을 했던 것이다.

평상시라면 청바지에 티셔츠 차림으로 아무렇지 않게 학교를 향하는 나였지만, 그날은 연녹색 새 원피스를 입었다. 1백 명 이상은 수용할 수 있는 대강의실에서는 어떤 차림을 해도 눈에 띄지 않기 때문에 나처럼 무심한 사람은 복장에 그다지 신경 쓰지 않게 된다. 하지만 세미나의 경우는 참가 인원이 열 명을 넘지 않는다. 당연히 '개인'이 클로즈업된다. 여심이란 미묘해서 이럴 때는 후줄근한 모습을 보여 주기 싫어진다. 실제로 세미나 수업이 있는 날에는 모두 어딘가 멋을 부린 차림이다. 여자라는 동물은 자신이 멋진 복장을 하고 있으면 (또는 그렇게 믿고 있으면) 기분이 들뜨기 마련이다. 현관 거울에 전신을 비춰 보며, '흠, 이렇게 꾸미니까 나도 제법 귀티가 나는데.' 하고 혼자 흡족해한다. 하지만 그 도취감도 졸린 엄마의 목소리가 내 연녹색 원피스의 등을 두드리기 전까지였다.

"음식물 쓰레기 가지고 나가."

가족으로서의 의무 수행이라고는 하지만, 조금 비참한 기분으로 집을 나섰다. 팔을 벌려 땅과 수평을 유지해서 되도록 음식물 쓰레기가 원피스에서 멀어지도록 노력했다. 뒤에서 보면 꽤나 우스꽝스러운 볼거리였을 것이다. 한쪽 팔이 꺾인 허수아비가 된 기분이었다. 부자연스러운 자세 탓에 길은 유난히 멀게 느껴졌고, 마침내 쓰레기 버리는 곳에 무거운 쓰레기를 철퍼덕 내려놓았을 때 내 팔은 완전히 굳어 있었다. 이른 아침인데도 쓰레기 양이 꽤 많았다. 규칙이라는 것은 역시 깨기 위해 존재하는 듯, 엄격하게 금지되어 있음에도 밤중에 몰래 쓰레기를 버리는 사람이 끊이지 않았다.

음식물 쓰레기에서 해방되자 다시 상쾌한 기분이 된 나는 한껏 심호흡을 했다. 뭐니 뭐니 해도 아침 일찍 일어나면 기분이 좋다. 어쩌다 한 번 있는 일이니까 할 수 있는 말이지만. 여하튼 무언가 알 수 없는 의욕이 솟아서 뜬금없이 '좋아, 열심히 해야지!'라는 생각을 했다. 그때 앞쪽에서 다가오는 인기척을 느끼며 '어?' 하고 생각했다. 왠지 그 사람에게서 굉장히 어색한 느낌을 받았던 것이다.

여자였다. 나이는 서른 살 전후 정도일까? 허리를 꽉 조인 오렌지색 투피스를 입고 있었고, 화장이 조금 진했다. 웨이브 진 머리를 등 뒤로 늘어뜨리고 있었고, 커다란 금색 귀걸이가 아침 햇살에 반짝하고 빛났다.

단지 그것뿐이었다면 그다지 기이한 인상은 받지 않았을 것이다. 이른 아침에 역과는 반대 방향으로 향하고 있다는 것을 제외하면 말이다.

달칵달칵……. 건조한 소리가 다가왔다. 소리의 정체는 그녀가 밀고 있는 유모차였다.

내게는 이렇게 이른 아침에 화려한 차림을 하고 주택가로 갓난아이를 데려가는 이유가 떠오르지 않았다.

약간의 호기심이 내 시선을 노골적으로 만들었을 것이다. 스쳐 지나는 순간 눈이 마주쳤고, 그녀는 당황한 듯 시선을 홱 피했다.

하지만 이른 아침의 머릿속은 두서가 없다. 나는 멍하니 그날 해야 할 세미나 발표 내용에 대해 생각하고 있었다. 우리 조는 시인 마사오카 시키에 대해 발표할 예정이었다. 4월에 조가 발표되었을 때는 무척이나 낙담했었다. 제1 희망인 아동문학에서 제대로 거부당했던 것이다. 마사오카 시키가 싫다는 뜻은 전혀 아니지만, 아동문학 세미나의 주제가 미야자와 겐지라는 말을 듣자 더욱 억울했던 것이다. 게다가 그날 내가 담당한 부분은,

'한 마을의 할아버지 할머니 모두 모여 추는 백중맞이 윤무輪舞 **의 그림자도 드문드문해지고 달밤은 깊어 가노라.'**

이하 4수다. 남은 부분도 **'공물을 밭에 버렸더니 까마귀가 울었다.'** 같은 내용뿐으로, '너무 섬뜩해. 아름다움이 없어.' 등등 시키가 들었다면 기분 나쁠 만한 얘기들을 함께 나누었던 것이다.

하지만 우리는 그나마 나은 편이었다. '공포의 반죽음 중국 문학

세미나'니, '음산, 불쾌, 괴로움의 삼박자를 갖춘 『도와즈가타리』세미나'로 고전 중인 학우도 한편에는 존재한다.

우리는 거기에 비하면 그래도 행복하다고 자위했다.

순간 나는 갑자기 멈춰 섰다. 아마도 시야에 계속 있었겠지만 머리가 무시하고 있었던 것이 갑자기 눈에 들어왔던 것이다. 그것은 생생하고 검붉은, 점점이 이어지는 '혈흔'이었다. '으아악!' 마음속으로 나는 처절한 비명을 질렀다. 거의 1미터 간격으로 채 마르지 않은 그것이 점점이 떨어져 있었다. 그것은 마치 아스팔트의 갈라진 틈 사이로 배어난 지구의 체액처럼 보였다. 살며시 뒤를 돌아보니 역시 같은 모양의 액체가 보이는 범위 내에서 계속 이어져 있다.

이대로 계속 뒤따라간다면 그 끝에는 무엇이 기다리고 있을까? '이른 아침의 참살 사체'라는 문구가 두꺼운 고딕체로 뇌리를 미끄러져 갔다.

가만히 보니 저 앞에 역시 섬뜩하다는 듯 땅을 바라보며 걸어가는 샐러리맨 느낌의 아저씨가 있었다. 앞에 무엇이 기다리고 있건 적어도 최초 발견자가 될 위험은 없어 보였다.

조금 안심하며 주위를 돌아보자 그 밖에도 이 불길한 사건을 눈치챈 사람들이 있었다. 길은 한산한 상점가였고, 상점 주인으로 보이는 사람들이 호기심과 두려움이 섞인 표정으로 두세 명씩 모여 이야기를 나누고 있는 광경이 곳곳에 보였다.

"대체 뭘까요. 으스스하네요."

요시다 동물 병원의 원장 선생님이 그렇게 말하며 호스로 물을 뿌려 현관 앞을 씻어 내고 있었다. 원장 선생님이라고 해 봐야 조그만 동물 병원이어서 원장 선생님 외에는 간호사 역할을 하고 있는 아내가 있을 뿐이다.

"최근에 수상한 일들이 많아서요. 별일 아니면 좋겠는데."

그렇게 말을 거든 사람은 그 옆의 아나치 유리 가세의 사장이었다. 이곳도 동물 병원과 마찬가지로 사장과 아들 부부가 함께 운영하고 있는 곳이었다. 이 주변에는 그렇게 가족이 운영하는 상점이 많다.

"안녕하세요."

나는 두 사람에게 말을 걸었다. 우리 집은 예전에 아다치 유리 가게의 단골손님이었다. 이유는 아주 단순하다. 집 바로 앞에 작은 공터가 있었기 때문이다. 그렇지만 지금은 그곳도 주차장이 되었고, 캐치볼을 하는 악동들의 모습도 동시에 사라졌다.

요시다 원장과 알게 된 것은 조금 더 최근의 일이다. 계기는 친구 미아이였다. 단기대학에서 알게 된 미아이의 집은 마침 우리 집에서 걸어서 20분 정도의 거리에 있었다. 가까운 거리인지 먼 거리인지 판단하기 어려운 미묘한 거리다. 하지만 미터 또는 킬로미터로 측정하는 것보다 훨씬 큰 거리감이 두 집 사이에 있었다. 그 측정 단위는 '엔'이다.

내가 '저택'이라고 부르는 미아이의 집에는 에디와 미아이의 부모님과 미아이, 그리고 남동생이 살고 있다. 에디는 에드워드의 애칭이다. 그렇게 말하면 파란 눈에 금발의 홈스테이 청년을 상상할지도 모른다. 솔직히 나도 처음에는 미아이가 '에디가 말이지.'라고 말하는 것을 듣고 그렇게 생각했었다.

그래서 미아이 집에 놀러 갔다가 에디 또는 에드워드의 정체를 알게 되고는 내심 실망했다.

에디는 치렁치렁한 긴 털을 마구 휘날리고 침을 질질 흘리면서 내게 맹렬하게 달려들었다. 나름대로 열렬한 환호의 인사였다. '그놈'은 뭐라는 종의 서양 소형 견이었다. 엄청난 몸값을 자랑하는, 혈통서가 있는 개님이라고 한다.

나는 옷이 더럽혀진 것에 화가 나 마음속으로 '똥개 새끼.' 하고 욕을 하면서 집 안으로 들어갔다.

"저 녀석은 머리도 나쁘고 짖어 대기만 하면서 집도 못 지켜. 한심한 개야." 미아이가 담담하게 말했다.

"하지만 아바마마가 엄청 예뻐하셔서." 그렇게 덧붙이며 그녀는 혀를 메롱 내밀었다. 처음 그녀가 가족 구성원을 설명했을 때의 순서가 그대로 그 집의 서열을 나타내고 있는 것이다.

한편 내가 에디와 그다지 우호적이지 않은 만남을 한 후 얼마 지나지 않아 그놈을 '단골 의사'에게 데려간다는 미아이를 따라간 적이 있다. 아바마마가 '가벼운 감기에 걸린 것 같으니 당장 병원에 데려가라'는 분부를 내리셨다고 한다.

"사람인 나도 주치의가 없는데 개 팔자 상팔자라니까. 제길."

캉캉 짖어 대는 커다란 등나무 바구니를 힘겹게 든 채 나는 불평인지 질투인지 모를 말을 내뱉었다.

"어머, 나도 마찬가지야." 반대쪽 손잡이를 고쳐 쥐며 미아이가 말했다. "아빠는 내가 어느 치과를 다니는지 따위는 전혀 모르면서 에디 일이라면 완전히 딴사람이 된다니까. 요시다 선생님은 정말 좋은 분이셔. 아내분도 친절하고. 하지만 아무리 그래도 우리 아빠의 정성은 정상이 아니야. 선생님의 처남, 그러니까 아내분의 남동생 있잖아. 그 사람의 취직까지 도와줬다니까."

"진짜? 대단하네."

"내년에 아빠 회사에 들어간다나 봐. 요전에 집에 왔는데, 제법 훈남. 취미는 오토바이. 올해 운전면허 따겠다고 신이 나 있었어."

미아이는 킥킥 웃었다.

"네 타입이야?"

"응, 조금."

서로 얼굴을 마주 보며 웃었다. 이런 일에서는 두 사람 다 말만 그럴 뿐 전혀 실행에 옮기지 못하는 유언불실행有言不實行의 바보들이 었다.

"……하지만, 그렇구나."

나는 크게 고개를 끄덕였다.

"뭐가?"

"학교에서 이것저것 공부하느니 미아이 집에서 에디 머리를 쓰다듬는 편이 취직할 확률이 높은 거네."

"똘아이."

미아이는 들고 있던 바구니를 부웅 하고 휘둘렀다. 안에서 에디가 캉 하고 짖었다.

대충 그러한 경위로 나는 요시다 선생님을 만났었다. 만났다고는 해도 한 번뿐이었다. 인사는 했지만 그쪽에서 기억하고 있으리라고는 생각하지 않았다. 그런데 선생님은 의외로 나를 기억하고는 친절하게 인사를 해 주셨다.

"아, 언젠가 왔었죠? 안녕하셨어요."

아다치 씨도 반갑다는 듯 주름 진 얼굴로 알은척을 해 주었다.

"아이고, 어느 집 규수인가 했더니. 한동안 못 본 사이에 어른이 다 됐네."

난 무턱대고 감동하면서 "네, 안녕하셨어요." 하고 대답했다.

그때 병원 쪽문이 열리고 노란색 모자가 불쑥 나타났다. 초등학교 1학년이 쓰는 노란 모자 아래에 단발머리의 귀여운 여자아이가 달라붙어 있다.

"아빠, 푸딩 먹어도 돼?"

"그럼, 되고말고."

자상한 '딸바보 아빠' 말투 그대로 요시다 선생님이 대답했다. 노란 모자가 들어가자 요시다 선생님은 "유카는 저 모자가 마음에 들어서 집에 있을 때도 쓰겠다고 고집을 부려요."라고 누구에게랄 것 없이 변명하듯 말했다.

"뭐 외동딸에게는 아무래도 약해질 수밖에 없죠." 아다치 씨는 웃었다. "악역은 엄마에게 맡기고."

"맞아요."

부끄러운 듯 요시다 선생님도 웃었다.

나는 두 사람에게 가볍게 고개를 끄덕이고 다시 걷기 시작했다. 흐뭇한 광경에 잠시 잊고 있었지만 혈흔은 조금 간격이 길어지긴 했어도 여전히 이어지고 있었다. 나는 점점 범인을 미행하는 형사의 기분이 되었다. 하지만 이미 10분 이상 걷고 있었다. 그리고 마침내 혈흔은 길모퉁이 왼쪽으로 꺾어졌다. 역과는 반대 방향이었다. 나는 잠시 주저했다. 이대로 내키지 않는 추적을 계속하는 것이 더없이 무의미하게 느껴지기도 했지만, 그보다는 불길한 기분이 더 컸다. 나는 마음을 굳히고 역 쪽으로 향했다.

그때 뒤쪽에서 이야기 소리가 들렸다.

"꺄악! 징그러워. 이거 피 아냐?"

"설마. 바보니? 피는 무슨. 이거야, 이거."

"뭐야, 주스잖아."

이어서 캉 하는 소리가 울리고 내 발밑으로 그것이 굴러왔다. 모습이 보이지 않는 두 여자아이 중 한 명이 발로 차 버린 모양이다. '수박 주스'라는 활자와 함께 만화풍의 수박 일러스트가 그려진 빈 캔이었다.

'아무리 그래도 그것은 주스가 아닐 거야. 게다가 수박 주스는 더더욱 아니야.' 그런 생각을 하면서 학교로 향했다. 점심시간이 되어 미아이가 맛있게 수박 주스를 마시고 있다가 역시나 내게도 권했지만 그때만은 거절했다.

"고마코, 웬일이야? 왜 안 마셔?"

미아이가 이상하다는 표정을 짓고 있어서 아침에 있었던 일을 얘기했다.

"너무해. 하필 수박 주스 마시고 있는데."

그녀는 살짝 얼굴을 찡그렸지만, 그러면서도 주스를 꿀꺽꿀꺽 다 마셨다. 그리고 정말로 아무렇지도 않은 듯 말했다.

"그거라면 우리 집 근처에도 있었어."

"우왓, 거기까지?"

그렇다면 범인(피해자?)은 도보로 20분 이상, 거리로는 2킬로미터 가까이 피를 줄줄 흘리며 걸은 것이 된다.

"지금쯤 과다 출혈로 죽지 않았을까."

"하지만 우리 집 근처에 그런 시체는 없었는데."

미아이가 귀여운 얼굴로 냉정하게 내뱉었다.

"피가 아니었던 거 아냐? 그보다 말이지, 들어 봐. 어젯밤에 우리 에디가 행방불명됐어."

"헐, 그 에디님이? 어떻게 된 건데?"

"그게 이상했다니까. 묶어 둔 쇠사슬이 풀어져 있었고, 문도 조금 열려 있는 거야. 그런데 말이야, 동생 행동이 수상한 거야. 그래서 몰래 추궁했더니 자백을 했어. 자기가 풀어 놨다고. 이전에 에디에게 물린 게 마음에 맺혀 있었나 봐."

"하지만 아버지가 많이 슬퍼하실 텐데?"

"그거야 난리도 아니지. 친딸이 유괴되었다고 해도 그 정도는 아닐 거야. 솔직히 말하면 나 말이지, 동생 칭찬해 줬어. 잘했다고."

"너희 남매도 하여튼 어지간하다."

"나도 그 개한테 맺힌 게 한두 가지는 있거든."

미아이는 생긋 웃으며 그렇게 말했다.

집으로 돌아오자 뭔가 즐거운 일이라도 있는 듯 엄마가 재빨리 이야기를 걸어왔다. 물론 예의 그 혈흔 사건에 대해서다. 평화롭게 살아가는 시민에게 이런 화제는 좀처럼 없는 기회다.

"살인 사건이라도 일어난 게 아닌지 몰라."

엄마는 근처 아주머니들과 열 번 이상 했을 이야기를 다시 했다.

"오늘 아침에 말이지, 열 시 정도 됐을라나, 경찰차가 이 주변을 돌아다녔어. '이 부근에서 부상당한 사람에 대해 아는 분이 있으면 곧바로 경찰에 신고해 주시기 바랍니다.' 하고 스피커로 외치면서."

"그래? 그래서 찾았대?"

"몰라, 어떻게 됐는지는. 그러다가 순찰이 끝났는데."

나는 석간신문을 뒤적였다.

"앗, 여기!"

나는 나도 모르게 소리를 질렀다.

"왜 그래?"

"봐 봐, 오늘 아침 일이 기사로 실렸어."

기사 내용은 이러했다.

……일 오전 8시 10분쯤 S시 사이와이마치 O번지에서 사카이마치 O번지까지 약 2킬로미터 정도, 도로에 혈흔이 점점이 이어져 있는 것을 출근 중이던 직장인이 발견, S서에 신고했다. S서는 상해 사건으로 보고 조사를 시작하던 중, 사카이마치 O번지의 대학생 A씨(21세)로부터 '술을 마시고 귀가하던 중 넘어져서 유리 파편에 팔을 찔렸다'는 신고를 받았다. 출혈량에 비해 상처는 비교적 가벼워 전치 2주의 진단을 받았다고 한다.

보도 기사라기보다는 가벼운 칼럼 정도의 내용이었다. 그나마 지방 신문이라서 실렸으리라.

"뭐야, 술 취해서 다친 거였어?"

엄마의 말투는 오히려 서운한 듯했다.

그날 밤 미아이에게 전화가 와서 잠시 그 화제를 꺼냈다. 그녀는 끅끅끅 하고 비둘기처럼 웃더니, '우리 집에서 보는 신문에는 그런 기사 안 나왔어.'라고 한다. 신문 이름을 묻자 아사히라고 한다.

"아사히 신문이면 이런 지엽적인 기사는 당연히 안 나오지. 우리는 가나가와 신문이거든."

미아이는 "그렇군." 하고 말하더니 문득 생각났다는 듯 말했다.

"사실 난 그 A씨가 누군지 알고 있어."

그 말에는 나도 놀랐다.

"그게 누군데?"

"요시다 선생님 아내의 남동생. 왜 있잖아. 그 동물 병원의……,"

"아, 그 훈남?"

"그래, 그 훈남. 오토바이를 끌고 나오길래 내가 말을 걸었더니 당황하는 거야. 하얀 붕대를 감고 있어서 '무슨 일이야?' 하고 물었더니, '부끄러운 이야기인데.' 하더라고."

"그래서?"

"그게 끝이야."

미아이는 그렇게 대답하고 전화선 너머에서 다시 끅끅끅 웃었다.

"에디는? 아직 안 돌아왔어?"

"그 똥개도 아직 돌아올 가능성이 있긴 해. 어디서 길을 잃어버린 건 아닐까."

"래시나 벤지처럼 집을 찾아오지는 못하나?"

"힘들걸."

"조금 가엾다."

"그러게."

미아이도 조금은 슬픈 듯 맞장구를 쳤다.

이후 그 혈흔은 놀라울 만큼 끈질기게 좀처럼 사라지지 않고 남아 있었다. 하지만 그것도 비가 두세 번 내리는 동안 점차 씻겨 나가 어느새 흔적도 없이 자취를 감추었다. 주변에서 일어나는 미스터리는 일반적으로 이런 정도다.

나는 이 '수박 주스 사건'을 아야노 씨에게 편지로 썼고, 막상 쓰고 보니 보내기가 조금 부끄러울 정도로 분량이 많은 편지가 되어 있었다. 전혀 관계없는 것까지도 잔뜩 써 버린 느낌도 들었지만, '뭐 어때.' 하며 봉투를 봉했다. 다시 읽어 봤다가는 부끄러워서 보낼 수 없을 게 뻔했다. 팬레터와 러브레터는 마음먹은 김에 보내야 하는 법이다.

우체국에서 무게를 잰 후 주소를 몰라서 출판사로 보냈다. 왠지 마음이 들떴다. 하지만 그때는 설마 답장이 오리라고는 생각도 하지 않았다.

그런데……

4

이리에 고마코 씨에게.

보내 주신 편지 잘 받았습니다. 제 미숙한 작품을 이렇게까지 깊게 생각하며 읽어 주시다니 진심으로 고맙게 생각합니다. 저는 제 글쓰기 재능을 의심하면서 그 작품을 썼습니다. 그래서 더욱 당신 같은 독자의 존재는 제게 큰 힘이 됩니다. 그런데 편지에서 무척이나 흥미로운 사건을 이야기해 주셨더군요. 당신이 일명 '수박 주스 사건'이라고 이름 붙인 이야기 말입니다. 편지에서 그 사건은 확실하게 완결되어 있었지만, 제가 작가라는 나쁜 직업병을 발휘해서 여러 가지 시시한 상상을 더한 것은 양해해 주시기 바랍니다.

당신의 이야기 속에서 묘하게 걸리는 점이 몇 가지 있습니다. 그 첫 번째가 '수박 주스'라고 한다면 아마 당신은 어리둥절하시겠죠. 하지만 저는 당신이 본 수박 주스의 빈 캔과 당신 뒤에서 떠든 두 여자아이의 대화가 아무래도 신경이 쓰입니다.

당신이 늘 다니던 길의 풍경이 평상시와 다르게 느껴졌던 원인을 당신은 곧바로 '혈흔'이라는 형태로 인식했습니다. 그러한 즉각적인 인식은 의외로 정확할 때가 있습니다. 그런데 여자아이들은 '주스가 흘렀을 뿐'이라는 극히 일상적이고 평온한 형태로 받아들이고 있습니다. 그리고 당신의 친구도 역시 같은 견해를 보인 것 같습니다.

그 차이는 어디서 온 것일까요? 그녀들의 단순한 인식 부족 때문일까요? 나는 그녀들이 '여자'라는 사실에서 그 가능성을 부정하고 싶습니다. 그 의미는 아마도 이해하시리라 생각합니다. 그 연장선에서 생각을 발전시켜 보면 몇 가지 '있었을지도 모를 사실'이 떠오릅니다. 여기서는 혼란을 피하기 위해 당신이 본 혈흔을 A, 여자아이들이 본 것을 B라고 부르기로 합니다.

(1) B는 정말로 주스였다.
(2) B는 '혈흔'일지도 모르지만 A와는 형태가 달랐다.

곧바로 떠오른 것은 이 두 가지입니다. 어느 쪽이건 B와 A는 별개의 것이라는 점입니다. 그리고 각각의 가능성을 생각해 보면 (1)의 경우, B가 무엇이었든 주스였을 리가 없다는 점은 쉽게 알 수 있습니다. 당신이 설명했듯이 수박 주스의 색깔은 진짜 수박 즙처럼 투명에 가까워서 아스팔트 위에 쏟아졌다면 결코 붉게 보일 리가 없기 때문입니다. 따라서 가능성으로는 (2)가 남습니다.

그러면 이 (2)의 가능성을 만족시킬 조건은 어떤 것을 생각할 수 있을까요?

① B는 피다. 하지만 말라 있었다. 결국 A였을 때보다 시간이 흐른 것이다.

② B는 피도 주스도 아닌 다른 액체였다. 혹은 인간이 아닌 다른 동물의 피였다.

이제 제가 이야기를 어디로 끌고 가려는지 대략 짐작하셨을 것입니다. '당신이 보지 않았던 액체 B'는 이 두 가지 조건 중 하나, 또는 양쪽 모두를 갖추고 있는 것이라고 생각합니다.

기묘한 점 두 번째는 상처를 입은 학생의 행동입니다.

그는 상당한 피를 흘리면서도 누나 부부가 운영하는 병원을 지나쳐 버립니다. 아무리 동물 병원이라고는 해도 응급처치나 소독 정도의 조치는 당연히 받을 수 있을 것입니다. 아무리 취했다고는 해도 인간의 심리로서는 이해가 되지 않는 행동입니다.

또 한 가지는 사소한 부분입니다만, 친구분의 개입니다. 당신의 편지에서 '관계없는 이야기까지 잔뜩 써 버렸습니다.'라고 하신 부분은 아마도 그 에디에 관한 이야기를 뜻하는 것이라고 생각합니다. 하지만 정말로 '관계가 없는 일'이라고 생각하십니까? 개별적인 사건으로 결말이 난 탓에, 마음 깊은 곳에서는 끊을 수 없는 연관성을 느끼면서도 무리하게 다른 사건으로서 받아들인 것은 아닐까요?

당신은 정말로 한순간도 의심하지 않았습니까? 아스팔트에 스며든 '수박 주스의 눈물'의 정체에 대해.

분명히 필요한 퍼즐은 모두 갖춰져 있습니다. 넘친다 싶을 정도로. 몇 가지 소소한 '왜?'를 생각해 봅니다.

왜 '훈남'은 상처를 입고서도 처치도 하지 않고 무턱대고 집으로 돌아가려 했을까? 더구나 그 정도로 귀가를 서두르면서도 왜 먼 길로 돌아갔을까? 다음 날 그는 왜 오토바이를 '끌고 나오고' 있었을까?

마지막으로 한 가지 더. 왜, 에디는 돌아오지 않을까?

이들 '왜?'에 대답할 수 있는 이야기가 어쩌면 존재할지도 모릅니다. 예를 들면 이런 이야기입니다.

귀여움을 받던 혈통 좋은 개가 어느 날 뜻밖에도 목줄에서 자유로워집니다. 그 녀석이 얼마나 감격했을지는 아무도 모릅니다. 설령 말을 할 수 있다고 해도 말이죠. 그리고 아마도 자유의 몸이 된 지 얼마 지나지 않았을 때 오토바이에 치인 것입니다.

오토바이를 탄 사람은 개를 피하기 위해 최대한 노력을 했겠죠. 오토바이는 옆으로 쓰러졌고, 개도 역시 눈앞에 쓰러졌습니다. 분명 그대로 놔두고 가는 것이 몇 가지의 선택지 중에서는 가장 간단하고 유혹적이었을 것입니다. 그래도 사람을 친 것은 아니니까요.

하지만 개도 역시 살아 있는 생명입니다. 그는 두고 볼 수 없었을 것입니다. 그러기에는 너무 착한 사람이었겠죠. 넘어지는 바람에 어딘가 고장이 난 오토바이를 근처에 숨기고 그는 개를 안고 누나 부부의 병원으로 향합니다.

병원에서 어떤 처치가 이루어졌는지는 모릅니다. 출혈이 꽤 심했던 모양으로, 이미 죽어 있었을 가능성도 높겠죠. 요시다 부부는 개를 본 순간 틀림없이 아연했을 것입니다. 동생이 대기업에 취직할 수 있을지 없을지가 그 개 한 마리에 걸려 있었기 때문입니다. 사랑해 마지않던 개를 죽인 인간을 과연 약속대로 사원으로 받아 줄까요? 그럴 가능성은 상당히 낮습니다. 반대로 개 한 마리의 죽음에 대해 세 사람이 입을 다물어 버리면 한 사람의 미래가 열리는 것입니다.

하지만 그러기에는 커다란 문제가 있었습니다. 그것은 개의 혈흔입니다. 행방불명이 된 개가 있고, 주변에 혈흔이 남아 있다. 더구나 그 혈흔을 뒤쫓다 보면 동물 병원이 나온다. 그런 상황에서 사실을 추측하는 데에는 그다지 상상력도 필요 없을 것입니다.

세 사람은 한 가지 계략을 세웠습니다. 청년의 팔에 고의로 상처를 낸 후 혈흔을 남기면서 집으로 돌아가기로 한 것입니다. 그리고 동물 병원 앞을 깨끗하게 물로 씻었던 것입니다. 그들은 개 한 마리의 생명을 인간의 피로 사려고 했던 것입니다. 그 가격이 비싼지 싼지는 판단하기 어려운 부분입니다. 물론 청년이 사려고 한 것은 자신의 미래였겠죠. 개의 생명과 바꾸기에는 인간의 삶이 훨씬 무게가 있다고, 그렇게 생각했을까요.

그들의 행위를 탓할 권리는 분명 누구에게도 없을 것입니다.

마지막으로 사족 하나.

당신이 편지에 쓰신 이야기에 대해 저도 완전히 공감합니다. 일본의 도시는 흙이 드러난 땅이 없는 것이나 다름없는 것이 지금의 현실입니다. 특히 '개인 공간의 땅'은 평범하게 살아가는 서민과는 점점 관계없는 것이 되어 가고 있습니다. 삽 같은 것조차 갖고 있지 않은 집이 많습니다.

제가 무슨 말을 하려는지 이해하셨나요?

혈흔의 문제를 깨끗하게 해결한 사람들에게 남은 가장 큰 고민은 에디의 사체 처리였을 것입니다. 예전 같았으면 몰래 마당에 구덩이를 파서 묻어 버릴 수 있었겠죠. 하지만 마당 자체가 없습니다. 공원은 사람들 눈도 있어서 몰래 구덩이를 파기는 어렵겠죠. 개 한 마리를 태울 만한 커다란 소각로가 근처에 있을 리도 없습니다. 결국 가장 간단한 방법을 선택한 것입니다.

여성은 남성보다 훨씬 변장에 용이합니다. 변신이라고 해도 좋겠죠. 헤어스타일이나 옷, 그리고 화장 등으로 놀라울 만큼 분위기가 변합니다. 그리고 아무리 수수한 여성이라도 평상시의 이미지와는 다른 화려한 액세서리를 보석함에 한두 개는 보관하고 있습니다. 누군가에게 선물받은 것일 수도 있겠고, 자신이 직접 사기는 했지만 쑥스러워서 하지 못한 것일 수도 있을 것입니다.

당신이 이른 아침에 만난 여인을 다시 한 번 잘 떠올려 보세요. 늘어뜨린 머리를 목 뒤로 묶고 화려한 귀걸이를 떼어 낸 후 화장을 지우고 투피스를 하얀 가운으로 바꾼다면? 누군가를 닮지 않았습니까?

물론 증거가 있는 것은 아닙니다. 하지만 그녀의 출현은 정말로 부자연스럽습니다.

이른 아침의 그 시간, 요시다 선생님의 부인은 어디에 있었을까요?

부부의 외동딸 유카는 굴이 밖에 있는 아버지에게 푸딩을 먹어도 되는지 물었습니다. 그런 허락은 보통 어머니에게 받는 법입니다. 그런데 그렇게 하지 않았습니다. 하고 싶어도 할 수가 없었습니다. 왜냐하면 어머니가 부재중이었으니까요.

제가 아는 한, 갓난아이가 있는 여성은 아이를 데리고 다닐 때 절대 귀걸이를 하지 않으며, 또한 머리카락도 자르거나 묶습니다. 눈앞에 있는 것을 물고 빨거나 잡아당기는 것이 갓난아이들의 습성이기 때문이죠. 액세서리는 상황에 따라서는 위험한 물건이 되기도 합니다.

이른 아침에 유모차를 끌던 여성이 유카의 어머니였다고 생각해도 그다지 억지는 아닐 것입니다. 그녀는 과거 갓난아이의 어머니였습니다. 유모차는 유카가 그리 오래되지 않은 과거에 사용했던 것이겠죠.

유모차에 타고 있던 것은 무엇이었을까요?

이른 아침에 당신 집 근처에 무엇을 하러 갔던 것일까요?

그 의문에 대해서는 아마도 그날이 '음식물 쓰레기 버리는 날'이었다는 사실이 대답해 줄 것입니다. 자신의 집 근처에서는 아무래도 꺼림칙하지 않았을까요.

모야이의 쥐
モヤイの鼠

1

"이리고마, 이쪽이야, 이쪽."

하치 공_公 동상_{주인이 세상을 떠난 뒤에도 계속 주인을 기다렸다는 하치라는 이름의 충견을 기} _{리는 동상으로 시부야 역 바로 앞에 있다} 코앞에서 다마고가 모자를 흔들었다.

초여름의 역사는 뜨거운 용암처럼 인파로 들끓었다. 밀리는 대로 하치 공 출구로 나온 나는 얼빠진 사람처럼 눈을 깜빡이며 주위를 둘러보았다.

하치 공 동상 앞이라니, 약속 장소로 독창성이 뛰어나다고는 빈 말이라도 도저히 할 수 없다. 순간 머릿속을 스쳐 간 '어쩌면 영원히 못 만나는 것은 아닐까.' 하는 불길한 걱정은 다행히도 기우로 끝났다. 나는 늘 안고 다니는 커다란 가방을 사람들에게 부딪히지 않도록 배에 꼭 끌어안고 인파를 헤쳐 나갔다. 다마고는 충견 하치 공 정면에서 유유하게 진을 치고 있다.

"오랜만이야, 이리고마. 어땠어? 잘 지냈어?"

다마고가 모자를 고쳐 쓰며 쾌활하게 말했다.

"사람들 앞에서 이상한 별명 부르지 마. 단기대학에 들어가고 나서야 겨우 그 별명에서 해방됐단 말이지."

반가운 마음과 달리 나는 뚱한 표정으로 항의하듯 말했다. 물론 진심이 아니다. 마음을 연 친구에게는 늘 생트집을 잡는다. 내가 봐도 이상한 버릇이다.

내 이름은 이리에 고마코라고 한다. 엄마가 『설국』을 읽고, '내용은 어쨌든 여주인공 이름이 마음에 들었다'는 이유로 지어 주신 이름이다. 꽤나 우아하고 사랑스러운 이름이라는 생각에 나는 마음에 든다.

초등학교 때는 '똑바로 읽어도 고마코일본어로 こまこ라고 쓴다, 거꾸로 읽어도 고마코'라며 무슨 김 광고 같은 말을 하며 즐거워했다. 성씨인 '이리에'도 거꾸로 읽으면 '에리이엘리를 일본식으로 읽은 발음'로, 뭔가 푸른 눈의 예쁜 여자아이 같다. '에리 고마코라고 해.' 하고 예명처럼 말하며 잘난 척을 했다. 그런 시답잖은 것으로 잘난 척을 하고, 더구나 모두 감탄해 주었다니, 지금 생각해 보면 어렸을 때는 정말 단순했다. 그런데 고등학교에 들어가자 우아한 이름에 원하지도 않은 탁점이 붙어서 '고마ごま '참깨'라는 뜻가 되어 버렸다. 그렇게 되면 성인 '이리에'와 연결되어 '이리고마볶은 깨'가 되는 것은 시간문제에 지나지 않았다.

덧붙이자면 '다마고'도 본명은 아니다. 그녀의 이름은 기미코다. 기미紀美→기미黄身 '노른자'라는 뜻→다마고달걀가 된 것이다. 하지만 그녀의 모습은 달걀과는 사뭇 다르다. 피부색은 1년 내내 까무잡잡했고, 군살이라고는 찾아볼 수 없는 깡마른 체형이다. 본인이 '구운 달걀'이라며 익살을 부려 사람들을 웃겼지만, 그녀가 속으로는 투명하고 하얀 피부를 동경한다는 사실을 나는 잘 알고 있었다.

오랜만에 만난 다마고의 어딘가 소년 같은 인상은 변함없었다. 챙이 넓은 데님 모자의 그늘 속 얼굴의 하얀 이가 싱긋 웃었다.

"너도 여전하네."

"여전하다니, 뭐가."

나는 일부러 토라진 척 입술을 삐죽 내밀었다.

"여전히 얼빠진 녀석이라는 거지. 빨리 이 정신없는 곳에서 좀 벗어나자."

"휴일의 시부야는 어딜 가도 시끄러워."

"그러면 넌 계속 여기에 있다가 하치 공 등에라도 올라타든가."

나는 그렇게 냉정하게 말하고 곧바로 성큼성큼 걷기 시작하는 다마고를, '아이, 기다려.' 하고 콧소리를 내면서 쫓아갔다.

"야, 어디 근처야, 그 화랑은?"

나는 다마고를 따라잡고는 영어식 일본어로 물어보았다.

"이 근처."

이노카시라 선으로 연결되는 계단 옆을 지나가면서, 다마고는 실로 친절한 설명을 해 주었다.

"흠, 이 근처구나."

"응."

나는 굳이 자세히 물으려고 하지 않는다. 어차피 자세하게 설명해 줘 봐야 난 시부야의 지리를 모른다.

시부야 역 뒤쪽에는 버스 터미널이 있다. 그 앞의 광장 비슷한 어중간한 공간에 어딘지 섬뜩한 느낌의 석상이 서 있다.

모야이 상이다.

이스터 섬의 거석 문명은 유명하다. 그 기괴한 석상들이 고도의 이곳저곳에 우뚝 솟아 있는 광경은 정말 '이상'하다고밖에 말할 수 없다. 내가 어렸을 적에는 '우주인 건축설'을 비롯한 미심쩍은 주장이 돌고 있었다. 물론 어디까지나 어린이용 잡지였지만. 하지만 그런 발상을 하는 것 자체가 인간 스스로를 부당하게 저평가하고 있다는 사실을 방증한다.

노르웨이의 인류학자 토르 헤위에르달이 『Aku-Aku』에 소개했듯이, 그 문명에는 인간의 능력을 넘어서는 그 어떤 힘도 작용하지 않았다. 단지 그것은 상상을 초월할 정도의 끈기와 '티끌 모아 태산'이라는 방식의 힘의 집적이다. 나는 그 책을 읽었을 때 불가사의한 감동을 받았다. 불가능에 가까운 일을 이뤄 낸 인간의 그 에너지와 알 수 없는 열정에 말이다.

이것도 무언가의 인연이라고 불러야 할까. 유명한 '모아이 석상'과 이름도 모습도 아주 닮은 가짜가 일본의 도심 구석에 오도카니 자리를 잡고 있다.

물론 모아이와 비교하면 이 모야이 석상은 가여울 정도로 왜소하다. 마치 실패한 복제품 같다. 그리고 그나마도 모아이에 비해 적잖이 박력이 부족한 처량한 얼굴로 망연하게 먼 곳을 바라보고 있다.

도시의 아침을, 낮을, 밤을. 그리고 오가는 인간을.

하지만 우리가 지나갔던 그날 그때는 반대로 '그'가 주목을 받고 있었다. 히쭉히쭉 웃으며 지나가는 사람도 있고, 노골적으로 얼굴을 찡그리는 사람도 있다. 또 어떤 이는 쓴웃음을 짓듯 입술을 일그러뜨린다. 어린 여자아이 셋은 낮은 난간에 코를 비비듯 가까이 다가가 매료된 듯 그것을 응시하고 있다.

그들이 바라보던 것은 정확하게는 모야이가 아니었다. 석상의 목덜미 부근에 있는 땅속 구멍을 바쁘게 움직이는 네댓 또는 대여섯 마리의 작은 동물이었다.

"다마고, 쥐야, 쥐. 우글우글해."

나는 지나치려는 친구를 세우고 아이처럼 환호성을 질렀다.

"진짜, 쥐네."

다마고는 지극히 냉정하게 말했다.

"와, 신기하다."

내 말에 다마고는 비웃었다.

"너 있지, 이 시부야에만 해도 얼마나 많은 쥐가 있는지 생각해 본 적 있어?"

"별로 생각하고 싶지 않은데."

나는 고개를 절레절레 흔들었다. 마음 같아서는 (만약 그럴 수만 있다면) 역겨운 것이나 더러운 것은 시선에 담고 싶지 않다. 어떻게 보면 조금 비겁할 수도 있지만 정신세계를 쾌적하게 유지하기 위해서는 어쩔 수 없다. 나의 '회피형 처세술'이다. 하지만 안타깝게도 현실세계는 내 바람대로 아름다운 것, 좋은 것으로만 채워지지 않는 법이다. 아무리 노력해도 갑자기 내 시야로 뛰어 들어오는 것을 막을 방법은 없다.

얼마 전에도 어스름한 역 승강장에서 전철을 기다리고 있는데 살진 쥐들이 일렬종대로 어느 레스토랑 뒤편을 행진하고 있는 광경과 맞닥뜨렸다. 휘황찬란한 도시의 어두운 부분을 엿본 기분이었다.

하지만 눈앞의 '모야이 석상의 쥐'는 결코 불쾌하지 않았다. 건조하고 청결할 듯한 구멍 탓이었을 수도 있고, 아주 작은 생쥐만 한 크기였기 때문일 수도 있다. 불안한 듯 앞발을 비비고 있는 모습은 어딘가 우스꽝스럽고 귀엽기까지 했다.

멋대로 과자를 던지는 사람이 있었다. 쥐는 원래 경계심이 많은 동물이니 멀찍이 떨어져 흘깃흘깃 쳐다보기만 할 거라고 생각했다. 그런데 가까이에 사람이 없어지자마자 달아나는 토끼(달아나는 쥐?) 처럼 달려 나와 한 아름이나 되는 과자를 구멍으로 끌고 들어갔다.

"녀석들, 완전히 맹랑한데."

내가 웃으며 말했다.

"꽤나 시선을 즐기는 쥐들이네. 저렇게 눈에 띄는 곳에 구멍을 만들다니. '모두 보라고!' 하는 거나 마찬가지잖아. 사람들에게 완전히 익숙해졌어."

다마고는 오히려 감동한 듯했다.

"저렇게 쭈뼛거리는 듯 보여도 역시 익숙해진 걸까?"

"저건 익숙해졌다기보다……,"

다마고는 손을 팔랑팔랑 흔들었다. "깔보는 건데."

쥐는 만만한 녀석들이 아닌 것이다.

"쥐를 보니까 생각났는데……,"

나는 이야기를 시작했다. "요전에 재미있는 책을 읽었어."

다마고는 '감동했던 책'에 대해 이야기할 수 있는 몇 안 되는 친구 중 한 명이다.

"단편집인데, 그중에 「금색 쥐」라는 이야기가 있어. 주인공은 초등학교 삼사 학년 정도의 남자아이."

물론 당연히 하야테의 이야기이다.

2

하야테가 사는 마을에는 에이사이지永斎寺라는 절이 있다. 작은 마을에는 조금 어울리지 않을 정도의 번듯한 절이었다.

"대부분 그렇듯 그 절에도 역시 전설이 있어. 그 절에는 예부터 전해지는 '금색 쥐'라고 하는 진기한 보물이 있었지."

전설의 내용은 하멜른의 『피리 부는 사나이』와 조금 비슷하다. 어느 날 마을에는 엄청난 수의 쥐들이 뒤끓게 되었다.

기둥을 갉아 먹고, 토광의 벽도 갉아 무너뜨렸다. 저장해 둔 곡식을 남김없이 탐욕스러운 위장에 넣어 버리더니 결국에는 갓난아이의 귀까지 갉아 먹었다. 작은 마을이었기 때문에 마을의 식량은 순식간에 동이 나 버렸다. 마을 사람들은 땅을 치며 하늘을 원망하는 수밖에 없었다.

그때 행각승 한 명이 나타난다.

"뭐, 흔한 전개네. 그리고 그 괴상한 스님이 자신만만하게 말하겠지? '자, 제게 맡겨 주십시오.' 하고. 마을 사람들은 반신반의하면서도 부탁하게 될 거고."

"괴상한 스님이라니, 부처님한테 벌 받아. 법명은 모르지만 아주 위대한 고승이었거든. 스님은 곧 쥐 떼를 조종하는 무언가가 있다는 사실을 알아내."

"그래서 주범이 뭐였는데?"

"쥐는 쥐인데, 말하자면 귀신이야. 엄청 크고 몸이 황금색으로 빛나지."

"흐음. 이제는 신통력 싸움이겠군. 물론 스님이 이겼겠지?"

"응. 일곱 날 일곱 밤에 걸친 치열한 싸움 끝에 우글우글하던 쥐 떼를 깨끗하게 없애 버렸어."

"어떻게?"

"그러니까 뭐랄까, 쥐 떼는 사실 쥐의 우두머리가 만들어 낸 가짜 환영이랄까. 홀로그램이었나 봐."

"네가 말하니까 묘하게 SF 같네. 하지만 쥐에게 받았던 피해까지 사라진 것은 아니지?"

나는 말문이 막혔다.

"······글쎄, 아마도 그렇겠지."

"실체가 없는 것으로부터 피해를 받는 경우도 있다는 걸까?"

다마고는 알아서 이해하고 있는 모양이다.

난 무시하고 이야기를 계속했다.

"그리고 우두머리 쥐는 점점 작아지더니 움직이지 않게 되었어. 그 금색 쥐가 에이사이지의 신체神體라고 할까. 비밀의 보물로 전해지고 있는 거지."

"마침내 이야기가 거기로 왔군."

"이 전설에는 이야기가 더 있는데, 보름달이 뜨는 밤이면 그 신체가 움직인다는 거야."

"왜?"

"보름달이 뜨면 고승의 법력은 약해지고, 반대로 쥐가 힘을 회복하거든. 그러니까 아슬아슬한 힘의 균형이 깨지는 거지. 여하튼, 보름달이 뜨면 금색 쥐는 쪼르륵 움직이기 시작한다는 이야기."

"닛코토쇼구 신사에 있는 '잠자는 고양이' 같은 건가."

"비슷한 이야기는 많잖아. 그리고 그 이야기를 들은 주인공 소년은 금색 쥐가 움직이는 걸 너무나 보고 싶었어."

하야테 군은 겁쟁이인 주제에 호기심이 대단했다.

절에서는 1년에 한 번, 마을 축제를 할 때 금색 쥐를 전시했다. 하야테도 당연히 몇 번인가 볼 기회가 있었다.

하지만 몰려든 구경꾼들 앞에는 삼엄하게 로프가 쳐져 있었고, 고양이도 쥐로 보일 만큼의 거리가 있었다.

육중한 유리 상자 안에서 쥐는 샛별처럼 빛났다. 손이 닿지 않는다는 점에서는 별과 다를 바 없었다.

필요 이상으로 경계하고 숨기면 오히려 불필요한 호기심을 불러일으키는 법이다. 특히 아이들은 그 호기심을 만족시키기 위해서 때로 무척이나 과감한 행동을 하기도 한다.

절은 높은 콘크리트 담으로 둘러싸여 있었다. 그 담만 기어오르면 지붕의 창을 통해 금색 쥐를 볼 수 있다는 골목대장 나오토의 말에 따라, 밤이 이슥해지자 하야테는 나오토와 몇몇 아이들과 함께 금색 쥐를 보는 데 성공한다. 굵은 철망과 지저분한 유리창을 사이에 두고 쥐는 확실히 그곳에 있었다. 생각보다 작았지만, 밤눈에도 선명하게 빛났다.

하지만 고대하던 금색 쥐와의 대면은 순식간에 끝난다. 주지 스님에게 걸려 호된 욕설을 들으며 쫓겨났던 것이다.

"하지만 하야테는 단순히 금색 쥐가 보고 싶었던 게 아니야. 움직이는 금색 쥐가 보고 싶었던 거지."

"그렇다면 다시 담을 타고 오르겠네. 보름달이 뜨는 밤에."

"맞아. 하지만 생각지 못한 일이 일어나."

하야테는 용기를 내서 혼자 절로 갔다. 담장 위로 올라가려고 소나무에 발을 디디고 양손을 담장 위에 올린 순간, 믿기 힘든 통증이 밀려왔다.

무슨 일이 일어났는지 소년이 깨닫게 된 것은 양손이 피로 미끈미끈해지고 볼 위로 짠 눈물이 흘러내린 후였다.

"담 꼭대기에 유리 조각을 꽂아 놓았던 거야."

"으악, 잔혹한 스님들."

"그래, 너무하지. 아무리 보물을 지키기 위해서라도 그렇지. 그럼에도 하야테는 한순간이었지만 창문 안을 들여다볼 수 있었어. 그리고 본 거야."

"쥐가 돌아다니고 있었구나."

"비슷하지만 틀렸어. 정확하게는 아무것도 보지 못했어. 그곳에 금색 쥐는 없었어."

"움직이기 시작해서 어딘가로 가 버린 거군."

다마고가 코로 숨을 내쉬며 고개를 끄덕였다.

붕대를 감은 상처 부위가 욱신거리는 동안 하야테는 얕은 잠에 빠졌다. 그리고 꿈을 꾸었다. 금색 쥐가 캄캄한 집 안을 뛰어다니고 있다. 금색 털이 미세하게 흔들리고, 금색 꼬리가 움찔 움직인다.

쥐가 움직일 때마다 어둠 속에 금색의 빛줄기가 스윽 생긴다. 마치 도깨비불처럼 화악 빛났다가 휙 사라진다. 쥐가 다시 깜빡깜빡 움직인다. 빛 가루가 흩어진다. 불꽃놀이의 마지막 불꽃처럼 화악 빛나더니 어둠 속으로 빨려 들어간다.

이상하게 가슴이 두근두근하는 꿈이었다.

며칠 후 하야테는 다시 쥐를 보았다. 여름 축제가 시작된 것이다.

하지만 하야테는 설레지도 두근거리지도 않았다. 희미한 빛이 감도는 유리 상자 속에서 쥐는 꿈쩍도 하지 않고 앉아 있었다. 하야테는 그 모습이 왠지 슬펐다.

"흠. 일종의 판타지인가. 조금 씁쓸하지만. 그 책 뭐야? 동화야?"

흥미가 생겼는지 다마고가 물었다.

"후후훗. 이 이야기가 판타지도 동화도 아닌 이유는 지금부터라고, 아케치에도가와 란포의 소설에 등장하는 사립 탐정."

"차라리 왓슨이라고 하지. 왜 뜬금없이 소년 탐정단이 나와?"

나는 무심코 "우, 우, 우리는 소년 탐정단." 하고 노래를 부른 후 말을 이었다.

"그러니까 이제부터 수수께끼 풀이가 시작되는 거야."

아야메 씨의 등장이다.

아야메 씨는 하야테의 손에 감긴 붕대를 안쓰럽게 바라보며 하야테의 이야기를 듣고는 눈썹을 찡그렸다.

그리고 금색 쥐가 움직였던 이유를 하야테에게 가르쳐 주었다.

"정리하자면, 금색 쥐는 말 그대로 금으로 만든 쥐였어."

"그러니까 그게 순금이었다고?"

"그래. 결국 어마어마하게 값이 나가는 물건이었던 거지."

"아, 무슨 이야기인지 이제 보이는군. 범인은 절의 스님이구나."

"뭐, 달리 누구겠어. 하필이면 절의 재산에 손을 댄 거지."

"그래서 하야테가 엿봤을 때 없었던 것이군."

"쥐가 스스로 움직인 게 아니었던 거지. 그리고 여름 축제에는 모두에게 보여 줘야 하니까 금도금을 한 쥐와 바꿔치기해 둔 거야."

"이런, 금도금이라니. 완전 낭만 파괴야."

"조명도 희미하고 멀리서 보게 하니까 아무도 눈치챌 수가 없지. 다음에 다시 한 번 행실이 좋지 않은 스님이 등장하기 전까지는 안 들키지 않을까?"

"가짜 금색 쥐로 바뀌었다는 사실을 말이지? 그 책의 작가가 누구야?"

나는 말해도 모를 거라는 전제를 깔고 작가의 이름을 말했다. 역시 다마고는 몰랐다.

"뭐, 누구라도 상관은 없지만, 그 이야기를 쓴 사람은 분명 쓸쓸한 사람일 거야."

"쓸쓸하다고?"

생각지도 않은 말을 들은 기분이었다.

"그렇지 않아? 엄청 쓸쓸함이 느껴져."

그럴지도 모르겠다고 생각했다.

그렇게 인정하는 것도 내게는 왠지 쓸쓸하게 느껴졌다.

3

목적지에 도착한 탓에 이야기는 중도에 끊어졌다. 세련되게 도안
된 문자로 '갤러리 샤인'이라고 적혀 있다. 이곳에서는 오자키 엔의
개인전이 개최되고 있었고, 우리들이 시부야에 온 목적은 쇼핑도
영화도 아닌, 그림 감상이었다.

다마고와 나는 고등학교 때 같은 미술부에 소속되어 있었다. 다
마고는 몰라도 나는 완전히 '착각해서' 가입한 부원이었다.

내가 미술부에 들어가겠다는 생각 따위를 한 것은 검은 테 안경
을 낀, 무척이나 까무잡잡한 부장의 '자네도 하얀 캔버스에 청춘을
그려 보지 않겠나.' 같은 낯 뜨거운 대사에 감동한 결과는 결코 아
니었다.

그렇다면 왜? 흔히 있는 청춘의 실수였다.

옛날부터 그림 감상을 좋아해서 미술관이나 전시회 같은 곳은 꽤

찾아다녔다. 누구의 전시회였는지는 잊어버렸지만 멋진 그림에 감동했고, 거기서 멈췄으면 좋았을 것을 감동을 넘어서 그만 착각한 것이다.

'혹시 나도 그릴 수 있을지 몰라.' 하고.

물론 지금은 그것이 큰 착각이었다는 것을 충분히 알고 있다. 사람에게는 어울리는 것과 어울리지 않는 것이 있고, 세상에는 할 수 있는 것과 할 수 없는 것이 있다. 고양이가 '무궁화꽃이 피었습니다' 놀이를 할 수 있을지도 모른다. 턱걸이를 하는 고양이도 있다. 고양이라는 종족은 보기보다 숨겨진 재능이 많다. 하지만 '팔 굽혀 펴기' 만은 절대로 할 수 없을 것이다. ······아마.

고양이는 그렇다 치고, 어쨌든 나는 꽤나 한심한 동기로 가입한 것이다. 이후 3년간의 활동 모습도 머릿속에 그려지는 그대로다.

그림을 그리기보다는 '부지^{部誌}'라는 낙서 공책에 시시한 글을 적기 바빴던 나와 비교하면, 다마고는 그림 그리는 것을 정말로 좋아했고 더구나 실력도 뛰어났다. 수업 시간에 공책 구석에 슬쩍슬쩍 장난으로 그리는 일러스트나 만화조차도 몇몇 친한 친구들끼리만 돌려 보기에는 아까울 정도로 훌륭했다.

당시 미술부 고문 선생님은 지역 미술 협회에서 꽤 유명한 사람이었다. 겉모습은 그다지 화가처럼 보이지는 않았다. 땅딸막한 체형에 머리는 늘 갈퀴로 휘저어 놓은 듯한 산발이었다. 입이 거친 학생들은 '미역을 뒤집어쓴 오랑우탄'이라고 떠들기도 했다.

고문 선생님이기는 했지만 평상시에는 거의 부실에 나타나지 않았다. 안개 같은 존재였다. 하지만 가끔씩 마음이 내키면 나타나서 우리를 지도해 주기도 했다.

이 '지도'가 조금 문제였다.

예술가의 무심함이라고 해야 할까. 그 선생님은 학생이 제작 중인 작품에 거리낌 없이 손을 대었던 것이다. 그 거리낌 없는 태도는 거의 천진난만이라고 부를 만했다.

언젠가 나는 말을 그린 적이 있었다. 입이 거친 부원들에게 데생이 엉망이라는 둥, 무시무시한 색채 감각이라는 둥 아주 신나게 놀림을 받았지만, 그래도 내 나름대로 최선을 다한 것이었다. 그때 선생님이 등 뒤로 내 그림을 들여다보더니, 재미있는 배색이라느니 이곳을 이렇게 하는 게 좋다느니 등등 이러저런 조언을 떠들어 댔다. 나는 '네네.' 하고 적당히 대답을 했다.

다음 날 미술부에 간 나는 놀랐다. 선생님이 웃으며 나를 보고 말하는 것이었다.

"이미 완성했어. 이제 사인만 하면 돼."

전날의 그림과 닮은 구석이라고는 도저히 찾아볼 수 없는 내 그림이 그곳에 있었다. 게다가 그린 기억도 없는 인물이 말 등에 앉아 있다. 피에로인 듯했다.

"제목도 생각해 뒀다. '서커스의 꿈' 어떠냐?"

이 선생님의 문제는 악의가 전혀 없다는 점이다. 선의의 행동이었고, 확실히 그림은 훨씬 좋아졌을 것이다.

정말, 하지만이다.

자신의 곡이 모차르트에 의해 '편곡'되어, 점점 훌륭한 음악으로 변해 가는 모습을 지켜본 살리에리의 기분을 아주 조금 알 것 같았다. 하지만 다마고는 자신의 그림에 선생님의 붓이 닿는 것을 완강하게 거부했다. 선생님의 기분이 상하는 것은 아닐까 걱정될 정도로 단호한 거질이었다.

"제 그림입니다."

다마고는 말했다.

선생님은 전혀 이해할 수 없다는 듯 고개를 갸웃거렸지만, 기분 상한 기색도 없이 다른 부원의 '지도'에 나섰다.

그해 가을의 고교 미술전에 내 말 그림을 포함한 부원 세 명의 작품이 출품되었다. 석 점의 그림은 우스꽝스러울 정도로 서로 비슷했다.

다마고의 작품은 결국 출품되지 않았다.

나는 내 이름 옆에 붙은 '노력 상'이라고 적힌 붉은 종이를 무척이나 괴로운 심정으로 바라보는 처지가 되었다.

'제 그림입니다.'

그때 다마고는 그렇게 말했다. 하지만 나는 말하지 못했다. 선생님에게도 말하지 못했고, 미술전에서 내 사인이 들어간 그림과 마주했을 때도 도저히 그렇게 말할 수 없었다.

그것은 내 그림이 아니었다. 분명 훨씬 좋아지기는 했다.

하지만, 가짜다.

4

자동문이 열리자 테레빈유와 유화물감 냄새가 코를 찔렀다. 잊고 있던 냄새였다. 고등학교를 졸업한 이후 그림과는 무관한 날들을 보내 왔다. 지금쯤 내 붓과 그림물감은 아마도 창고 구석에서 먼지를 뒤집어쓴 채 바싹 말라 있을 것이다. 추억과 함께.

갤러리 샤인은 화방을 겸하는 화랑이었다. 크고 작은 두 개의 전시실이 있었고, 늘 다양한 화가들의 전시회가 열렸다.

오자키 엔은 최근 수년 동안에 갑자기 주목을 받게 된 화가다. 추상화에 부분적으로 정밀한 아라베스크를 그려 넣는 등의 신선한 아이디어가 더해져 특유의 신비한 느낌을 만들어 냈다. 다마고가 일본인 화가 중 마음에 들어 하는 작가다.

"일본화는 원래 평면적인 그림이잖아."

첫 번째 그림 앞에서 다마고가 이야기를 시작했다.

"'사생寫生'의 의미에서 생각하면 완전히 낙제인 셈이야. 예컨대 사람의 옆얼굴을 그릴 때도 눈은 정면에서 본 것처럼 그려져 있잖아. 이집트의 벽화도 그렇기는 하지만 그건 훨씬 뛰어나지. 몸은 정면을 향하고 있는데, 얼굴은 옆모습이고 거기에 눈만 정면을 향하고 있으니까. 그런 점에서는 서양화가 입체적이지 않아? 레오나르도 다빈치 시대부터 원근법을 생각했을 정도니까. 사고방식의 근본이 달라. 어느 쪽이 뛰어난지 아닌지의 문제가 아니라."

"맞아." 나도 맞장구를 치며 이야기했다. "그러니까 오자키 엔 씨의 작품 세계가 신기한 거야. 여기, 설명문에도 적혀 있어. '큐비즘과 오리엔탈의 신비한 융합'이라고. 큐비즘은 입체주의를 말하는 거 맞지? 원래는 서로 양립할 수 없는 세계가 만난 거네."

"예전부터 그런 시도가 있었다고는 해도 평면 문화와 입체 문화의 만남은 충격이었을 거야. 우키요에에도 시대에 성립된 회화의 한 양식으로, 당대의 풍속을 목판화로 제작한 풍속화가 서양화에 미친 영향도 엄청 크잖아."

"그 반대도 마찬가지지."

우리들의 나쁜 습관 때문에 원래 조용한 감상은 불가능하다. 마침 그때는 다른 손님도 없어서 마음 놓고 해석 대결을 펼칠 수 있었다. 화랑 주인은 방 한쪽에 놓인 응접 테이블에서 손님인 듯한 사람들과 즐겁게 얘기를 나누고 있었다.

"와아, 저 그림 좋지 않아?"

나는 가장 안쪽에 걸려 있는 1백 호 사이즈의 그림 쪽으로 달려갔다. '유구한 시간'이라는 제목이 붙어 있었다. 오자키 엔의 특기인 아라베스크 무늬가 오싹할 정도로 집요하게 화면 가득 그려져 있다. 가운데에는 물에 떠 있는 거품 같은 구면체가 하나. 구면체는 투명한 수정구다. 수정구 너머 빛의 굴절 탓에 뒤틀린 아라베스크 무늬까지 섬세하게 그려져 있었다. 놀라울 만큼 섬세하고 기가 막힐 만큼 집요하다.

"어떻게 백 호 사이즈 가득 이렇게 귀찮은 무늬를 그릴 생각을 했을까?"

다마고가 한숨을 쉬며 말했다.

"별로 친구 먹고 싶은 스타일은 아닐 듯."

나는 그렇게 농담을 하면서 캔버스에 얼굴을 가까이 댔다. 생각보다 물감이 두껍게 발려 있다.

"역시 프로 화가는 물감을 아끼지 않는군."

유화물감은 꽤 비싸다. 나는 미술부에 처음 들어갔을 때, 물감이 아까워서 그것을 기름에 개어 양을 늘렸다. 그랬다가 수채화 같다는 말을 듣기도 했다.

"무슨 그깟 시시한 거에 감동이냐."

다마고도 웃으면서 얼굴을 그림에 가까이 댔다. 곳곳에 붓 자국이 봉긋하게 올라와 있었고, 특히 한 곳에는 붓 선을 따라 물감이 뾰족하게 솟아 있었다. 마치 풍성하게 거품이 인 생크림의 뿔 같다.

"여기 봐, 귀여워."

그렇게 말하며 나는 전혀 의식하지 못한 채 그림을 만지고 있었다. 그런데 그 순간 정말로 맥없이 문제의 뿔이 툭 하고 부러졌다.

거의 정신이 나간 상태로 나는 손안에 남은 쌀알 크기의 짙은 감색 덩어리를 바라보았다.

"……이 그림, 오백만 엔이래."

잠시의 침묵 후 다마고가 살며시 내게 속삭였다. 그때까지는 전혀 의식하지 않았지만, 이곳은 전시와 판매를 동시에 하는 화랑이었다. 게다가 〈유구한 시간〉에는 이미 '판매 완료'를 의미하는 빨간 스티커가 붙어 있었다.

우리는 약속이라도 한 듯 쭈뼛쭈뼛 뒤를 돌아보았다. 소파에 앉아 있는 사람은 남자 한 명과 여자 두 명이다. 남자가 주인이고 두 여자가 손님인 듯했는데, 모두 우리 쪽에는 신경 쓰지 않는 느낌이었다. 처음부터 어차피 학생이라고 무시해서 손님 취급을 해 주지 않았던 것이 다행이었다.

다마고가 내 소매를 끌어당겼다.

"이, 이 그림도 좋지 않아?"

나는 어색하게 옆 그림을 가리키는 다마고에게 대답하면서 아무 일 없다는 듯 〈유구한 시간〉에서 멀어져 갔다. 말수가 급격하게 줄어든 우리 머릿속에는 부자연스럽지 않을 정도의 속도로 화랑에서 퇴각하자는 생각뿐이었다. 그리고 조심스럽게 이동해서 마침내 마지막 그림 앞에 도착했을 때였다.

한 남성이 성큼성큼 들어왔다. 머리가 희끗하고 기품 있어 보이는 중년 남성이다. 처음에는 부드러운 미소를 짓고 있었는데, 갑자기 그 표정에 심상치 않은 변화가 일어났다. 눈썹이 치켜 올라가고 입꼬리가 내려왔다. 그러더니 곧장 〈유구한 시간〉 앞으로 걸어가는 것이었다.

순간 내 심장이 튀어나와 공중에서 세 바퀴 반을 돌았다. 그 남성은 상당히 화가 나 있는 것처럼 보였다.

"그만 가자."

다마고가 내 가방끈을 세게 끌어당겼다. 나가기 전에 뒤를 돌아보니, 아까의 남성이 주인의 멱살이라도 잡을 듯 가까이 다가가 무언가 항의를 하고 있었고, 두 여자 손님은 입을 떡 벌린 채 그 모습을 지켜보고 있었다.

5

"어떻게 하면 좋을까?"

나는 스푼으로 탁자를 툭툭 치며 말했다. 세 번째 같은 대사였다.

"음, 글쎄."

대답하는 다마고의 반응도 이전의 두 번과 마찬가지로 모호하다. 우리는 화랑에서 조금 떨어진 곳에 있는 도토루에 들어가 커피를 홀짝거리면서 '선후지책'에 대해 이야기하고 있었다.

"어떨까? 엄청나게 그림을 훼손한 것도 아니고 겨우 작은 조각인데, 다른 사람들은 눈치 못 채지 않을까?"

"아마 그렇겠지." 나는 고개를 끄덕이고 덧붙였다. "그러니까 결국 내 양심의 문제인 거야."

그렇게 말하면서 나는 테이블 한가운데에 놓인 쌀알 크기의 물감 조각을 노려보았다. 이런 먼지만 한 것에 걸리는 내 양심은 대체 무얼까.

"그건 그렇고 말이야, 나중에 들어온 그 아저씨는 뭣 때문에 화가 난 걸까?"

"역시 이걸 눈치챈 거 아닐까?"

나는 짙은 감색 조각을 집어 올렸다.

"설마. 입구에서 그 그림까지 칠팔 미터는 됐잖아. 그 위치에서 그게 보인다면 그야말로 천리안이지."

그건 그렇다.

"그러면 혹시 그 그림을 사려던 사람이 아닐까? 구두 약속 같은 것을 했는데, 와 보니 이미 빨간 스티커가 붙어 있어서 자신도 모르게 화가 났던 거야. 얘기가 다르다며."

"약속을 했다면 빨간 스티커는 자신을 위한 것이라고 생각하는 게 일반적이겠지."

다마고는 가끔씩 상관없는 일에 집착할 때가 있다. 나는 한숨을 한 번 쉬었다.

"지금 그게 중요한 게 아니잖아. 나 아무래도 사과하고 와야겠어. 이대로는 양심에 걸려서."

"아무도 눈치 못 챘을 거라니까. 더구나 오백만 엔은 또 어쩌려고?"라며 다마고는 다시 나를 설득했지만, 결국 포기한 듯 고개를 흔들었다.

"알았어, 알았어. 같이 가 줄게. 내가 먼저 가자고 했으니까 나도 책임이 있어."

"다마고, 사랑해."

나는 다마고의 손을 잡았다. 고등학교 때 자주 했던 '연인 흉내'다. 다마고가 "그래, 그래." 하고 내 머리를 쓰다듬고는 말했다.

"역시 자기의 매력은 순수함이야."

'범인은 반드시 현장으로 돌아온다.'

다시 갤러리 샤인 앞에 섰을 때 나는 그 말을 절실하게 떠올렸다. 갤러리 샤인 1층은 미술용품 매장이다. 오자키 엔의 개인전은 2층 전시실에서 개최되고 있었다. 그리고 그 위 3층에는 작은 전시실과 사무실이 있었다. 3층에는 늘 동판화 등의 판화와 수채화, 수묵화 등의 소품을 전시하고 있었다.

나는 어쩔 수 없이 무거워진 발걸음으로 2층으로 이어지는 좁은 계단을 오르기 시작했다. 층계참에 이르러 걸음을 멈추고 3층에서 내려온 여성에게 길을 비켜 주었다. 다마고도 나를 따라 계단 벽에 등을 붙였다.

"고마워요."

여성은 시원스러운 말투로 인사하고 또각또각 아래층으로 내려갔다. 보랏빛 원피스를 세련되게 차려입은 아름다운 여성이었다.

나는 쉽사리 층계참을 떠나지 못하고 머물러 있었다. 막상 주인을 만날 생각을 하니 주눅이 들어 우물쭈물하고 있었던 것이다.

"자."

다마고는 용기를 북돋아 주듯 내 등을 가볍게 두드렸다. 나는 크게 숨을 쉬고 남은 계단을 올랐다. 우리가 안으로 들어가자 주인이 무심하게 한 번 쳐다보더니 "어서 오세요." 하고 말했다. 바로 30분 전에도 똑같은 두 사람이 왔다는 사실을 전혀 깨닫지 못하는 모양이었다. 나는 곧바로 주인에게 다가가려 했지만 다마고는 내 손을 살며시 끌어당겨 나를 멈춰 세웠다.

"잠깐, 뭔가 이상해."

다마고의 시선은 똑바로 〈유구한 시간〉을 향하고 있었다.

'뭐가?' 하고 되물으려다가 입을 다물었다. 그리고 그림으로 다가갔다.

확실히 무언가가 변했다. 아까 보았던 그림과 완전히 똑같으면서도, 무언가가 다르다. 아주 미묘한 부분에서 뭔가 다른 느낌이었다.

나의 어렴풋한 의심은 그림으로 다가갈수록 결정적인 것이 되어 갔다.

내가 실수로 만졌던 그 부분은 처음부터 물감의 돌기 같은 것이 없었다는 듯 매끄러웠다. 단지 우아한 아라베스크 무늬가 소용돌이치고 있을 뿐이다.

우리는 순간 상황 파악이 되지 않았다. 30분 전에 본 그림과 지금 눈앞에 있는 그림이 별개인 것은 확실했다. 손에 쥐고 있는 물감 조각이 무엇보다 분명하게 그 사실을 말해 주고 있다.

그렇다면 〈유구한 시간〉은 두 점이 존재했던 것이 된다. 게다가 우리가 없었던 30분 사이에 〈유구한 시간〉이 몰래 또 한 장의 〈유구한 시간〉으로 바뀌었다는 것이기도 하다.

실크스크린이나 석판화와는 달리 유화는 완전히 똑같은 두 장의 그림이 존재하지 않는다. 의도적으로 그리지 않는 한.

'위작'이라는 단어가 머릿속에 떠올랐다.

"저기, 실례합니다."

도화선에 불을 붙인 사람은 나였다. 내 목소리를 들은 주인이 언

짧은 표정으로 우리를 슬쩍 쳐다보았다.

"갑자기 죄송합니다만, 이 그림에 대해 말씀드릴 것이."

주인은 노골적으로 의심스러운 표정을 지었지만, 그럼에도 "무슨 일인가요?" 하며 다가왔다. 나는 치마에 손바닥 땀을 닦았다.

"우리는 삼십 분 정도 전에도 이곳에 왔었습니다만, 이 그림은 아까 본 것과 다른 것 아닌가요?"

"그럴 리 없습니다." 순식간에 성난 얼굴로 변한 주인이 단호하게 말했다.

"하지만……." 상대방의 서슬에 질려 나는 조금 멈칫했다. "아까하고는 분명히 다른 것 같은데요……."

"그럴 리 없습니다." 남자는 도저히 말도 붙일 수 없을 만큼 쌀쌀맞게 같은 말을 반복했다. "미안하지만 말씀하시는 의미를 모르겠군요."

"아까는 분명히 빨간 스티커가 붙어 있었잖아요."

다마고가 냉정한 목소리로 끼어들었다. "지금은 그 스티커가 없는 것 같은데, 왜 그런 거죠?"

다시 보니 다마고 말대로 정말 스티커가 없었다. 나도 함께 '?'의 표정으로 주인을 바라보았다.

"아마 잘못 보셨겠죠."

말은 정중했지만 상당히 멸시하는 듯한 어조가 느껴져 기분이 확 상했다. '너희처럼 미숙한 인간들이 그림이나 아냐?'라고 말하고 싶은 듯 보였다. 그리고 그는 쌀쌀맞게 덧붙였다.

"저 그림은 아직 팔리지 않았습니다. 마음에 드시면 구입하시겠습니까?"

갑자기 다마고가 말없이 휙 나가 버렸다. 나도 뒤쫓았다. 그림이 어떻게 된 것인지 궁금했지만, 그 궁금증 이상으로 불쾌함이 컸다.

전시실을 나서는 순간 나는 문득 멈춰 섰다. 아까는 몰랐는데 계단 벽에는 그림 포스터와 색지 등이 빼곡하게 붙어 있었다. 그리고 그 속에는 이번 달 행사 일정이 섞여 있었다. 길게 나열된 활자 속에 아소 미야코라는 이름이 있었다. '환상 그림전. 소전시실'이라고 적혀 있었다.

『일곱 가지 이야기』의 표지 일러스트 작가다. 나는 그 표지의, 묘하게 인상적인 소년의 그림을 떠올렸다. 그 책에 매료된 이유 중 하나는 그 일러스트였다.

일정을 보니 바로 오늘까지였다. 애초에 사흘뿐이었고, 오늘이 그 마지막 날이었던 것이다.

나는 황급히 계단을 오르려고 하다가 아차 싶어 얼른 다마고의 모습을 찾았다. 이미 계단에서는 보이지 않는다. 아래층에서 자동문이 열리는 소리가 나고, 그 위로 "안녕히 가세요." 하는 힘찬 직원 목소리가 겹쳐졌다.

다마고는 소중한 친구이기는 하지만 상당히 고집스러운 면이 있다. 그녀 나름의 행동 이념과 가치 판단 기준을 갖고 있는데, 그것이 다른 사람에게는 이해하기 힘든 경우가 많다. 이쪽에서 맞춰 주지 않으면 그녀는 혼자서라도 성큼성큼 가 버릴 것이 분명하다. 그

경계의 동태를 파악하는 데에는 상당히 오랜 시간이 걸렸다.

이번 경우도 내가 우물쭈물하고 있으면 다마고는 혼자서 휑하니 가 버릴 우려가 충분히 있었다. 모처럼 오랜만에 만났는데 그건 아니지 않은가.

나는 3층을 향해 미련이 담긴 눈빛을 한 번 보내고, 포기한 채 계단을 달려 내려갔다. 카운터의 여자가 "안녕히 가세요." 하고 힘찬 목소리로 인사했다. 나는 그녀에게 물어보았다. "오늘 이곳에서 아소 미야코 씨의 전시회가 있었나 봐요."

"네. 아까 작가께서 직접 오셨어요. 굉장히 멋진 분이세요. 못 만나셨나요?"

그녀가 포니테일 머리를 흔들며 말했다.

"정말요? 아쉬워라."

진심으로 그렇게 생각했다. 그리고 문득 생각이 났다.

"혹시 아름다운 보랏빛 원피스를 입지 않으셨나요?"

"네, 맞아요. 만나셨군요."

포니테일 아가씨는 생긋생긋 웃으면서 고개를 끄덕였다. 상당히 앳되다. 아마도 고등학생 아르바이트겠지.

말 그대로 스쳐 지나가기만 한 것이지만, 여하튼 나는 그 일러스트를 그린 여성을 만났던 것이다. 우연이라는 것은 때로 생각지도 못한 만남을 선사한다. 아니, 사람과의 만남이 원래 전부 우연의 산물일까.

포니테일 아가씨의 웃음이 옮기라도 한 듯 생긋생긋 웃으면서 화랑을 나왔다. 10미터 앞을 느릿느릿 걸어가는 다마고의 모습이 보였다. 저래 봬도 나름대로 기다려 주고 있는 것이다.

"왜 이리 더뎌."

내가 숨을 헐떡이며 좇아가자, 그녀가 토라진 듯 그렇게 한마디 했다. 대단치도 않은 만남에 완전히 기분이 들떠서, 조금 진 불쾌한 일이 있었다는 사실을 잊고 있었던 것이다.

"난 말이지, 이해할 수 없는 것이 정말 싫어."

분개한 듯 다마고가 말했고, 나는 '응응.' 하며 고개를 끄덕였다.

"분명히 이상했어. 그 그림은 분명히 다른 그림이었잖아? 그런데도 딱 잡아떼다니."

"뻔히 보이는 거짓말을 했어."

"우릴 우습게 본 거지. 학생이라고. 그 자식이 한 짓이 분명해."

"우리가 없는 삼십 분 동안 무슨 일이 일어났던 것일까?"

내가 주간지 기사 제목처럼 말했다.

"위작이랑 바꿔치기한 거야, 분명히. 그 자식의 태도 뭔가 이상하지 않아? 지나치게 화를 냈잖아. 분명히 범인은 그 주인이야. 분명해."

'분명'을 연발하면서 다마고는 역설했다. 나는 고개를 끄덕이면서도 뭔가 석연치 않은 기분을 느끼고 있었다.

"있잖아……."

인파 속을 걸으며 다마고가 불쑥 말했다.

"그 이야기, 마지막에 어떻게 돼?"

"그 이야기라니?"

"금색 쥐 이야기. 나쁜 짓을 한 스님은 그대로?"

"그럴 리가." 나는 머리를 흔들며 웃었다.

아야메 씨는 주지 스님이 금색 쥐를 몰래 빼돌린 것보다 하야테가 다친 것에 더 화가 난 모양이었다. 아야메 씨는 따끔한 맛을 조금 보여 줘야겠다고 생각했다.

물론 실제로 행동한 사람은 하야테와 골목대장 나오토다. 나오토는 어린 나이에 비해 꽤 배짱이 있고 머리가 좋은 소년이었다. 하야테의 이야기를 듣고는 소년다운 정의감에 불타올라 아야메 씨의 계획에 반갑게 뛰어들었다.

나오토의 지시에 따라 마을 아이들은 순식간에 쥐 열 마리를 잡아 왔다. 그중에서 가장 큰 녀석에게 꼼꼼하게 금색 래커를 뿌리고 다른 쥐와 함께 에이사이지에 풀어 놓았다.

네즈미잔鼠算 쥐가 번식하듯 기하급수적으로 급속히 불어나는 것을 뜻한다이라는 말이 있다. 쥐는 무시무시한 기세로 번식했고, 게다가 담 위에 꽂아 둔 유리 조각 탓에 밖으로 나가지도 못했다. 옛날에 마을에서 일어났던, 쥐로 인한 공황이 아이러니하게도 절 안에서 재현된 것이다.

에이사이지의 주지가 쥐 퇴치에 정신이 없다는 소문은 곧바로 마을로 퍼졌다. 금색으로 빛나는 쥐가 출현한 것 같다는 소문도 이어졌다. 그리고 모든 원인은 주지가 절의 보물을 몰래 팔아 버렸기 때문이라는 소문이 다시 그 뒤를 이었다.

소문은 모두 사실이었다. 더 이상 배겨 내지 못한 주지는 이내 마을을 떠나게 된다.

그 뒤를 이어 온 스님은 더없이 고양이를 좋아한다는 사람으로 흰색, 검은색, 삼색 털의 세 마리 고양이를 데리고 나타났다. 아무리 드센 쥐들이라도 고양이 앞에서는 그냥 쥐일 뿐이다. 결국 쥐 소동은 깨끗하게 정리되었다. 이 고승이 오자마자 했던 일이 유리 조각을 꽂아 둔 담을 아예 없애 버린 일이었다.

"이제 통풍이 좀 되겠군."

담장을 없앤 고승은 눈을 가늘게 뜨고 그렇게 말했다고 한다. 그는 '고양이 고승'이라고 불렸고, 하야테 이야기에도 가끔씩 등장한다. 여하튼 단편집 전편을 통해 아야메 씨가 했던 해결 방법 가운데 가장 가차 없고 무자비한 대처였다.

"통쾌해."

무척이나 만족스러운 듯 다마고가 말했다.

"아까 했던 말 취소. 그 작가라는 사람, 쓸쓸하기만 한 게 아니라 엄격하네. 자신에게도 타인에게도. 그런 성격 좋아."

"……그러네."

다른 사람에게도 관대하고 자신에게도 관대한 내 유약함을 지적당한 기분이 들어서 내심 얼굴이 뜨거웠다. 물론 다마고에게 그런 의도는 털끝만큼도 없다는 것은 알고 있지만.

여하튼 기묘한 하루였다. 모야이의 쥐를 만났고, 두 점의 똑같은 그림을 만났고, 그리고 아소 미야코 씨를 만났다.

그러고 보니 아소 씨가 입고 있던 옷은 아름다운 붓꽃 색이었다. 스쳐 지났을 뿐이라서 기억이 희미했지만 호리호리한 몸매의 아름다운 여성이었다. 이지적이고 산뜻한 인상이 남아 있다. 그 사람이야말로 아야메 씨인 것은 아닐까. 문득 그런 생각을 했다. 물론 아무런 근거도 없지만.

그날 집에 돌아온 나는 곧바로 편지를 썼다.

6

이리에 고마코 씨에게.

잘 지내셨나요.

마침 당신의 다음 편지가 올 때가 되지 않았나 생각하고 있었습니다. 당신은 정말 기묘한 사건을 조우하는 데에 달인이군요. 당신의 일상은 저의 변변치 않은 이야기보다 훨씬 놀라움과 신기함으로 넘치고 있어서 저번 편지와 마찬가지로 무척 흥미롭게 읽었습니다. 당신 사전에는 '지루함'이란 단어가 없는 것이 아닐까요? 진심으로 부러울 따름입니다.

그런데 당신과 친구분이 시부야의 화랑에서 겪은 불쾌한 사건을 읽고는, 이렇게 말하면 실례가 될지도 모르겠습니다만 저도 모르게 웃어 버렸습니다. 갤러리의 주인이 가엾은 처지가 되어 버린 거죠. 물론 책임은 그 자신에게 있지만요.

당신이 그림에 아주 작은 흠집을 낸 일은 더 이상 신경 쓰지 않아도 되지 않을까요? 친구분의 말처럼 아마 이후에 그 사실을 알아채는 사람도 나타나지 않을 것이고, 당신은 깔끔하게 사죄하려고도 했으니까요. 당신이 사죄를 할 수 없었던 것은 갤러리 주인의 책임입니다.

단언컨대, 만약 당신이 사죄를 했다고 해도 주인은 당혹스럽기만 했을 것입니다. 그리고 분명 그림은 괜찮으니 빨리 돌아가라고 했을 것입니다.

화랑 주인의 태도에는 조금 문제가 있었지만 당신은 분명 그를 용서할 것입니다. 이 편지를 읽고 난 후, 대신 그를 비웃는 것으로 용서할 수밖에 없습니다. 그의 자존심은 이미 충분히 상처를 받았으니까요.

이번 사건의 커다란 수수께끼는 당신들이 없었던 삼십 분이 채 안 되는 시간 동안 그 큰 그림이 바꿔치기되었다는 점입니다.

그런데 백 호라면 맹장지 두 장 크기 정도나 됩니다. 그렇게 부피가 큰 물건을 아무도 모르게 바꿔치기하는 것이 과연 가능할까요.

당신 편지에 따르면 이 층 전시실에 가기 위해서는 상당히 좁은 계단을 통과하는 방법밖에 없는 듯합니다. 그 갤러리에서 평상시에 어떤 식으로 그림을 반출하든, 외부인이 그림을 옮기려면 그 계단을 지날 수밖에 없는 것입니다.

따라서 주인과 계산대에 있는 여자의 눈을 피해 백 호 사이즈 두 점의 그림을 바꿔치기하는 것은 불가능하다고 할 수 있습니다.

당신 친구가 단번에 '범인은 주인이다.'라고 단정했던 것도 억지스러운 주장이라고는 할 수 없습니다. 만약 누군가가 그림을 바꿔치기했다고 한다면, 그 사람은 주인 외에는 생각할 수 없기 때문입니다.

그런데 여기서 문제가 발생합니다. 주인이 그림을 바꿔치기해서 대체 어떤 이익이 있는가 하는 점이 첫 번째입니다. 그는 화랑의 주인이며, 유명 화가의 그림을 보관하는 책임자이기도 합니다. 위작과 바꿔치기한 것이 발각될 경우 그는 신용을 잃게 될 뿐만 아니라 형사책임까지 묻게 될 수도 있습니다. 그런 위험한 다리를 건너야 할 만한 이유가 대체 무엇일까요?

두 번째는 똑 닮은 위작을 누가 어떻게 만들었는가 하는 의문입니다. 오자키 엔은 저도 좋아하는 화가 중 한 사람입니다만, 그의 작품을 흉내 내는 것은 그만큼의 대단한 노력과 끈기가 필요할 것입니다. 아마도 작가가 소요했던 시간 이상이 걸릴 것입니다. 그리고 위작을 만들려면 원작이나 최소한 원작의 사진이 필요합니다만, <유구한 시간>이라는 작품은 오자키 엔의 신작입니다. 당연히 그의 작품집에도 실려 있지 않습니다.

위작을 만드는 것은 불가능한 것입니다.

그렇다면 당신들이 본 그림 두 점은 대체 무엇이었을까요?

그 대답은 오자키 엔의 화풍과, 그가 선택한 모티브에 있습니다. 그의 작품은 부분적으로 아라베스크 문양을 그려 넣은 작품이 많은 것으로 유명합니다. 이번에 그는 그 문양을 캔버스 가득 꼼꼼하고 세밀하게 그린다는 새로운 시도를 했습니다. 원인의 하나는 거기에 있는 것입니다. 또 하나는 그림의 중앙에 배치된 것이 구면체였다는 점입니다.

이해하셨나요?

갤러리의 주인은 <유구한 시간>을 전시할 때 무심코 위아래를 거꾸로 해서 걸었던 것입니다. 일반적으로는 당연히 화가의 사인의 위치로 위아래를 구분합니다. 하지만 그 복잡하게 들어간 아라베스크 문양 때문에 사인의 위치가 통상적인 위치가 아닌 이상한 곳에 있다는 사실을 깨닫지 못했던 것입니다. 그리고 거꾸로 전시된 그 그림이 하필이면 그대로 손님에게 팔려 버렸던 것입니다.

당신들이 만난 남성은 오자키 엔이었을 것입니다. 그는 연락도 없이 화랑을 찾아온 것입니다. 자신의 그림이 얼마나 팔리고 있는지 보러 왔을 수도 있겠죠. 그런데 자신이 새로운 시도로 완성한 대망의 작품이 위아래가 거꾸로 되어 걸려 있는 것을 발견한 것이죠.

그가 격노한 것은 뭐 당연하다면 당연할 것입니다. 언뜻 보기에 큰 차이가 없다고 해도 말입니다. 그가 주인의 멱살이라도 붙잡을 듯 항의한 것도 어느 정도 이해할 수 있습니다. 그는 거꾸로 된 <유유한 시간>이 팔렸다는 것에도 물론 화를 냈을 것입니다.

'자신이 사려는 그림의 위아래도 구분 못하는 자식에게 내 그림을 팔 수 없어.' 아마 그런 말을 했을 것입니다.

일단 판매 예약이 끝난 그림을 팔 수 없다고 번복하는 것은 화랑의 신용과 관련된 문제입니다. 주인은 화가를 필사적으로 설득했을 것입니다. 따지고 보면 주인이 저지른 실수가 원인입니다. 결국 화가의 뜻을 꺾지 못하고 그림을 바로잡은 후 손님에게는 머리를 숙여 판매 예약을 취소한 것입니다.

그런 소동으로 짜증이 나 있는 상황에서 당신들이 나타났고, 문제의 그림이 '다르다'고 지적한 것입니다. 그의 반응이 조금 신사적이지 못했던 이유도 이해가 되셨을 거라고 생각합니다. 물론 그런 태도를 취한 것이 옳다는 것은 아니지만, 그냥 웃어넘기고 그를 용서해 주시기 바랍니다.

<유유한 시간>은 어쩌면 오자키 엔의 대표작이 될지도 모릅니다. 그렇게 되면 꽤 유쾌할 것 같습니다. 그 그림의 위쪽 부분의 물감이 떨어져 나갔다는 사실을 아는 사람은 당신과 나뿐이기 때문이죠. 그리고 친구분도. 그녀는 당연히 알 권리가 있습니다.

친구분이 이 결말에 어떤 느낌을 받을지 흥미롭습니다. 만약 다음에 제게 편지를 보내실 일이 있다면 그 부분도 부디 써 주시길 바랍니다.

한 장의 사진
一枚の写真

1

만원 전철 한복판에 이상하게 한 자리만 휑하니 비어 있는 것을 보게 되는 경우가 있다. 분명히 뭔가 이유가 있을 것 같아 나도 앉지 않고, 주위의 누구도 앉지 않는다. 가끔씩 곁눈질로 흘깃 보기도 한다. 그렇게 급행 역을 두 정거장이나 지났을 때, 새로 탄 승객이 자연스럽게 그 빈자리에 앉는 광경도 자주 보게 된다. 그럴 때는 조금 어색한 공기가 주변을 감돈다.

만원사례가 이어지는 연극이나 콘서트에서 자신의 좌석보다 좋은 좌석이 비어 있을 때는 전철에서와는 또 다른 감정이 든다. 한 줄이라도 앞에서 보고 싶은 마음은 누구나 마찬가지다. '아, 아까워.' 하는 말 한마디에 모든 감정이 담긴다. 대체 누가 어떤 사정으로 올 수 없게 된 것일까? 아니면 흔히 말하는 '관계자용'으로 빼 두었던 자리가 남은 것일까?

마지막까지 차갑게 비어 있는 그 자리로, 적어도 1백 명의 같은 생각이 날아들었을 것이다.

초등학교 때 같은 반 남자아이가 병으로 죽었다.

주인을 잃은 그 쓸쓸한 자리에 앉으려는 아이는 없었다. 왠지 모르게 아이들 모두 그런 책상 따윈 그곳에 없다는 것처럼 행동했다. 그 아이와 친했던 남자아이가 책상 위의 낙서를 가만히 쓰다듬는 모습을 딱 한 번 보았다.

어느 날, 등교해 보니 책상과 의자는 어딘가로 옮겨지고 없었다.

그 사실을 깨달은 것은 며칠이나 지나서였다.

90제곱센티미터. 그 만큼의 공간이 지금도 마음속에 빈 공간으로 남아 있다. 이제는 이미 세상에 없는 소년이 예전에 앉아 있던 조그만 공간이다.

지층처럼 쌓인 내 기억 속에는 그처럼 크고 작은 빈 공간이 여러 개 떠 있다. 벌꿀 속에 갇혀 있는 거품처럼 뻐끔거리며.

2

"고마코, 요전에 찍은 사진 나왔어. 볼래?"

도서관 통론 수업 중에 후미가 뒤를 돌아보며 말했다.

"와, 보여 줘, 보여 줘."

나는 신이 나서 조그만 목소리로 그렇게 말하고, 토끼 그림이 그려진 포켓앨범을 받아 들었다.

교수님께는 죄송하지만, 솔직히 말해 도서관학 따위 지루하기만 할 뿐이다.

나는 이과계를 철저하게 배척하고 문과계를 더없이 사랑한 결과, 현재의 학교에 입학했다. 입학 동기는 순수하게 문학을 배우고 싶어서였으므로 굳이 사서 자격 취득 코스를 수강할 필요는 사실 없었다. 하지만 수강 신청을 할 때 문득 순간적으로 현실적인 생각이 머리를 스쳤다. 그러니까 딸 수 있는 자격은 따 두는 편이 취직할 때 조금이라도 유리하게 작용하지 않을까 했던 것이다.

책을 무척이나 좋아하는 나지만, 그 사랑스러운 책들을 분류하는 작업이 이다지도 복잡하고 다방면의 지식을 필요로 하는지는 꿈에도 몰랐다. 사물을 이론적으로 분류하고 정리하는 작업은 역시 내게 근본적으로 맞지 않는 모양이다.

단지 문학이 좋다는 이유로 이 학교에 입학했다. 그리고 학교 선택이 틀렸다고는 생각하지 않는다. 하지만 그리 멀지 않은 미래에 기다리고 있는 취업 활동에 대해서는 너무도 막연한 전망밖에 갖고 있지 않았다. 정말 가끔이지만, 이대로 괜찮을까 하는 불안감이 들기도 했다. 그래서 입학 안내 팸플릿을 펼쳐 보았을 때 도서관원이라는 직업도 한가해 보이고 좋아하는 책에 둘러싸여 있으니까 내게 딱 맞는 직업이 아닐까 하고 태평하게 생각했던 것이다.

하지만 현실은 그렇게 녹록하지 않다. 대체로 도서관원의 정원은 극히 한정되어 있는 데다가 (실례되는 말이지만) 한번 자리를 잡으면 좀처럼 그만두는 사람이 없어서 신규 모집 인원은 아주 적다. 어느 시립 도서관에서 결원이 한 명 생기자 2백 명 이상의 응모자가 쇄도했다는 이야기를 들은 것만으로 진저리가 났다.

그리하여 체념이 빠른 나는 취직할 때 제출할 이력서에 '사서 자격 있음'이라는 단 한 줄을 기입하기 위해 도서관학 수업에 부지런히 나오고 있는 것이다. '면허/자격'란이 공백으로 있는 것보다는 그래도 낫겠거니 하는 정도의 정말 소극적인 이유다.

좋아하는 '일본 문학 특강'이나 '연극론' 같은 수업에는 맨 앞줄의 한가운데에 진을 치고 눈을 반짝반짝 빛내며 수강한다. 하지만 도서관 관련 수업에는 맨 끝줄까지는 아니지만 무의식적으로 슬며시 가장자리에 앉게 된다. 내가 생각해도 정말로 정직한 삶의 태도다.

도서관 통론 수업에서도 창가 자리에 앉아 열어 둔 창문을 통해 들어오는 상쾌한 바람에 앞머리를 나부끼며 기분 좋게 수업을 듣고 있었다. 그리고 마침 점심시간 직후였다. 선생님의 말은 단조한 리듬으로 바뀌었고, 대충 펼쳐 놓은 교재의 글자가 의미를 알 수 없는 아라비아문자처럼 보였다.

눈앞에 포켓앨범이 나타난 것은, 극장에서 무대의 막이 내려오듯 눈꺼풀이 천천히 내려가려던 순간이었다. 적절한 커튼콜에 막은 다시 올라갔고, 졸음은 저절로 순식간에 날아갔다.

사진은 요전에 교양 수업으로 요코하마의 근대 문학관에 갔을 때 찍은 것이었다. 카메라를 좋아하는 사람은 수업이든 뭐든, 어디를 가든 카메라를 가져간다. 후미도 그중 한 사람으로, 덕분에 귀중한 대학 시절의 스냅사진이 풍요로워진다.

'항구가 보이는 언덕 공원'에서 항구를 배경으로 찰칵. 오사라기 지로大佛次郎 쇼와 시대의 일본 작가 기념관의 근대적인 건물 앞에서 찰칵. 공교롭게도 닫혀 있던 외국인 묘지 앞에서 찰칵. 일반적으로 사람들이 사진 찍기 좋아할 만한 곳에서는 모조리 찍었다. 대체로 여자들은 사진 찍히는 것을 아주 좋아한다. 카메라 앞에서 포즈를 취하면 모두가 와락 몰려들어 뜻밖의 단체 사진이 되어 버린 경우도 많다. 그건 그것대로 즐겁다. 그런 사진은 화사하다. 두세 명이 찍힌 사진은 대체로 친구들끼리 돌아가며 찍은 것이지만, 때로는 교수님이나 지나가는 커플을 붙잡아 찍어 달라고 한 것도 있다. 분명 실례되는 행동이지만 딱히 불쾌해하는 사람은 없었고, 그중에는 부탁도 하지 않았는데 친절하게도 사진을 찍어 주겠다고 나서는 오빠들도 꽤 있었다. 사실 거기에는 후미와 미아이가 무척 귀엽게 생겼다는 사실이 한몫했을 것이라고 생각하지만.

나는 앨범 곳곳의 모서리에 '고마'라고 쓰고 그 주위에 동그라미를 둘렀다. 나는 이 표시를 '마루코마 마크'라고 부르고 있다. 그러고 보니 예전에는 이 마크를 그리면서 '마루코메 미소마루코메는 일본식 된장 등을 생산하는 일본의 식품 회사. 마루는 동그라미를 뜻한다'의 CM송을 '마루코마 미소'라고 바꿔 불렀다가 '썰렁해.'라는 한마디에 그만둔 적이 있었다. 물론 그렇게 말한 사람은 다마고였다.

여하튼 이 경우의 마크는 '인화를 부탁한다'는 의미다. 요코하마의 사진은 날씨가 좋았던 탓인지 꽤 잘 나왔다. 나는 기분이 좋아 열 장 정도에 마크를 하고 후미의 등을 샤프 뒤끝으로 쿡쿡 찔렀다.

"흐흐, 나 꽤 예쁘게 나왔는데."

"그렇지? 내가 실력이 좋잖아."

후미가 뒤돌아보며 정색하고 말했다. 자신이 잘 찍은 덕분이라는 의미다.

그녀는 눈으로만 웃더니 다시 앞으로 돌아앉았다. 새까만 단발머리가 상큼하게 흔들린다. 나는 그녀가 '귀엽다'고 했지만, '예쁘다'로 바꾸겠다. 성격이 까다로워서 꺼리는 사람도 있는 모양이지만,

나는 그 직선적인 말투까지 포함해서 그녀를 좋아한다. 내 호의에는 아마도 동경 비슷한 감정이 포함되어 있을 것이다. 내 성격이 매사에 우유부단해서 헤헤헤 웃어넘기는 성향이 강한 탓인지도 모른다. 내가 자주 사용하는 '뭐, 됐어.' 같은 말을 그녀는 절대 하지 않는다. 어떤 생각이 들면 그대로, 단도직입적으로 내뱉는 성격이다. 별자리 점 같은 것은 그다지 믿지 않지만 후미가 사수자리라는 야기를 듣고 '역시.' 하고 생각했다.

3

며칠 후, '나왔어!' 하며 후미가 봉투에 넣어 가져다준 사진을 나는 한동안 가방에 넣어 둔 채로 있었다. 꽤 시간이 흐르고 나서야 생각이 났고, 내친김에 느긋하게 앨범 정리나 하자고 마음먹었다. 정리되지 않은 사진이 과자 상자 가득 쌓이고 쌓였던 것이다.

하지만 사진 정리라는 것은 연말의 대청소와 마찬가지로, 시간만 걸릴 뿐 도대체 진전이 없다. 어렸을 적 사진을 보면서, 그때는 이랬구나 하며 새록새록 추억에 잠겨 버리기 일쑤다. 갓난아이 때 사진은 내가 봐도 정말 귀엽다. 영양분이 골고루 퍼져 피부에 윤기가 흐른다.

여담인데, 우리 집은 사 남매로, 요즘에는 보기 드물게 형제가 많은 편이다. 막내를 제외하고는 전부 연년생으로 마치 줄줄이 소시지 같다.

언니의 갓난아이 때 앨범은 무려 세 권이나 된다. 같은 사진을 열 장이나 뽑아서 하트 모양이나 다이아몬드 모양으로 오려 내고는 공을 들여 균형을 맞춰 앨범에 붙여 두었다. 사진 밑에는 세심하게 코멘트를 적어 놓기도 했다. 부모님의 열의가 여실히 전해지는 역작이다.

차녀인 내 경우 부모님의 열의가 식었음을 보여 주듯 앨범도 두 권으로 줄어든다. 더구나 공을 들인 흔적은 전혀 없다. 남동생의 앨범은 한 권뿐으로 부모님의 식은 열의가 노골적으로 드러났다. 그리고 가장 아래 막냇동생은 어렸을 때부터 이 사실에 분개했었다.

"너무해. 내 아기 사진은 겨우 세 쪽이야. 네 쪽부터 갑자기 유치원 입학식이라니, 뭐냐고!"

귀여움을 독차지하는 막내에게도 나름의 불만은 있는 모양이다.

여하튼 나는 정리되지 않은 산더미 같은 사진을 내팽개치고 향수에 푹 젖어 앨범을 넘기고 있었다. 그러다 문득 손길을 멈췄다. 앨범에 사진 한 장이 비어 있었던 것이다.

나의 첫 번째 앨범은 코너앨범이라고 하는 것이다. 코너스티커라는 삼각형의 포켓식 스티커에 사진의 네 귀퉁이를 꽂아 고정하는 것이다. 그래서 사진을 간단하게 빼낼 수 있다.

사라진 사진은 주위 사진으로 추측하건대 세 살 전후의 것인 듯했다. 하지만 아무리 머리를 쥐어짜도 그 작은 공백에 어떤 사진이 들어 있었는지 전혀 생각이 나지 않았다.

잘 생각해 보니 몇 년 전에도 역시 이렇게 머리를 쥐어짰던 기억이 있다. 그 9×12센티미터의 공간은 그동안 계속 내 기억에 떠 있는 작은 거품이 되어 마음속에 잠겨 있었던 모양이다.

하나만 깨져 버린 세트 찻잔. 하나만 없어진 장기의 말. 하나만 빠져 버린 유치.

함께 있어야 할 것 중 하나가 없어진다는 것은 상당히 마음을 불안하게 만든다. 그 물건이 가진 가치만큼의 크기가 된 거품이 마음속에 뻐끔히 떠오르는 것이다.

9×12센티미터의 거품이 다시 내 마음의 표층으로 떠올라 조심스럽게 자신의 존재를 주장하고 있었다.

4

하나만 잃어버린다. 그 말에서 나는 『일곱 가지 이야기』의 제3화를 떠올렸다. 「파란 하늘」이라는, 내가 무척 좋아하는 이야기다.

하야테는 여름방학 숙제인 수채화를 완성하자, 곧바로 아야메 씨에게 보여 주러 간다. '우리 마을'이라는 주제의 풍경화다. 하야테의 그림은 새빨간 석양에 물든 마을이었다. 논바닥의 물이 붉게 물들었고, 검은 실루엣으로 변한 산과 집 너머로 엄청나게 커다란 태양이 이제 막 지는 중이었다.

"어때요?" 하야테가 기대에 부푼 마음으로 물어보자 아야메 씨는 생긋 미소 지으며 말했다.

"무척이나 남자아이답고 좋은 그림이네."

"사실은 집이 더 많이 있었지만 귀찮아서 한 채만 그렸어요."

하야테는 변명하듯 수줍게 말했다.

"그림은 사실 그대로 그리는 게 아니야. 사진이랑은 다르니까. 자신이 정말로 좋다고 생각한 것을 정성껏 그리면 되는 거야."

"하지만 난 그림을 잘 못 그려요. 아키히코는 엄청 잘 그려서 미술 시간에는 늘 선생님에게 칭찬받는데요. 할머니가 예전에 미술 선생님이셨대요. 유전이라고 하던데, 유전이 뭐예요?"

아야메 씨는 후훗 웃고는 '네가 아버지와 엄마를 닮은 것'이라고 대답했다.

"아키히코의 할머니께서는 지금도 그림을 그리시니?"

"아니요." 하야테는 고개를 흔들었다.

"지금은 병상에 누워 계셔요. 일어나지 못하신대요."

"그렇구나."

아야메 씨는 고개를 끄덕였다.

"한 가지, 물어봐도 될까? 하야테는 왜 석양이 깔리는 하늘을 그렸어? 낮의 하늘은 안 되는 이유가 있어?"

하야테는 빙긋 웃었다.

"왜냐면 낮의 하늘은 미술 수업 시간에 그리거든요. 그리고 나만 그런 건 아니에요. 나오토는 마을 불꽃놀이를 그렸고, 이치로는 소나기구름으로 덮인 하늘, 아키히코는 산을 그렸어요. 도화지 한가득 산만 그려서 멀리서 보면 초록색 덩어리로 보여요."

"아무도 파란 하늘을 그리지 않은 거네."

재미있다는 듯 아야메 씨가 말했다. 하야테는 뭔가 신이 나는 듯 코를 벌렁거렸다.

"맞아요. 왠지 알아요?"

아야메 씨는 웃으면서 고개를 흔들었다.

"글쎄, 모르겠는데."

"있잖아요."

비밀 이야기를 하듯 하야테는 아야메 씨의 귀에 얼굴을 가까이 대었다.

"파란 물감이 없어졌기 때문이에요."

하야테는 경위를 설명하기 시작했다.

여름방학 숙제를 한꺼번에 해치우려고 다섯 소년이 아키히코의 집에 모였다. 여하튼 숙제장이니 그림 도구 상자니 하는 것들을 갖고는 왔지만 잠자리채를 가져온 아이도 있는 등 모두 진지함은 없어 보였다. 그도 그럴 것이, 아이들은 성실한 아키히코의 숙제를 베끼는 것이 유일한 목적이었던 것이다. 아키히코는 얌전하면서도 느긋한 소년이었는데, 공부도 잘하고 그림도 잘 그렸기 때문에 친구들은 그를 조금 다르게 보고 있었다. 아이들이 자신의 숙제를 베껴도 아키히코는 별다른 말도 없이 빙긋빙긋 웃으며 보고 있을 뿐이었다.

기특하게도 아이들이 모여서 공부를 하고 있다고 오해한 아키히코의 어머니는 과자와 수박을 아낌없이 대접해 주시기도 했다.

모두 실컷 먹고 마신 탓인지 하야테가 잠깐 화장실 갔다 오겠다며 일어서자 다른 소년들도 줄줄이 일어나 화장실로 향했다. 화장실을 단체로 간다고 좋을 건 하나도 없지만, 다들 화장실이 급하기도 했고 또한 소규모적인 집단 심리도 한몫 거들었을 것이다.

여하튼 하야테는 그때 함께여서 정말 다행이었다고 나중에 가슴을 쓸어내렸다. 덕분에 혼자 남부끄러운 행동을 하는 상황을 피할 수 있었다.

화장실로 이어지는 길고 어두운 복도 중간에서 갑자기 귀신이 나타났던 것이다.

갑자기 장지문이 스윽 열리더니 하얀 물체가 불쑥 나왔다. 하야테는 바보처럼 비명을 질렀지만, 다행히 하야테뿐만은 아니었다. 아이들은 비명을 지르며 도망을 쳤고, 그러다 다리가 엉켜 엉덩방아를 찧는 아이도 있었다.

그런데 나오토는 과연 대담한 소년이었다. 그는 두꺼운 눈썹을 찡그리며 귀신을 노려보고 있다가, 곧 싱긋 웃으면서 "이얏." 하고 귀신에게 달려들었다. 나오토가 하얀 덩어리를 휘익 끌어당기자 그것이 스르륵 벗겨지고, 아키히코의 모습이 나타났다. 귀신의 정체는 하얀 시트를 머리부터 뒤집어쓴 아키히코였던 것이다.

"이렇게 놀랄 줄은 몰랐어."

아키히코는 전혀 미안한 기색도 없이 그렇게 말하고는 빙긋빙긋 웃었다.

아이들은 아키히코가 얌전하기만 한 우등생이라고 생각했었기 때문에 화내는 것도 잊고 멍하니 아키히코를 바라보았다.

소년들은 방으로 돌아와 숙제를 절반 정도 해치웠다(그러니까, 아키히코가 끝낸 부분까지 베껴 쓰기를 끝낸 것이다). 그리고 내친김에 풍경화 숙제도 조금 해 놓기로 했다.

그런데 그림물감 상자를 열고 모두 동시에 "앗." 하고 소리쳤다. 그림물감이 하나 부족했던 것이다.

"무슨 색이 없는 거지?"

그렇게 말하면서 나오토는 엉망으로 섞여 있는 자신의 그림물감을 안쪽 뚜껑에 그려져 있는 순서대로 나열하기 시작했다. 아이들 모두 나오토를 따라 했고, 곧 파란색이 없다는 사실을 알게 되었다.

"이상하네. 모두 파란색이 없는 거야?"

나오토는 팔짱을 낀 채 고개를 갸우뚱했다.

"난 파란색뿐만 아니라 하얀색, 그리고 빨간색도 없어."

작은 목소리로 아키히코가 말했다.

"그렇게 많이?"

"응."

아키히코는 풀죽은 듯 고개를 숙였다.

"어떡하지. 파란색이 없으면 하늘을 그릴 수 없는데."

이치로는 오히려 숙제를 안 할 핑계가 생겨 기쁜 듯 말했다.

"음."

나오토는 입을 꼭 다물고 생각에 빠지더니, 마침내 양손으로 무릎을 꽉 짚고 일어섰다.

"아키히코. 너희 할머니 그림 잘 그리시지? 어떻게 하면 좋을지 여쭤 보러 가자."

"하지만 할머니 아프시잖아. 괜찮을까?"

하야테가 그렇게 말하자 아키히코는 웃으며 고개를 저었다.

"괜찮아. 할머니는 시끌시끌한 걸 더 좋아하셔."

아키히코 말대로였다. 할머니는 싱글벙글 웃으면서 아이들의 이야기를 들어 주었다.

"하늘은 파란색뿐이 아니란다."

할머니는 조금 쉬긴 했지만 상냥한 목소리로 말씀하셨다. 아이들이 놀라서 멍하니 있자 할머니는 자장가를 부르듯 말을 이었다.

"비가 내릴 때의 하늘은 어떤 색이더냐? 멀리 산 너머로 해님이 숨었을 때는? 또 반딧불이 반짝일 때 하늘은 무슨 색이더냐? 잘 생각해 보려무나."

"그래!"

나오토가 힘차게 외쳤다.

"나는 얼마 전에 있었던 축제의 밤을 그릴 거야. 불꽃으로 뒤덮인 하늘이 정말 멋졌어."

"나는 노을로 물든 하늘."

볼을 노을빛으로 물들인 채 하야테도 외쳤다. 다른 아이들도 제각각 떠들어 댔다. 할머니는 싱글벙글 웃으며 아이들의 말을 듣고 계셨다.

"하늘은 파란색뿐이 아니란다."

아야메 씨는 음미하듯 할머니의 말을 반복했다.

"정말 멋진 할머님이시네."

"네."

마치 자신이 칭찬받은 듯 수줍어하며 하야테는 고개를 끄덕였다.

"그런데 물감은 왜 없어진 걸까요?"

"마지막으로 그림물감 상자를 열어 본 게 언제지?"

"여름방학이 시작되기 전에요. 공작 시간에 쓰고 그 이후 열어 보지 않았어요. 다른 아이들도 그랬을 거예요. 아, 얼마 전에 이치로는 어머니가 습자 도구를 빌려 달라고 해서 열어 봤더니 곰팡이가 생겨 있었대요. 마지막 습자 시간에 깨끗하게 씻어 놓지 않아서 그런 거라고 엄마한테 야단맞았다고 했어요."

"그래."

아야메 씨는 웃었다.

"일 학기가 끝나면 소지품들은 모두 집으로 가져가지?"

"안 가져가면 선생님한테 혼나요."

"계속 열어 보지 않았다면 학교에서 잃어버렸을지도 모르겠네."

"역시 그렇겠죠?"

아야메 씨는 잠시 생각하더니 마침내 싱긋 미소 지었다.

"그래, 하야테에게는 얘기해 주는 편이 좋겠어. 그림물감은 학교에서 잃어버린 것이 아닐 거야."

"그럼 우리 집에서?"

"아니, 틀렸어. 아키히코의 집에서야."

"왜요? 그때……."

"너희들은 그림물감을 모두 어디에 두었지?"

"그게……, 아! 아키히코 집 툇마루에 던져 놓았어요."

"숙제를 하는 동안 아키히코는 어디에 있었어?"

"함께 있었던 것 같은데."

그렇게 대답은 했지만 하야테는 그다지 자신이 없었다. 사실 잘 기억이 나지 않았다.

"그림물감을 가져간 게 아키히코라는 말인가요?"

하야테는 풀이 죽어 고개를 숙였다. 설마. 하지만 아야메 씨가 그렇게 말한다면 사실일 것이다. 아키히코는 자신이 무척 좋아하는 친구였기 때문에 하야테는 더욱 슬펐다.

"이제, 서로 비긴 거지?"

장난스럽게 눈을 반짝이며 아야메 씨가 웃었다.

"너도 아키히코 것을 가져가지 않았어?"

하야테는 무슨 말인지 몰라 멍하니 있었다. 아야메 씨는 '떼끼.' 하는 표정을 지으며 말했다.

"너는 여름방학 숙제를 스스로 하지 않고 다른 사람 것을 베꼈지? 그건 물건을 훔치는 것과 같은 거야."

하야테는 순식간에 얼굴이 벌게졌다. 별생각 없이 아키히코의 숙제를 그대로 베낀 것이 너무도 창피했다.

"그런 식으로 생각해 본 적은 전혀 없었어요."

부끄러워하는 하야테가 가여워졌는지 아야메 씨는 빙긋 웃으면
서 화제를 바꿨다.

"물론 아키히코의 행동은 옳지 않아. 하지만 아키히코는 곧 사과
하러 올 거야. 그때는 너도 숙제를 베낀 걸 생각하고 용서해 주렴."

"나도 아키히코에게 사과할게요. 나도 나빴어요. 하지만 아키히
코는 왜 파란 물감만 가져간 걸까요?"

"하늘 때문이야."

아야메 씨는 중얼거리듯 말하더니 천장을 올려 보았다. 하얗고
청결한, 하지만 아무런 특별할 것 없는 천장이었다.

"난 이해할 수 있어. 아픈 몸으로 누워 지내는 일은 굉장히 힘든
일이란다. 보이는 것은 천장뿐, 따스한 햇볕도 쬘 수 없으니까 결국
모든 것이 싫어지는 거야. 있지, 아키히코는 아주 착한 친구지?"

하야테는 크게 고개를 끄덕였다.

"절대로 다른 애 험담 같은 거 하지 않아요."

"그렇지? 그리고 할머니를 무척 좋아하지? 분명 할머니가 이렇
게 말씀하셨을 거야. '아, 더 이상 천장만 보고 싶지 않아. 파란 하
늘이 보고 싶구나. 햇볕을 쬐고 싶어.' 하고 말이지. 그래서 아키히
코는 할머니에게 하늘을 가져다주려고 했던 거야."

"하늘을 가져다준다고요?"

"아키히코는 그림을 아주 잘 그린다고 했지?"

아키히코는 정말로 할머니에게 하늘을 드렸던 것이다. 파란 그림
물감을 잔뜩 써서 아담한 방의 천장을 파란 하늘로 덮었던 것이다.

"그 계획을 세우고는 신이 나서 장난을 친 거야. 도화지 대신으로 쓸 하얀 시트를 머리에 쓰고 귀신이라며 너희를 놀린 거지."

아야메 씨는 큭큭 웃었다. 아야메 씨가 그때 자신이 허둥거리던 모습을 꿰뚫어 보는 것 같아 하야테는 다시 얼굴이 빨개졌다.

"파란 그림물감은 하늘이 된 거지."

아야메 씨가 기쁜 듯 말했다.

"그럼 빨간색과 하얀색 물감은요?"

하야테는 문득 생각이 나서 물어보았다. 아야메 씨는 싱글싱글 웃었다.

"하늘은 파란색뿐이 아니란다."

아야메 씨가 노래하듯 할머니의 말을 반복했다.

"아, 그렇구나. 태양과…… 구름이구나."

아야메 씨는 웃으며 고개를 끄덕였다.

"나, 한 가지 더 깨달은 게 있어요."

"뭐니?"

"물의 색깔은 사실 투명해요. 그런데 강이나 연못, 그리고 바다가 파랗게 보이는 것은,"

하야테는 크게 숨을 들이마셨다.

"하늘을 비추고 있기 때문이에요!"

아야메 씨는 잠시 허를 찔린 듯 하야테를 바라보았다. 그리고 깊이깊이 고개를 끄덕였다.

5

좋은 이야기라고 생각한다. 파란 물감을 훔친 소년의 이유가 무척이나 따뜻하다. 이 '파란 하늘'이라는 제목에서 나는 와카야마 보쿠스이若山牧水 1885~1928. 메이지 시대 일본의 가인의 단가를 떠올렸다.

'흰 새는 쓸쓸하지 않을까. 하늘의 푸르름, 바다의 푸르름에도
물들지 않고 떠돌고 있구나.'

내가 무척 좋아하는 단가다. 새하얀 갈매기와 투명한 하늘의 푸름. 그 대비가 아름답고, 그리고 슬프다.

사람들은 보쿠스이의 이 단가를 읊조릴 때 자신의 모습을 하얀 새에 투영한다. 모두 슬픈 것이다. 그리고 누구나 고독한 것이다.

나 역시 의지할 곳 없이 물결에 떠도는 한 마리 갈매기다. 그렇게 생각하고는 혼자 웃었다. 내가 무슨 체호프라고.

사에키 아야노 씨도 역시 고독한 것일까?

다시 내 앨범 이야기다. 사실, 지금은 앨범의 사진이 모두 채워졌다. 9×12센티미터의 거품은 이제 톡 하고 터져 사라졌다. 하지만 그 거품은 터지는 순간에 '왜?'라는 의문을 남겼다.

잃어버린 사진은 우편배달부의 손을 통해 다시 내게 돌아왔다. 귀여운 꽃무늬 봉투 뒷면에 적힌 보낸 이의 이름을 처음 보았을 때 나는 누군지 전혀 떠오르지 않았다. 주소는 없었다. 단지 '하시모토 가즈미'라고만 적혀 있다. 소인을 보니 히로시마 시로 되어 있어서 조금 놀랐다. 히로시마에는 아는 사람이 없었던 것이다.

'하시모토 가즈미'라는 이름을 떠올린 것은 초등학교 졸업 앨범을 보고 나서였다. 6학년 한 해 동안만 같은 반이었던 아이다. 특별히 친했던 기억도 없다.

나는 가위로 조심스럽게 봉투를 잘랐다. 안에는 얇은 편지지로 감싼 사진 한 장만 들어 있었다.

그 사진이 내 앨범에서 빠져 있던 사진이라는 것은 바로 알 수 있었다. 사진을 본 순간 '아, 그랬었지.'라고 생각했다. 기억 어딘가에 어렴풋이 남아 있었던 것이다.

그것은 빛바랜 컬러사진이었다. 동네 공원에서 찍은 평범한 스냅 사진이다. 서서 이야기를 나누는 젊은 엄마들. 봉제 인형을 안고 그 엄마의 치맛자락을 잡아당기는 여자아이. 동물원의 원숭이처럼 타이어 놀이기구에 매달려 있는 남자아이. 물론 가운데에는 모래밭에 떡하니 쭈그리고 앉아 신기한 양 카메라를 보고 있는 내가 있었다. 중요한 건 아니지만, 팬티가 그대로 보였다. 부모가 조금 신경을 써서 미래에 아이의 얼굴이 뜨거워질 망측한 구도는 피했으면 한다.

여하튼 내 앨범의 공백에 어떤 사진이 채워져 있었는지 마침내 확실히 알았다. 하지만 알 수 없게 된 것이 더 많다.

저 사진은 대체 어떤 경로를 통해 하시모토 가즈미의 손에 들어갔을까? 그리고 이제야 내게 다시 돌아온 것은 왜일까?

나는 졸업 앨범과 일기에 의지해 희미한 기억을 끌어내 보기로 했다. 그것은 꽤나 지난한 작업이었지만, 그럼에도 조금씩 일화 같은 것이 떠올랐다.

가즈미는 6학년 1학기 중간에 전학 온 전학생이었다. 그전에도 그리 멀지 않은 곳에 살고 있었지만 이사한 집이 그전에 다니던 초등학교의 학군에서 아주 조금 떨어져 있었다. 그녀는 반에서 앞줄 군단에 있던 나보다 더 작았고, 교칙을 교과서처럼 따른 단발머리였다. 그 탓인지 나이보다 훨씬 어리게 보였다.

1학기라고는 해도 우리 반은 5학년에서 그대로 올라왔기 때문에 이미 끼리끼리 몰려다니고 있었다. 전학생은 그 무리들 어딘가에 끼려는 노력을 그다지 하지 않았던 것 같다. 어느새 아주 자연스럽게 우리 무리에 들어와 있었기 때문이다. 우리는 순하고 조용한 편에 속했다.

그녀가 꽤나 손재주가 없었다는 것을 기억하고 있다. 가정 수업에서의 그녀는 재봉틀에 서툰 나조차 어이없어할 정도로 박음질이 지그재그였다. 요리 실습 때는 달걀을 제대로 깨지 못했고, 식칼을 무서워해서 만지려고도 하지 않았다. 가스풍로의 점화조차 하지 못했다. 당시 조리실에 있던 풍로는 성냥으로 불을 붙이는 구식이어서, 못하는 아이도 몇 명 있기는 했다. 그렇다고 해도 그녀는 정도가 너무 심해서 이과 실습에 사용하는 알코올램프와 가스버너도 다루지 못했고, 절대 만지려고도 하지 않았다. 늘 다른 사람에게 맡기고는 뒤에서 살짝 들여다보고 있었다.

또한 그녀는 때로 상당히 고집스러운 면을 보였다. 보건 체육 수

110

업에 '임신과 출산'이라는 학과가 있는데, 담임 선생님이 그 수업에 육아 수첩을 지참하라고 한 적이 있었다.

"나는 삼 점 육 킬로그램이었대."

"와, 많이 나갔네. 난 이 점 칠 킬로그램이었어."

이렇게 출생 시의 몸무게를 자랑하기도 하면서 반 분위기는 이상하게 들떠 있었고, 또한 화기애애했다. 그중 자신이 4.2킬로그램이었다고 말한 남학생은 모두의 존경을 한 몸에 받았다. 지금 생각해보니 그 남학생의 어머니는 출산의 고통을 두 배는 느끼셨으리라.

가즈미는 반에서 유일하게 육아 수첩을 가져오지 않았다.

"깜빡했어요."

그녀는 아랫입술을 꽉 깨물며 작은 소리로 말했다.

"가즈미, 정말로 잊은 거니?"

선생님이 확인하듯 물었다. 그러나 그녀는 작지만 완고한 목소리로 잊었다고 반복할 뿐이었다.

그녀의 태도는 실수를 저지른 학생이 선생님을 대하는 모습이 아니었다. 목소리는 모깃소리만큼 작았지만 고개를 똑바로 들고 있는 모습은 어딘가 거만해 보이기까지 했다. 그런 그녀의 모습에 아이들은 조금 술렁였지만 선생님은 재빨리 수업을 시작했고, 그대로 묻혔다.

그러고 보니 가즈미는 딱 한 번 우리 집에 온 적이 있었다. 어떻게 우리 집에 오게 되었는지는 기억나지 않지만, 여하튼 나는 딱히 나눌 화제도 없어 처음 놀러 온 친구에게 자주 그러듯 앨범을 꺼내

왔다. 처음에는 그다지 흥미를 보이지 않던 그녀가 어느새 열심히 페이지를 넘기고 있었다. 그리고 도중에 무슨 이유에선가 엄마가 나를 불렀다.

분명 그때였을 것이다. 가즈미는 앨범에서 딱 한 장의 사진을 빼냈던 것이다.

하지만 왜 그런 짓을 했던 걸까? 그리고 그보다 더 궁금한 것은, 왜 지금에서야 그 사진을 돌려준 것일까?

아무리 생각해도 나는 그 이유를 알 수 없었다.

6

그 이후 나는 정말 우연하게 가즈미의 소식을 들었다. 초등학교와 중학교를 함께 다녔던 한 친구를 길거리에서 만나 이야기를 나눌 기회가 있었던 것이다.

"믿어져?"

그녀는 양손을 크게 젖혀 보였다. 그러고 보니 그녀는 원래 과장된 몸짓을 섞어서 이야기하는 편이었다.

"벌써 결혼한 애도 있다니까."

그녀가 말했다.

"말도 안 돼! 누군데?"

나는 정말 놀란 표정으로 그녀를 보았다. 결혼이라는 말은 현재의 내 생활에서는 한참 먼 곳에 있었다.

"하시모토. 그러니까 가즈미라고 있었잖아. 중간에 전학 온……."

내가 잊고 있다고 생각했는지(사실 편지 일만 없었다면 잊고 있었겠지만) 그녀는 가즈미에 대한 두세 가지 설명을 했다.

"걔가 있지, 고등학교를 중퇴하고 결혼했는데 얼마 전에 아이가 태어났대. 여자아이."

그녀는 목소리를 한껏 낮춰 얘기하고는 곧 다른 친구의 근황으로 넘어갔다. 그러나 가즈미에 대한 소식만큼 나를 놀라게 한 이야기는 없었다.

사실 그 정도까지 놀랄 필요는 없는지도 모른다. 열예닐곱 살에 결혼하는 것이 그리 드문 일이 아닐 수도 있다. 열아홉이나 스무 살에 아이를 낳은 여자도 세상에는 수두룩할 것이다. 요즘 여성들은 전반적으로 만혼의 경향을 보인다고 하지만, 열네다섯 살의 결혼이 당연한 시절도 있었다. 노래에도 있지 않은가.

'열다섯에 누나는 시집을 가고…….'

이 열다섯은 세는 나이니까 아마도 만으로 하면 더 어린 나이일 것이다. 지금이라면 아이라고 불릴 시기에 옛날 여성들은 결혼을 했던 것이다.

하지만 솔직한 얘기로, 지금의 내게는 그런 세계가 아득히 멀게 느껴지는 것도 사실이다.

나는 여전히 부모 슬하에서 안온하게 살고 있다. 한편 가즈미는 히로시마에 있다. 내 지리 감각으로 보면 상당히 멀다. 더구나 어떤 한 남성의 아내로서. 더더군다나 그녀는 엄마도 되었다고 한다.

우와, 하는 생각이 들었다.

그녀는 불안하지 않았을까. 부모님과 멀리 떨어져 사는 것이, 또 고등학교를 중퇴한 것이. 결혼이라는 낯선 세계로 뛰어드는 것에 주저함은 전혀 없었을까.

생각해 보면 현대에서의 열아홉이라는 나이는 아직 자신이 아이라고 우길 수 있는 아슬아슬한 선이 아닐까. 아이와 어른이란 말을 자유자재로 사용하고, 양쪽 사이를 자유롭게 오갈 수 있는 것도 여기까지라고, 그 하얀 선은 단호하게 선고하는 것이다. 그런데 가즈미는 그 선에 도달하기 바로 직전에 스스로 '아이'를 저 멀리 깨끗하게 던져 버린 것이다. 마치 해지고 낡은 신발을 아무런 미련 없이 버리는 것처럼.

그 일이 있고 나서 한동안 나는 자신도 알 수 없는 이유로 우울해하고 있었다. 곰돌이 푸의 명대사를 따라 하는 건 아니지만, '모든 것이 싫어진다'는 상태였다. 하지만 나는 어지간히도 '지나치게 쾌활하다'는 인상을 주위에 심어 두고 있었던 모양이다.

'늘 생글거리고 고민이 없다'는 것이 내 이미지라고 하는데, 조금 나쁘게 말하면 '늘 실실거리는 촐랑이'가 아닐까.

그래서인지 내가 묘하게 조용한 원인을 배가 아프거나 심한 감기에 걸렸다는 등 여하튼 몸 상태가 나쁜 탓이라고 믿는 친구들이 꽤 많았다. 걱정해 주는 것은 고맙지만 너무도 빗나간 추측이라 뭔가 슬픈 기분이 든다.

"고마코, 요즘 기운이 없네. 무슨 일 있어?"

도서관에서 멍하니 있는데 후미가 다가와 옆자리에 앉았다.

"뭐, 그다지 별일은 없어."

나는 거의 머릿속에 들어오지 않는 책장을 기계적으로 넘겼다.

"흠."

후미는 나를 힐끗 보더니 자신의 책을 꺼내 열심히 읽기 시작했다. 나는 후미의 이런 점이 좋다. 쓸데없이 신경을 쓰지도 않았고, 친절을 가장한 호기심도 보이지 않았다. 억지로 화제를 찾지 않아도 된다는 것은 정말 마음이 편안해지는 것이다.

한동안 두 사람 사이에는 책장을 넘기는 건조한 소리만 났다.

나는 몰래 후미를 훔쳐보았다. 한쪽 팔로 턱을 괴고, 다른 한쪽 팔은 가끔 책장을 넘기거나 이마에 흘러내린 머리카락을 쓸어 올리기 위해 움직이는 것 외에는 책상 위에 던져놓고 있었다. 갈색으로 예쁘게 그은 건강해 보이는 팔이다. 그 팔이 올라가 그녀의 이마를 손가락으로 툭 쳤다. 그 이마부터 코까지의 윤곽은 거의 완벽에 가까운 선을 그리고 있어서, 문득 선망 비슷한 감정이 들었다.

"왜?"

갑자기 후미가 이쪽을 보고 생긋 웃었다.

아마도 내 얼굴은 조금 붉어졌으리라. 후미는 내 얼굴을 보고 재미있다는 듯 다시 웃었다.

"나란 사람은, 누구에게도 두 번째야."

나는 쑥스러움도 감출 겸 갑자기 말을 꺼냈다.

"뭐가 두 번째?"

"그러니까 모든 게. 어떤 사람에게도."

후미는 다음 말을 재촉하듯 눈꺼풀을 위아래로 한 번 움직였다.

"난 차녀잖아? 두 번째 아이인 거지."

"그건 부모님 입장에서잖아."

나는 애매하게 고개를 흔들었다.

"부모님 입장에서뿐만은 아니지. 뭐, 내 잘못이지만. 봐 봐, 나는 누구에게나 사교적이고 유연하게 대하는 편이잖아. 그래서 아무도 나를 싫어하지는 않는데, 대신 가장 좋아하지도 않아. 두 번째거나 세 번째지. 내 잘못이라는 건 알고 있어."

그렇게 이야기하면서 내가 그런 생각을 하고 있었다니 스스로 의아했다. 내가 우울했던 이유도 왠지 알 것 같았다.

사실 아무 일도 아니다. 그냥 하시모토 가즈미가 부러웠던 것이다. 그녀는 남편에게 첫 번째다. 그리고 그녀에게 첫 번째는 남편이다. 그래서 결혼했을 것이다. 아무런 망설임도 없이.

"요전에 무슨 잡지에서 읽은," 나는 계속해서 혼자 떠들었다. "에세이가 하나 있었는데, 연애를 하지 않는 사람은 신뢰할 수 없대. 연애는 무척이나 부끄러운 것이기 때문에 연애를 하지 못한다는 것은 자신을 버리지 못하는 거래. 자신을 완전히 버리지 못하는 거래. 그래서 신뢰할 수 없다고."

나는 자조적으로 헤헤헤 웃었다. "그래서 난 두 번째인 거야."

후미의 손가락이 내 머리카락 위로 미끄러졌다.

"고마코가 첫 번째야, 하고 누가 말해 주면 좋겠어?"

말투가 너무 따뜻해서 나는 대답하지 못하고 입을 다물었다. 후미는 개의치 않고 말을 이었다.

"네가 나빠, 정말로. '누구에게도 미움받지 않는 것'과 '특정한 누군가의 첫 번째가 되는 것'은 전혀 다른 거야. 너는 누군가가 자신에게 나쁜 감정을 갖거나 싫어하는 것을 견딜 수 없어서 자연히 그렇게 된 거잖아?"

나는 후미를 말끄러미 바라보았다.

"난……,"

"내가 보기에는 뻔뻔한 거야. 모두에게 사랑을 받고 있잖아. 모두가 네가 없으면 '고마코는?' 하고 찾고, 기운이 없으면 '어디 아파?' 하고 걱정해 주잖아. 욕심이 지나치셔."

"하지만……."

나는 입을 삐죽 내밀었다. "누군가의 첫 번째가 되고 싶어졌는걸. 어쩔 수 없잖아."

후미는 생긋 웃었다. "그러니까 그게 솔직한 마음인 거야?"

이번에야말로 나는 확실히 얼굴이 빨개졌다. 후미는 모르는 척 햇볕에 탄 손가락을 깍지 끼고 양팔을 쭉 뻗었다.

"머지않아 분명히 '고마코가 제일 좋아.'라고 말해 줄 사람이 나타날 거야."

"……과연 그럴까?"

나는 다른 쪽으로 시선을 돌리면서 남의 일처럼 중얼거렸다.

"그렇다니까."

후미는 힘주어 말했다. 공연한 위로의 말도 아니고 무책임하게 내뱉은 말도 아닌, 자신감 넘치는 단어이었다.

왜 후미처럼 태어나지 않았을까? 달이 갖고 싶다고 떼쓰는 어린 애 같은 생각을 했다.

"있지, 고마코."

내 눈을 들여다보듯 후미가 말했다.

"응?"

"나, 결혼하기로 했어."

나는 한참 동안 후미가 한 말을 이해하지 못했다.

"……뭐?"

한참이 흐른 후에야 얼빠진 반응이 나왔다. 내가 봐도 공기 빠진 피구 공 같다.

"결혼하기로 결심했다고."

그녀는 알아듣기 쉽게 한 마디 한 마디 천천히 되풀이했다.

나중에 생각해 봐도 그때의 내 반응은 의외였다. 내가 그렇게 한심한 줄은 꿈에도 몰랐다.

나는 부끄러운 줄도 모르고 눈물을 뚝뚝 흘렸던 것이다.

"왜 울고 그래. 그렇다고 당장 하겠다는 이야기는 아니야. 졸업한 후에나 할 거야."

후미는 마치 보모처럼 다정하게 말했다.

"친구에게는 너에게 처음 이야기한 거야. 영광으로 알아."

그녀는 장난스럽게 눈을 반짝였다.

"왜……?"

"왜는. 고마코는 특별하니까."

나는 울어야 할지 웃어야 할지 알 수 없었다. 결국 두 가지를 동시에 해내는 묘기를 선보였다.

"헤헷……. 그럼 후미는 앞으로 취직은 안 하겠네."

이런 상황에서 가장 불필요한 것을 물어보았다. 이런 질문은 다른 사람이 자신과 똑같이 안일한 인생을 꿈꾼다는 착각을 드러낸 것이다. 새삼 부끄럽다.

"왜?"

후미는 이상하다는 표정을 지었다. "결혼해도 일은 할 수 있는 거 잖아?"

"……응, 그렇지."

"자세하게 캐묻지 않는구나. 상대가 어떤 사람인지, 교제는 얼마나 했는지 같은."

"물어봐 주길 원해?"

"응, 묻는 사람이 누구냐에 따라 다르지만."

그렇게 말하고 후미는 빨간 혀를 메롱 내밀었다.

"그래."

나는 생각에 생각을 거듭하고 말했다. "조만간 꼭 물어볼게. 감정이 정리되면."

"뭘 그리 오버야."

후미는 웃었다. 그것은 지금까지 본 그녀의 어떤 웃는 얼굴과도 달랐다. 분명 나의 선입관 때문만은 아닐 것이다.

"축하해. 진심으로."

마침내 나는 그렇게 말할 수 있었다. 사실은 처음에 했어야 했던 말이다. 하지만 스스로도 설명할 수 없는 갖가지 생각들이 가슴속에 웅크리고 있어서 축하의 말보다 눈물이 먼저 나와 버렸다.

스스로도 지긋지긋할 정도로 나는 미숙하다. 게다가 미숙함을 이유로 관대하게 봐주는 시기는 이제 머리 위를 지나가려 하고 있다. 이런 자신을 언젠가 사랑스럽게 돌아볼 때가 올까?

그 점에 있어서는 비관적일 때가 많다.

'미성년'의 입장에서 세상을 우러러보다가, 세상의 어른들이 반드시 성숙한 인간만 있는 것은 아니라는 사실을 살짝 엿보게 되는 경우가 있다. 그럴 때 나는 비관주의의 바다에 풍덩 잠기는 것이다.

하지만 나는 후미의 직선적인 성격을 좋아한다. 하늘을 향해 힘차게 뻗어 가는 우듬지 같은 그 올곧음을. 후미가 허리를 꼿꼿이 펴고 목표만을 응시한 채 힘차게 걸어가는 그런 성인 '여성'이 된다면, 나도 내 자신을 포함한 여러 가지 것들을 조금 믿어 볼까 하는 생각이 든다.

후미가 나를 '특별하다'고 해 줬기 때문이다.

그날 이후 며칠 동안 나는 그런 생각들만 하고 있었다. 그리고 그 틈틈이 하시모토 가즈미도 생각했다.

초등학교 이후 만나지 못한 친구지만 가즈미는 내게 또 한 명의 후미다. 거기에는 후미에 대한 선망과 비슷한 감정이 있다는 사실을 부정하지 않는다. 하지만 그것뿐만은 아니다. 거기에는 작은 수수께끼가 있다.

왜 가즈미는 내 앨범에서 사진을 훔쳤을까? (훔쳤다는 표현은 싫지만 아마도 그것이 사실일 것이다.) 그리고 왜 지금에서야 그녀는 그 사진을 되돌려 주었을까?

이미 수없이 반복한 그 질문을 나는 입속에서 되뇌었다.

분명 그 질문에는 대답이 있을 것이고, 그 수수께끼를 풀 수 있는 사람을 알고 있다.

하지만 내가 그때 편지를 쓴 것은 그 사소한 수수께끼의 진상을 알고 싶었던 것만은 아니다. 남에게 할 수 없는, 설령 이야기한다고 해도 분명 그대로의 형태로는 전해질 수 없는 나의 복잡한 생각을 편지라면, 그리고 사에키 아야노 씨에게라면 전할 수 있을지도 모른다고 생각했던 것이다.

7

이리에 고마코 씨에게.

오랜만의 편지, 무척 기쁩니다.

이번 편지는 이전에 보낸 두 통의 편지와는 달리, 당신의 내면에서 나온 이야기가 가득하군요. 만난 적도 없는 제게 이처럼 진지한 속마음을 들려주시다니 정말 영광으로 생각합니다. 또한 제가 그 순수한 신뢰를 받게 된 것을 부끄러우면서도 기쁘게 생각합니다. 하지만 한편으로는 당신의 전면적인 신뢰를 받을 정도로 과연 내 자신이 (당신이 말씀한) '성숙한 성인'인지 스스로에게 묻는다면 당당하게 긍정하기 어렵다는 생각이 드는 것도 사실입니다.

자신을 완벽한 사람이라고 생각하는 사람이 과연 있을까요? 어쩌면 있을 수도 있겠죠. 하지만 적어도 저는 그중 한 사람은 아닙니다.

분명히 당신과 나는 무척 닮았을 것입니다.

그렇기 때문에 당신이 원하듯 높은 곳에 선 신처럼 당신을 내려다볼 수는 없습니다. 당신과 같은 땅에 서서 당신이 던진 공을 받아들이는 것을 양해해 주기 바랍니다.

열아홉 살의 당신의 사고, 그 거품 같은 공간에 이르기까지 저는 모든 것을 지나왔다고 생각합니다. 그리고 그것에 대해 설교를 늘어놓듯 장황하게 이야기하는 것을 당신이 결코 원하지 않는다는 것도 알고 있습니다.

열아홉이라는 나이는, 제게는 이미 통과한 하나의 지점입니다(그 시점이 수년 전인지, 수십 년 전인지 굳이 여기서 밝힐 필요는 없겠죠). 편지를 읽으면서 저는 제 자신이 열아홉이었을 때 무슨 생각을 하고 있었는지를 생각하지 않을 수 없었습니다. 당신의 것과는 색깔도 형태도 달랐을지 모르지만, 분명히 그 때 같은 종류의 아픔 속을 표류하고 있었습니다. 그렇다고 해서 '사람은 누구나 똑같이 아픔을 겪으면서 어른이 되어 간다.' 같은 진부한 대사로 적당히 얼버무리려는 것은 아닙니다.

제가 지금 당신에게 해 줄 수 있는 유일한 일은, 당신의 '왜?'에 대한 답을 하는 것입니다.

왜 당신의 앨범에서 사진이 사라졌는가? 그 수수께끼의 대답은 분명 당신이 스무 살이 되는 데에 필요한 용기를 줄 것이라고 믿습니다.

사진을 빼내 갔던 사람이 누구인지는 아무런 의심의 여지도 없습니다. 사진을 돌려준 사람과 다른 사람이라고 의심할 이유는 어디에도 없는 것입니다.

문제는 '왜?', 그러니까 동기에 있습니다.

당신의 반 친구였던 하시모토 가즈미 씨는 왜 당신 사진을 훔쳤던 것일까요? 그리고 또 왜 지금에 와서 사진을 돌려준 것일까요?

이것은 당신이 편지 속에서 몇 번이나 반추했던 의문입니다.

이 의문에 대답하기 위해서 가즈미 씨의 심리를 쫓아가 보기로 하죠.

그녀가 한 장의 사진을 갖고 싶어 했던 이유는 무엇일까요?

사리분별을 하지 못하는 어린애라면 몰라도 초등학교 육 학년쯤 되면 자신이 하는 행동의 옳고 그름은 당연히 구별할 수 있을 것입니다. 가즈미 씨는 평상시 얌전한 소녀였다고 하셨죠. 그렇다면 나쁜 행동이라는 것을 알면서도 해야만 했던, 무언가 상당한 이유가 있었음이 분명합니다.

일반적으로 사람들은 자신이 좋아하는 사람의 사진을 갖고 싶어 합니다. 그렇다면 가즈미 씨도 당신을 무척이나 좋아해서 그 사진을 갖고 싶었던 것일까요?

있을 수 있는 일입니다. 하지만 만약 그렇다면 왜 당시의 당신 모습과 가장 가까운 사진을 선택하지 않았을까요? 그런 사진은 얼마든지 있었을 것이고, 그편이 훨씬 자연스럽습니다. 굳이 어린 시절의 사진을 가져간 이유로 보기는 조금 어렵습니다.

자, 그러면 당신의 기억에 있는 여러 가지 일화 중에서 무언가 수수께끼를 풀 수 있는 열쇠는 없을까요?

당신은 가즈미 씨가 심하게 손재주가 없다는 사실을 기억했습니다.

박음질이 지그재그였고, 달걀을 깨지 못했고, 식칼을 쓰지 못했다는 등등의 이야기를 해 주셨습니다. 그런데 그중에 마음에 걸리는 것이 있었습니다.

풍로의 점화를 하지 못하고, 가스버너나 알코올램프에 불을 붙이지 못한다고 하는 두 가지입니다. 설명할 필요도 없이 이 두 가지에는 공통점이 있습니다.

그녀는 불을 상당히 무서워했던 것입니다. 대체 어떤 이유에서일까요?

또한 육아 수첩의 일화가 있었습니다.

그녀는 수업 교재로 사용하려던 육아 수첩을 '잊었다'고 완고하게 주장했습니다. 그리고 선생님은 '정말로 잊은 거니?' 하고 확인한 후 수업에 들어갔습니다. 그리고 가즈미 씨는 전혀 벌을 받지 않고 넘어갔습니다. 그때 선생님의 언동은 교육적인 측면에서도, 다른 학생에 대한 본보기라는 측면에서도 이해할 수 없습니다.

선생님은 분명히 학생들이 모르는 가즈미 씨의 사정을 알고 있었던 것입니다.

이미 당신도 추측하셨을 것입니다.

가즈미 씨의 집에는 분명히 큰 화재가 있었을 것입니다. 그녀가 도중에 전학한 것도 그것 때문이었겠죠.

다행히 가족들에게 별 탈은 없었던 듯합니다만 잃어버린 것은 말로 다 할 수 없을 정도로 많았겠죠. 가령 화재보험에 들어 있었다고 해도 돈으로 메울 수 없는 것은 분명 현실에 존재합니다.

감상에 젖는 것을 양해해 주신다면 그것을 '추억'이라고 바꿔 말해도 좋습니다. 졸업장, 일기, 수집했던 음악 테이프 등, 두 번 다시 간직할 수 없는 것이 있습니다. 육아 수첩도 그렇겠죠. 그리고 물론 태어나서 그때까지 찍어 두었던 사진도 마찬가지입니다.

'불이 나면 돈이고 뭐고 일단 앨범을 갖고 나와야 한다'고도 합니다. 하지만 가즈미 씨 일가족은 목숨을 건진 게 고작이어서 그러한 것을 가지고 나올 여유가 없었을 것입니다. 문자 그대로 화급火急 시에 그런 여유가 있을 리도 없습니다. 목숨을 건진 것만도 다행이라고 하지만 모든 것이 끝나고, 그리고 모든 것을 잃어버린 뒤에 마음속에 떠오를 적막감은 상상하기도 어려울 만큼 크겠죠. 잃어버린 후에야 비로소 그런 소소하고 사소한 것들이 얼마나 자신을 지탱해 주고 있었는지 깨닫게 됩니다.

다시 당신의 앨범 이야기로 돌아가죠.

인물이 있는 사진을 원하는 가장 큰 이유는 무엇일까요? 또 한 결에 두고 싶어 하는 사진은 대체 어떤 사진일까요?

두말할 필요도 없습니다. 그것은 자신이 찍힌 사진임이 분명합니다.

문제의 사진을 다시 한 번 잘 봐 주세요.

당신 집 근처 공원에서 찍은 스냅사진이었죠. 당신 등 뒤로 멀리 봉제 인형을 안고 있는 소녀가 찍혀 있었습니다.

이해하셨나요?

그 소녀가 바로 가즈미 씨인 것입니다. 그녀는 함께 찍힌 어머니와 무척이나 좋아했던 봉제 인형을 보고 그 소녀가 자신이라는 사실을 알게 된 것입니다.

당신은 앨범 두 권 분량의 어릴 적 사진을 갖고 있죠. 하지만 자신에게는 한 장도 없는 것입니다.

그녀가 사진을 살짝 빼내서 치마 주머니에 넣을 이유로 충분하지 않을까요?

하지만 가즈미 씨는 계속 양심의 가책을 받았을 것입니다. 아마도 몇 번이나 사진을 돌려주려고 했었겠죠. 그리고 결국 돌려주지 못한 채 졸업을 한 이후에도 계속 찜찜함을 느꼈을 것입니다. 사진이 여전히 자신 곁에 있었기 때문입니다. 하지만 사진은 도둑질의 증거인 동시에 보물이기도 했습니다. 가즈미 씨에게는 단 한 장뿐인 어린 시절의 사진이었던 것입니다. 당신에게 사진을 돌려주지 못했던 이유의 전부가 거기에 있습니다.

그렇다면 왜 가즈미 씨는 이제야 사진을 돌려준 것일까요? 그 이유도 당신은 이미 추측하셨겠죠?

결혼하고, 그리고 아이가 태어났기 때문입니다. 가즈미 씨는 잃어버린 것들을 처음부터 되찾을 기회를 얻은 것입니다.

저는 상상해 봅니다. 사랑하는 아이의 사진을 수십 장, 수백 장 찍고 있는 가즈미 씨를. 가즈미 씨는 육아 수첩과 갓난아이의 탯줄, 사진의 원본 필름 등을 하나의 상자에 담아 보물처럼 소중하게 간직하고 있을 것입니다. 만일의 경우가 생긴다면 그녀는 아이와 함께 무엇과도 바꿀 수 없는 그 물건을 목숨을 걸고 지킬 각오가 되어 있음이 틀림없습니다.

가즈미 씨에게는 더 이상 그 한 장의 사진이 필요하지 않습니다. 당신에게 보낸 봉투 속에는 훔친 사진, 미안한 마음, 그리고 행복하다는 메시지가 담겨 있었던 것입니다.

그녀는 아이 사진을 계속 찍을 것이고, 앨범은 그야말로 산처럼 쌓여 가겠죠. 그리고 그 분량만큼 마음속 틈새도 메워져 가는 것입니다.

당신은 곧 열아홉에서 스무 살이 되겠죠. 그리고 스무 살 다음에는 스물한 살이 됩니다.

당신이 생각하는 만큼 열아홉과 스물 사이에 큰 변화는 없습니다. 문득 봄이 여름으로 바뀌어 있듯이, 그냥 자연스럽게 변해 가는 것입니다.

마지막으로 한 가지 예언을 하고 글을 마치겠습니다.

결국 당신은, 스무 살도 그리 나쁘지 않구나 하고 생각하게 될 것입니다.

버스 정류장에서
バス ストップで

1

무슨 운명의 장난인지 모르겠지만 나는 걸으면서 정말 여러 가지 물건에 부딪힌다.

전봇대에 어깨를 부딪히고, 가드레일 모서리에 스타킹이 걸린다. 짜증 날 정도로 책상에 허리를 부딪히고, 쓰레기통은 수시로 발에 걸려 엎어진다. 하다 하다 결국에는 문에 정면으로 격돌한다.

덕분에 몸에는 늘 원인불명의 시퍼런 멍이 생기고는 한다. 친한 친구들은 그때마다 '멍 때리고 걸으니까 그렇지.'라며 폭소를 터뜨린다. 확실히 맞는 말이다.

하지만 아무리 그렇다고 해도, 운전면허를 따려고 올해 4월부터 면허 학원에 다니고 있다는 내 말에 모두 '네가?' 하며 얼굴을 찡그리는 것은 분명 실례가 아닐까. 다마고는 '이로써 일본 도로에 위험이 하나 추가되는 건가.' 하며 과장스럽게 한숨을 쉬었다. 너무 심하지 않은가. 그렇게 말한 본인은 열여덟 살이 되자마자 곧바로 면허를 따서 부모님 차를 마음대로 타고 다니고 있다. 본인의 말에 따르면 '괜찮은 실력'이라고 하지만, 그녀가 운전하는 차를 아직 타 본 적이 없어서 진위는 밝히지 못했다.

내가 면허를 따려는 이유는 이력서에 기입할 '면허/자격'의 항목이 하나 는다는 것만이 동기인 것은 절대 아니었다. 그것은 이유의 극히 일부분, 기껏해야 25퍼센트 정도다. 나머지 75퍼센트는 내 인생관에서 순수하게 그 필요성을 느꼈기 때문이다.

정말 그렇지 않을까?

어쩌면 나는 미래에 텍사스 황야에서 살게 될지도 모른다. 아니면 어디서 무언가가 잘못되어 아프가니스탄 사막 한가운데를 어슬렁거리고 있을 수도 있는 일이다. 설령 그 가능성이 한없이 제로에 가깝다고 해도, 절대로 있을 수 없는 일이라고는 단언할 수 없다. 인생에는 때로 생각지도 못한 일이 일어나는 것 같으니까.

그런 극단적인 예를 들지 않더라도 버스가 하루에 세 대밖에 다니지 않는 완전히 외진 시골에 산다거나, 여하튼 엄청나게 허허벌판인 곳에 살 가능성 정도는 충분히 있다. 만약 그렇게 된다면 차를 운전할 수 있는지와 없는지는 천양지차다.

"그런 생각 때문에 면허증을 따려고 하는 사람은 분명 너밖에 없을걸."

내 '인생관'을 피력했을 때, 미아이는 한숨을 쉬듯 그렇게 말했다.

다른 이야기지만 나는 여름에 약하다. 햇살에 부드러움도 없고, 당연히 가차 없이 덥다. 가만히 서 있기만 해도 지끈지끈 머리가 아플 때도 있다. 더위에 팽창한 뇌수가 두개골을 압박하고 있는 것은 아닐까 하는 생각조차 든다.

하지만 여름을 싫어하는 것과 여름방학을 더없이 사랑하는 마음은 전혀 별개의 문제다. 다행히도 바로 얼마 전 여름방학에 돌입했다. 개강 후 제출해야 할 과제가 있긴 하지만 고등학교 때까지의 산더미 같았던 숙제에 비하면 아무것도 아니다. 생각해 보면 작년에 여름방학을 보낸 방법은 두 가지밖에 없었다. 학교에서 하는 여름 보충수업으로 땀을 흘리고 있었거나, 일반 열람실에서 지나치게 강한 에어컨 바람에 닭살이 돋아 있었거나 둘 중 하나였다. 따분하기 그지없지만 고등학교 3학년의 여름방학이란 건 대체로 그 정도다.

'아무튼 대학생은 놀 생각밖에 안 한다'고 비난하는 소리를 자주 듣는다. 하지만 내 입장에서는 조금 항변하고 싶다. 어렸을 적부터 일관되게 주입식 학습을 강제하면서 골인 지점의 결승 테이프를 대학 입학에 둔 것은 대체 누구인가? 좋은 대학에 들어가기만 하면 빛나는 미래가 시작된다는 식으로 가르친 사람은? 우리가 아닌 것은 확실하다.

하지만 원래가 게으른 사람인 나는 별안간 주어진, '공부를 강요당하지 않는 여름'을 앞에 두고 한동안 멍하니 시간을 보냈다. 한심한 이야기지만 특별히 무언가를 하고 싶다는 의욕이 없었다. 아마도 나의 가장 큰 바람은 방 침대에서 뒹굴며 책을 읽고 싶다는 것이었으리라. 하지만 내 방에는 에어컨이 없었고, 그 현실이 하루 종일 집에 처박혀 있었을 상황에서 나를 구했다. 바나나 잎에 싸여 천천히 맥반석 구이가 되어 가는 폴리네시아 새끼 돼지의 기분은 그다지 맛보고 싶지 않았다.

그래서 난 다른 무엇을 할까 생각했고, 일단 다시 운전 학원을 다니기로 한 것이다. 고백하건대 이번 한 달 동안 나는 교습을 땡땡이 치고 있었다. 이유를 묻는다면 조금 괴롭다. 다니기 시작했던 4월 말 당초부터 어렴풋이 느끼고 있었는데, 아무래도 자동차 운전은 내게 맞지 않는다는 생각이 들었다.

"허허벌판에 외길이 죽 이어진 그런 곳에서 살 때를 위해 면허증을 따려고 결심한 건데."

방학 전, 다마고를 만났을 때 하소연을 했다.

"그러니까 정말 S 자니 커브니 주차 같은 건 필요 없다고 하는데도 학원 선생은 해야 된다는 거야."

"……그런 식으로 지금까지 몇 번이나 떨어졌어?"

다마고는 아주 냉정하다.

"학과 시험은 한 번도 안 떨어졌어."

나는 짐짓 딴청을 부렸다. 기능 실습에 좀처럼 진전이 없었고, 오래 끌면 끌수록 확실히 내 마음과 부모님의 지갑은 힘들어지고 있었다. 이런 상황에서 남에게까지 이러저러한 소리를 듣고 싶지는 않다.

"괴물 같은 교관들이 잔뜩 있는 도깨비 섬이야, 거기는. 게다가 늘 정신없이 북적대. 예약하기 힘드니까 아무래도 띄엄띄엄 가게 되고. 그러다 보니 전에 배웠던 것을 까맣게 잊어버리는 거야. 액셀, 브레이크, 클러치는 ABC 순서처럼 나란하다고 배웠는데 다음 주에 가면 왼쪽부터였는지 오른쪽부터였는지 헷갈리는 거야."

"안됐다."

"그렇지?"

"너 말고 교관. 골치 아픈 학생 만나서 고생이다."

흥 하며 나는 딴청을 부렸다.

"상관 마. 그보다, 저번에 사에키 아야노 씨에게 보낸 편지에 운전 학원 이야기를 조금 했어."

"뭐야, 아직도 편지를 교환하는 거야? 그쪽은 바쁘실 텐데 어떻게 상대를 해 주시네."

"편지 교환이라고 할 만한 건 아니거든."

"뭘 부끄러워하지? 이상하네." 다마고는 미심쩍은 표정으로 나를 보며 물었다. "그래서, 뭐라고 적었는데?"

이러니저러니 해도 결국 내 이야기를 가장 잘 들어 주는 사람은 다마고다.

2

내가 다니고 있는 운전 학원은 교통이 아주 불편한 곳에 있다. 하지만 전용 픽업버스가 있어서 문제 될 것은 없었다. 버스 정류장은 곳곳에 있었고, 우리 집은 두 버스 정류장의 딱 중간에 있었다. 처음에는 그날의 용무나 기분에 따라 두 버스 정류장을 교대로 이용했다. 내가 편지에 쓴 소소한 사건은 그 버스 정류장 중 한 곳에서 일어났다.

그곳은 생각하기에 따라서는 이상한 장소다. 도로변에 아주 좁은 광장이 있고, 운전 학원의 버스는 그 광장에 정차한다. 광장 안쪽으로 좁고 긴 길을 따라 1백 미터 정도 가면 철조망이 나타난다. 막다

른 골목처럼 되어 있는 것이다. 그곳은 상수도 위에 만들어진 공원
으로, '수도 공원'이라는 무미건조한 이름이 붙어 있었다. 공원 출구
쪽을 향해 오른쪽으로는 민가가 비좁게 늘어서 있고, 왼쪽으로는
높은 철조망이 세워져 있다. 철조망에는 'US ARMY JAPAN'이라고
적힌 하얀 팻말이 곳곳에 걸려 있다. 미군 주택 지구인 것이다.

이 팻말에는 이어서 영어로 무언가가 적혀 있다. 아마도 영어를
읽지 못하는 사람이 많을 것이라는 배려에서인지 꼼꼼하게 번역된
문구도 붙어 있다.

'미군 전용지에 무단출입을 엄금한다. 위범자는 일본국 헌법에
의거해 처벌받는다.'

꽤나 위압적이다. 굳이 '일본국 헌법'을 강조하는 부분이 묘하게
불쾌하다.

버스가 종종 늦기도 하고 내가 빨리 나오기도 해서 대체로 10분
정도 정류장에서 기다리는 편이었다. 그동안 속칭 '아메리칸 하우
스'를 멍하니 바라보는 날이 이어졌다.

철조망 너머는 완전히 별세계다. 일대에는 잘 손질된 잔디가 곱
게 깔려 있고, 계산된 자연스러움으로 곳곳에 멋진 나무가 심겨 있
다. 그 넓디넓은 공간에 더스티 핑크니 앤티크 그린이니 하는 '그럴
싸한' 색조의 집들이 띄엄띄엄 들어서 있다.

한편, 철조망 이쪽으로는 일본인의 주택이 비좁게 들어서 있다.
'어린이 보호구역'과 '천천히'라는 표지판이 즐비했지만, 아이들은
도로에서 놀면 야단을 맞았다. 현관 앞의 삼색제비꽃 화분 바로 옆

을 4톤 트럭이 땅을 흔들며 지나갔다. 먼지가 확 일었고, 꽃잎은 순식간에 초췌해졌다.

나는 딱히 열렬한 국수주의자도 아니어서 아메리칸 하우스가 존재한다는 사실을 탄식하지는 않는다. 하지만 철조망으로 나눠진 공간의 안쪽과 바깥쪽의 무시무시한 차이에 어떤 감정을 갖지 않을 수 없다. 그 감정은 말하자면, 근처에 있는 고급 골프클럽에 대한 생각과 조금도 다르지 않다.

일본 국토가 좁다 좁다 하지만 녹음으로 덮인 드넓은 공간은 도심과 아주 가까운 곳까지도 존재한다. 단지, 안타깝게도 그 대부분이 높은 철망이나 울타리로 막혀 있고 '출입 금지' 팻말이 걸려 있는 것이다.

4월도 끝나 갈 무렵이었다. 내가 운전 학원에 다니기 시작한 지 겨우 두 번째인가 세 번째 정도였다고 기억한다. 버스 정류장에 멍하니 서 있는데, 수도 공원에 기묘한 인물이 나타났다. 언뜻 보기에 꽤나 연세가 있어 보이는 한 노부인이었다. 노부인의 겉모습에는 아무런 이상함도 없었다. 침착하고 무척이나 우아한, '상냥한 할머니' 같은 느낌이었다.

하지만 노부인의 행동은 분명히 기묘했다. 노부인은 정정한 걸음걸이로 철조망을 향해 걸어갔다. 공원에는 아메리칸 하우스의 철조망을 따라 철쭉이 심겨 있었고, 마침 빨간 꽃이 삐죽삐죽 피기 시작하고 있었다. 노부인이 갑자기 그 철쭉 덤불 사이를 억지로 비집고 들어가 철조망과 철쭉 사이에 웅크리고 앉았던 것이다.

'뭐 하시는 거지?'

우아한 노부인의 행동치고는 너무도 괴이하다. 둥글게 말아 곱게 틀어 올린 은빛 머리가 철쭉 너머로 빼꼼히 나와 있다. 그리고 내가 지켜보는 동안 올림머리는 덤불 위로 불쑥불쑥 이동하기 시작했다.

'대체 뭐지?'

노부인은 좁은 장소에 쭈그리고 앉은 채 돌아다니는 것에 무한의 기쁨을 느끼는 체질인가? 아니면 철쭉 덤불에 등을 비비는 것을 좋아하는, 조금 이상한 취미를 가진 걸까?

이런저런 생각을 하는 동안에도 은빛 올림머리는 불쑥불쑥 나타나면서 우스꽝스러운 춤을 계속 추고 있었다. 마침 버스가 왔고, 나는 여전히 고개를 꺾은 채 버스 계단을 올랐다.

버스에 타고 나서야 퍼뜩 생각이 났다. 노부인은 무언가를 찾고 있었던 게 아닐까? 그 주변에서 무언가 중요한 것을 떨어뜨린 것이 분명하다. 그런 줄 알았으면 함께 찾아 드렸을 텐데 하고 조금 후회했다.

그 이후 두 번 정도 같은 장소에서 노부인을 발견했다. 역시 철쭉 덤불 속에 웅크리고 있다. '어지간히 중요한 물건이었나 보네.' 하는 안타까운 마음이 들었다. 그럼에도 같이 찾아 드리지 않은 것은 노부인 혼자가 아니었기 때문이다. 손녀로 보이는 어린 여자아이를 데리고 있었다. 하지만 두 사람에게 절박함 같은 것은 전혀 느껴지지 않았고, 오히려 즐거워 보였기 때문에 내가 나설 상황이 아니었다. 소녀는 짧은 머리를 두 갈래로 나눠 귀 위로 묶고 있었다. 소녀의 양 갈래 머리에는 커다란 나비 모양의 빨간 리본이 매여 있었다.
소녀가 가끔씩 일어서면 철쭉 위에 빨갛고 커다란 나비 리본 두 개
가 불쑥 나타난다. 은빛 올림머리와 두 마리의 빨간 나비의 조합은
이전보다 더 우스꽝스러운 광경이었다.

다음에 봤을 때 여자아이는 하늘색 리본을 매고, 작은 장난감 삽
으로 열심히 모래밭을 파내고 있었다. 마침내 노부인이 나타났다.
모래밭은 버스 정류장에서 비교적 가까웠기 때문에 나는 내 의지와
상관없이 두 사람의 대화를 듣게 되었다.

"아가야, 오늘도 도와주렴. 할머니 손은 커서 네 작은 손이 필요
하단다."

소녀는 힘차게 일어서서 "웅!" 하고 대답했다. 하늘색 리본이 하
늘하늘 흔들렸다.

'손이 크다? 작다?'

다시 고개를 돌려 노부인의 손을 주시했다. 노부인의 손에는 엉
뚱하게도 나무젓가락 한 벌이 들려 있었다.

저 두 사람이 찾는 물건은 대체 뭘까?

내가 알 수 있을 리가 없건만, 멍하니 그런 생각을 했다. 철쭉 너
머에서 하늘색 리본이 하늘하늘 흔들리고 있었다. 두 마리의 하늘
색 나비 같았다.

3

그때의 일을 떠올리다가 문득 『일곱 가지 이야기』의 제4화가 생각났다. 「하늘색 나비」라는 이야기다.

한때 소년들 사이에서는 마치 홍역처럼 곤충채집이 유행했다. 아이들은 원래 곤충 쫓아다니기를 좋아하지만, 너 나 할 것 없이 곤충채집에 빠져들었던 데에는 또 다른 이유가 있었다. 한 소년이 진기한 나비를 잡았던 것이다. 꽤 큰 것으로, 날개를 펼치면 20센티미터 가까이나 되었다. 모양은 호랑나비를 닮았지만 날개 색깔이 선명한 하늘색이었다. 아무도 그런 나비를 본 적이 없었고, 어떤 곤충 도감에도 나오지 않는 나비였다. 어쩌면 신종일지도 모른다는 누군가의 말이 도화선이 되어 아이들 사이에 큰 소동이 일었다.

아이들은 제각각 잠자리채를 들고 산으로 들로 뛰어다녔다. 그리고 빈 상자에 포획물을 핀으로 고정해서 줄줄이 표본으로 만들었다. 약빠른 소년은 그런 상자를 몇 개씩이나 만들고는 의기양양해 있었다. 하지만 아무도 '하늘색 호랑나비'를 붙잡지 못했을뿐더러, 발견하지도 못했다.

하야테는 '약빠른'과는 정반대 방향에 있는 소년이다. 이렇다 할 포획물도 없이 산 안쪽으로 자꾸 들어가다가 가엾게도 길을 잃고 말았다. 날이 점점 저물면서 어두침침해졌다. 하야테가 어찌할 바를 몰라 쩔쩔매고 있자, 저녁 어둠 속에서 마치 신기루처럼 '하늘색 호랑나비'가 출현했다. 두려움도 잊고 정신없이 그 나비를 쫓다 보니 아는 길로 나오게 되었고, 하야테는 무사히 집으로 돌아간다. 그리고 하늘색 나비는 밤의 어둠 속으로 빨려들 듯 날아가더니 어디랄 것도 없이 사라졌다.

이윽고 소년들의 열기도 식어 갔다. 물론 희귀한 나비를 찾지 못한 이유도 있었지만, 어떤 결정적인 사건이 일어났기 때문이다. 개미가 표본 상자에 들어가 단 하나뿐인 하늘색 호랑나비의 표본을 갈기갈기 갉아 놓았던 것이다. 너무나 엄청난 일에 모두 아연했고, 나비의 주인이었던 소년을 동정했다. 그리고 아이들은 그대로 환상의 나비에 대한 정열을 잃어버렸다.

"그리고 하야테는 늘 그렇듯이 아야메 씨에게 사건의 경과를 보고해."

"하지만 무슨 특별한 사건이 일어난 것도 아니잖아. 아야메 씨가 등장할 타이밍이 아닌 것 같은데?"

그때까지 참을성 있게 내 이야기를 듣고 있던 다마고가 불만스러운 듯 끼어들었다.

"그게 그런 게 아니야." 나는 잘난 척하며 고개를 흔들었다. "하늘색 호랑나비 같은 건 사실 없었던 거야. 어디에도 없어."

"그러면 표본이 되었던 나비는 뭐였는데?"

"나비가 아니었어. 아니, 나비는 맞지만 나방이기도 한, 말하자면 어느 쪽도 아니라고 할까……."

요령 없는 내 설명에 다마고는 의아하다는 표정을 지었다.

아야메 씨는 하야테에게 이런 이야기를 했다. 그리스 신화에 등장하는 괴물 중에 키메라라고 하는 것이 있다. 머리는 사자이고 몸통은 산양, 하반신은 뱀인, 부자연스러운 모습이었다. 그 외에도 반인반마인 켄타우로스나 하반신이 물고기인 기묘한 산양 등 비슷한 예는 수없이 많다. 아야메 씨는 말한다.

"옛날 사람들은 상상 속에서 현실에 있는 동물을 조각조각 분리하고 조립해서 현실에는 절대 있을 수 없는 무서운 괴물을 만들어냈어."

'옥색긴꼬리산누에나방'이라는 나방이 있다. 이 나방은 정말 선명한 하늘색의 아름다운 날개를 가졌다. '하늘색 호랑나비'의 정체는 호랑나비의 몸체에 이 옥색긴꼬리산누에나방의 날개를 접착제로 붙인 것이었다.

소년은 처음에는 그냥 장난을 칠 생각으로 시작했다. 그런데 아이들의 열광적인 반응과 함께 일은 걷잡을 수 없이 커졌고, 결국 가짜라고 말할 수 없게 되었다. 그래서 소년은 고민에 고민을 거듭한 끝에 일부러 개미가 꾈 만한 곳에 표본을 방치해 두었던 것이다.

"그렇군."

다마고는 속을 알 수 없는 표정이었다. "뭐, 확실히 인간에게는 그런 일종의 잔혹성이 있으니까. 하지만 불쾌해."

"저기, 미요시 다쓰지三好達治 1900~1964. 일본의 시인, 번역가, 문예 평론가의 시 중에 '개미가 나비의 날개를 끌고 가네.'라는 시구가 있었잖아?"

"'아아, 요트 같구나.'로 이어지는 시?"

"응, 나 그 「흙」이라는 시 무척 좋아했었는데 왠지 이 책을 읽고 난 후부터 왠지 좀 그래."

"아, 무슨 느낌인지 알아." 다마고는 고개를 끄덕였다. "사실 곤충 사체에 개미가 꼬여 있는 모습은 그다지 유쾌하지 않지. 그건 그렇고, 이리고마."

"왜?"

"운전 학원 끝까지 다니는 게 좋지 않을까? 힘들게 여기까지 왔는데."

"하지만⋯⋯."

"시작했으면 끝을 봐야지."

다마고는 조금 진지한 얼굴로 말했다.

나는 떨떠름하게 고개를 끄덕였다. "그렇지. 지금 관둬 버리면 이제껏 갖다 바친 돈만 날리는 거니까."

그렇게 해서 나는 여름방학에 다시 운전 학원을 다니기로 결심했던 것이다.

4

따르릉, 따르릉, 따르릉⋯⋯.

어딘가 멀리서 벨 소리가 울리고 있었다. 처음에는 자명종인가 생각했다. 하지만 내 자명종은 방학이 시작된 이후 울리도록 맞춰

진 적도 없었고, 그냥 먼지만 뒤집어쓴 채 방치되어 있다. 그렇다면 남은 것은 전화벨 소리다. 나는 침대 위에서 문을 등진 채 몸을 돌리고 '누군가 빨리 받아, 제발.' 하고 텔레파시를 보내 보았다. 하지만 전화는 힘차게 계속 울었다.

그러고 보니 아버지는 회사, 나머지 네 식구는 가가의 친구들과 어딘가로 놀러 간다고 어젯밤에 들었던 것 같다. 그렇다는 것은 결국 내 텔레파시에 응해 줄 사람이 아무도 없다는 것이다. 나는 심기 불편한 고양이처럼 끄응 하고는 벌떡 일어났다. 평상시에는 전화 받을 사람이 남아돌 정도로 가족이 많은 집이라서 이런 경우는 매우 드물다.

"네, 이리에입니다."

어쨌든 최대한 상냥하게 전화를 받았다.

"고마코?" 엄마였다. "지금 역 앞인데, 깜박하고 말을 안 했네. 베란다에 이불 널어 놨거든. 날이 뜨거워지기 전에 걷어야 한다. 점심은 적당히 챙겨 먹고. 외출할 때는 문단속, 가스 단속 확실히 하고. 하긴 너라면 걱정 없다만."

확실히 이 부분에서는 우리 집에서 내가 신용이 제일 두터웠다. 필요 없는 곳에 불이 켜 있거나 수돗물이 뚝뚝 새는 것을 견디지 못하는 성미였다. 집에서는 '절약하는 고마코'라는 별명이 있다. 물론 외출할 때는 화장실 창문까지 잠그고 나간다. 내 입으로 말하기 뭐하지만, 요즘 젊은 사람들 중에는 드문 타입이다. 본디 이러한 성격에는 장단점이 있어서, 안에 사람이 있는지 확인도 하지 않고 화장실이나 욕실 불을 꺼서 소동을 일으킨 적도 한두 번이 아니었다. '불 끄는 고마코'라는 별명은 그래서 붙었다.

여하튼 나는 한정된 지구의 자원을 지키기 위해 밤낮으로 싸우고 있다고 할 수 있다. 자칭 '이콜로지스트 고마코'는 엄마가 늘어놓는 다양한 주문에 '네, 네.' 하고 착하게 대답한 후, 그 대가를 확실하게 요구했다.

"오늘 중화 거리에 간다고 했지? 고기만두 사 와, 고기만두."

'네, 네.' 하고 엄마는 대답했다.

전화를 끊고 시계를 보니 벌써 10시였다. 내가 생각해도 방종한 생활이다. 뭔가 일정이 있는 날 외에는 대체로 이렇다. 하지만 그다지 반성하는 마음도 없이 오늘 오전 중에는 무엇을 하며 시간을 보낼지 느긋하게 생각했다.

"오늘은 새로운 좋은 날. '아직' 실패가 없다."

『빨강 머리 앤』의 대사를 중얼거려 보고는 룰룰루 콧노래를 부르면서 계단을 내려왔다. 기분 좋게 잠에서 깨는 것이 내 장점 중 하나다. 일단 커피라도 내릴까 하고 커피포트를 집었을 때 다시 전화벨이 울렸다.

"네, 이리에입니다."

가벼운 마음으로 수화기를 들자, 이번에는 미아이였다. 그녀는 내 친구 가운데에서 전화 중독 부류에 속한다. 별다른 용건 없이 전화를 걸어 최소한 30분은 떠들어 댄다. 통화가 길어지면 엄마의 날카로운 시선이 이쪽을 향하기도 해서 손짓 발짓을 해 가며 '저쪽에서 건 전화라니까.'라는 메시지를 전하려고 노력한다.

"무슨 일이야, 아침 댓바람부터. 급한 일 있어?"

일단은 그렇게 물었다. 그리고 역시나 "아니, 일이 있는 건 아니고 심심해서. 모두 놀러 가고 없거든. 넌 분명히 집에 있을 거라고 생각했지." 하는 대답이 돌아왔다. 아무래도 친구들은 나를 꽤나 한가한 사람으로 보나 보다 하는 생각이 들어 섭섭하기 그지없다.

"여름에는 계속 가루이자와의 별장에서 보낸다고 했잖아. 아직 집에 있었어?"

"아니, 지금 별장에 와 있어. 하지만 이런 곳에 가족끼리 와 봐야 재미 하나도 없어. 벌써 지루해 죽겠어."

"아, 그래."라고밖에 대답할 수가 없다.

"그러고 보니, 면허는 어떻게 돼 가?"

지나가는 말처럼 미아이는 천진하게 물었다. 정말이지 사람들은 별로 얘기하고 싶지 않은 일만큼은 꼭 기억한다. 최근에는 만나는 사람마다 같은 질문을 해 온다. 동네방네 떠들고 돌아다녔던 경솔함을 이제야 뼈저리게 후회한다.

"응, 뭐 그럭저럭……."

그다음은 어물쩍 얼버무렸다. 수화기 너머에서 웃는 기색이 전해진다. 나는 후우 하고 한숨을 쉬고 말했다.

"하지만 말이지, 결국 아무 일도 일어나지 않는 인생도 있을지 모른다는 생각이 들었어."

'사람은 어디서 어떻게 될지 모른다'는 게 내 인생관이었지만 운전 학원을 다니면서 그 생각이 상당히 크게 흔들렸다. 결국 텍사스나 아프가니스탄의 사막은커녕, 외길이 죽 이어지는 시골에도 가지 않을지 모른다. 현재 살고 있는 동네와 비슷한 다른 동네에서 일생을 끝낼지도 모른다. 어디에 살든 별로 상관없는 인생도 수두룩하지 않은가. 그런 생각이 들었다.

"아, 그런 이야기였어?"

분명히 무언가를 오해했던 모양으로, 순간 미아이의 말투가 활기를 띠었다.

"있지, 고마코. 언젠가 텔레비전에서 누군가가 말했어. 인생은 버스 정류장과 같아서, 기다리면 반드시 그쪽에서 다가온다고."

"뭐가?"

나는 당황해서 물었다.

"운명의 상대 말이야."

미아이의 어투는 순정 만화처럼 말끝에 하트 마크라도 붙여 줘야 할 판이다.

"아, 그런 이야기였어?" 나는 간신히 이해했다. "하지만 정말로 나무에서 감이 떨어지기만을 기다린다고 해서 될까?"

"적어도 그렇게 말한 사람은 그랬다는 거 아닐까?"

"그런 경우도 있다는 거네."

"나도 생각해 봤거든. 계속 기다렸고 마침내 버스가 왔다고 하자. 그런데 그 버스의 목적지가 원하던 것과 맞지 않거나 어딘가를 경유해서 빙 돌아가는 경우도 있지 않겠어? 그럴 때 기다리던 버스

가 올 때까지 더 기다릴지, 그냥 참고 올라탈지는 사람마다 의견이
다르지 않을까?"

미아이는 가끔씩 이렇게 지독한 추상론을 내뱉는다. 나는 갑자기
불안해졌다.

"하지만 계속 기다렸는데 버스가 한 대도 오지 않는 경우도 있지
않을까? 모르는 사이에 버스 회사가 망했다든지."

미아이는 폭소를 터뜨리고, 포기하기에는 아직 이르다며 격려인
지 위로인지 알 수 없는 말을 했다.

5

결국 우리의 통화는 한 시간 가까이 이어졌고, 나는 허기진 배에
아침과 점심을 겸한 어중간한 식사를 채워 넣었다. 밥을 먹으면서
문득 미아이의 통화 요금은 대체 얼마나 나올까 생각했지만, 불필
요한 걱정이라는 생각이 들었다. 미아이는 태어나서 한 번도 통화
요금 같은 건 걱정해 본 적이 없으리라.

마침내 나는 기능 연습을 다시 시작하려고 버스 정류장으로 나갔
다. 습도가 이상하게 높았고, 땀범벅이 된 등에 블라우스가 들러붙
어 불쾌한 기분이었다. 버스 정류장에는 의외로 먼저 온 사람이 있
었다. 아메리카 하우스 앞에서 타는 사람은 대체로 나 혼자였기 때
문에 왠지 영역을 침범당한 기분이 들어 10미터 전부터 찬찬히 관

찰했다.

젊은 남성이었다. 아마도 나보다 두세 살 위일 거라고 짐작해 보지만 그다지 자신은 없었다. 나는 사람의 나이를 맞히는 데 서툴러서 대체로 짐작한 나이와 위아래로 다섯 살 정도의 차이가 생기곤 했다. 여하튼 남자는 멀쑥하니 키가 컸다. 뭔가 큰 키가 죄송스럽다는 듯 등을 구부리고 있어서 멀리서 보면 의문부호처럼 보였다. 지독한 찜통더위에도 아무렇지 않은 듯 초연하게 서 있는 모습이 왠지 얄밉게 느껴졌다.

나는 버스 정류장에서 3미터 정도 떨어진 곳에 멈춰 서서, 무심코 아메리칸 하우스의 철조망을 바라보았다. 노부인과 소녀의 모습은 없었다. 뭔가 어색한 기분이 들어 가방에서 『자동차 학과 시험 교본』을 꺼내서 읽기 시작했다. 학과 시험은 오기로라도 떨어질 수 없어서 대체로 공부를 게을리하지 않는다. OMR 카드 위주의 주입식 교육 덕분에 단순 암기는 자신 있다. 결과는 대체로 만점으로, 조금이나마 자존심을 지켰다.

먼저 와 있던 사람은 아무 관심도 없다는 듯 멍하니 서 있었다. 중간에 한 번, 이쪽을 흘깃 본 것 같기는 했지만 단순히 자의식 과잉일지도 모른다.

갑자기 펼쳐진 교본 위로 물방울이 톡 떨어졌다. 이어서 또 하나의 물방울이 떨어지더니 순식간에 커다란 빗방울이 투둑투둑 떨어졌다. 마침 보고 있던 내용은 '우천 시의 운전' 항목이었다.

나는 황급히 가방에서 접는 우산을 꺼냈다. 우산을 펼치면서 옆 사람의 모습을 곁눈질했다. 아무래도 우산이 없는 것 같은데, 그다지 당황하는 기색도 없다. 하지만 빗방울은 지체 없이 그의 짧은 머리와 하얀 티셔츠 위로 빠르게 떨어지기 시작했다.

내 머리는 바쁘게 움직이기 시작했다. 이런 경우 대체 어떻게 행동해야 할까? 모른 척 혼자만 우산을 쓰고 있자니 너무 냉정한 것 같다. 그렇다고 젊은 남성에게 '함께 써요.' 하고 말을 건네기에는 상당한 용기가 필요하다. 초등학교 때 한 우산에 같은 반 남자아이의 이름과 내 이름이 나란히 적혀 있던 낙서가 떠올랐다. 그때, 더 이상의 굴욕은 없다고 생각했다. 그러고 보니 『빨강 머리 앤』에 비슷한 장면이 있었다.

이러저러 불필요한 생각까지 하고 있는 동안에 비는 점점 거세졌다. 여름비는 이래서 문제다. 조금도 생각할 여유를 주지 않는다. 나는 마침내 마음을 굳혔다.

"저기, 괜찮으시면 같이 써요."

남자에게 다가가 우산을 받쳐 주려고 했다. 그는 놀란 듯 고개를 들었지만, 살짝 웃으며 말했다.

"정말 고맙지만 버스가 온 것 같은데요."

꽤나 허무한 결과가 되었다. 이런 것을 두고 '혼자 북 치고 장구 친다'고 하겠지.

난처하게도 버스 좌석은 2인용 하나밖에 남아 있지 않았다. 어쩔 수 없이 나란히 앉으면서 마음속으로 망했다고 중얼거렸다. 어쩌면 상대도 마찬가지 생각을 하고 있을지 모른다. 하지만 그의 모습은 여전히 초연했고, 최소한 겉으로 그런 느낌은 없었다.

"장대비네."

창밖을 바라보며 불쑥 남자가 말했다. 혼잣말이라고 생각했는데, 남자가 대답을 기다리듯 이쪽을 흘깃 보았기 때문에 서둘러 말을 찾았다.

"그러네요. 하이드로플레이닝 현상이 일어나기 쉬운 날씨예요."

"하이드로……?"

남자는 의아하다는 듯 물었다.

"하이드로플레이닝 현상. 비가 올 때 고속으로 주행하면 타이어와 아스팔트 사이에 수막이 생겨서 타이어가 지면 위로 뜨게 되는 현상입니다. 핸들과 브레이크가 듣지 않게 되어 아주 위험하죠. 이상이 하이드로플레이닝 현상."

"오오, 열심히 외웠네요."

남자는 감탄한 듯했지만, 사실 외운 것도 뭐도 아니다. 방금 막 읽었던 부분일 뿐이다. 하지만 좋은 방법이라고 생각했다. 내용은 어쨌든 계속 떠들 수는 있다. 나는 계속했다.

"페이드 현상이라는 것도 있습니다. 길게 뻗은 내리막길에서 풋 브레이크를 너무 많이 사용하면 브레이크드럼이나 브레이크슈, 라이닝 등이 가열되어 브레이크가 잘 듣지 않게 되죠."

"오오……."

남자는 뭐라고 말해야 할지 고민하는 모습이 역력했다.

"그 밖에도 크리프 현상이라는 것도 있는데요. 기어를 파킹이나

중립 이외의 곳에 두었을 때 아무것도 하지 않아도 차가 움직이는 것입니다."

"꽤나 다양한 현상들이 일어나는군요."

"또 있어요. 스탠딩웨이브 현상이라는 것도 있는데, 타이어의 공기압이 너무 낮으면요⋯⋯."

갑자기 미미한 진동이 전해져 왔다. 살짝 곁눈질로 보니 옆 사람이 어깨를 흔들면서 웃고 있다. 나는 얼굴이 빨개지는 것을 느꼈다.

"학과 시험은 확실하네. 그렇게까지 정확하게 외웠으니."

그는 스스럼없이 말을 놓았다.

"네, 학과 시험은요."

나는 힘없이 고개를 끄덕였다.

정말 다행히도 그 순간 버스는 쏴아악 하고 물보라를 일으키며 운전 학원 문으로 미끄러져 들어갔다. 더 이상 운전할 때 일어나는 현상에 또 어떤 것이 있었는지를 필사적으로 찾지 않아도 되는 것이다.

여름 소나기답게 비는 금세 개어 있었다.

"앗, 물웅덩이가 있으니까 조심해."

버스에서 내리려는 순간 먼저 내린 그 청년이 주의를 주었다.

"⋯⋯아,"

나는 작은 소리로 고맙다는 인사를 덧붙이면서 충분한 여유를 갖고 웅덩이를 뛰어넘었다. 적어도 나는 그럴 작정이었지만, 어찌된 일인지 그 한가운데에 제대로 빠져 버렸다.

'0.1초의 세계' 같은 제목의 사진을 보면 밀크 왕관이 자주 등장한다. 왕관 모양으로 깔끔하게 튀어 오른 우유의 방울. 그보다는 조금 지저분하고 상당히 성대한 물방울이 내 주위로 튀어 올랐다.

치맛자락에서 물이 뚝뚝 떨어지는 것을 보고, 일부러 친절하게 주의를 준 사람이 난처한 듯 얼굴을 일그러뜨리고 있었다. 터져 나오려는 웃음을 있는 힘껏 참고 있는 그런 모습이다. 나는 헤헤헤 웃으며 어물쩍 넘어갔다.

그때까지는 애써 참아 주었던 그도 마침내 한계에 다다랐는지 다시 어깨를 흔들며 웃음을 토해 냈다. 나는 그때 처음으로 상대방의 얼굴을 정면에서 보았다. 문득 어디선가 만난 적이 있는 얼굴 같았다. 하지만 어디서였는지, 또한 언제였는지 전혀 떠오르지 않으니 아마도 착각이리라.

"이리에 씨!"

소프라노 목소리가 비 갠 허공에 메아리쳤다. 돌아보니 다른 버스에서 내린 미쓰세 씨가 재빨리 나를 발견하고 이쪽으로 오고 있었다. 운전 학원에서 알게 된 사람으로, 한 살 많은 4년제 대학의 학생이다.

"오랜만. 진도 어디까지 나갔어? 난 마지막 검정에서 떨어져서……."

옆의 남성을 발견한 그녀는 갑자기 입을 다물었다. 그는 '그럼 이만.'이라고 하듯 가볍게 왼손을 들더니 성큼성큼 걸어갔다.

"저기, 지금 그 사람 누구?"

호기심으로 눈동자를 반짝반짝 빛내며 그녀가 물었다.

"글쎄⋯⋯. 지나가는 사람."

나의 무뚝뚝한 대답은 상대방을 조금 실망시킨 모양이었다.

결국 인생이란 대체로 그 정도인 법이다.

6

하지만 인생은 때로 뜻하지 않은 선물을 보내 주는 경우도 있다.

며칠 후 나는 다시 아메리칸 하우스 앞의 버스 정류장을 찾았다.
그날 나를 움직인 것은 운전 학원이 아니라, 오로지 사에키 아야노
씨의 답장이었다.

철조망 앞에는 여전히 철쭉 덤불이 길게 이어져 있었다. 이 시기
에 철쭉을 눈여겨볼 사람은 아무도 없다. 초봄의 싱그럽고 무성했
던 짙은 초록색 잎도 지금은 갈색을 띠기 시작하면서 조금씩 생기
를 잃어 가고 있었다.

나는 철쭉 덤불에 슬쩍 몸을 밀어 넣었다. 그곳에는 좁은 틈이 있
었다. 노부인과 소녀가 여러 번 드나드는 동안에 완전히 길이 만들
어진 모양이었다. 공원에 두 사람의 모습은 보이지 않았다. 나는 치
마 엉덩이 부분을 신경 쓰면서 간신히 덤불을 빠져나왔다.

"우와!"

저절로 탄성이 나왔다.

금잔화, 피튜니아, 접시꽃, 샐비어, 천일홍, 아마릴리스, 거베라, 봉선화, 채송화, 마거리트. 색색의 다양한 꽃들이 미어질 듯 가득 피어 있었다.

"예쁘다⋯⋯."

그렇게 말하지 않을 수 없을 만큼 정말로 아름다운 광경이었다.

오렌지, 핑크, 다양한 농도의 빨강, 노랑, 하양⋯⋯. 팔레트에 맘껏 짜 놓은 그림물감처럼 선명한 색들이 공기 속에 녹아내리면서 신비롭고도 달콤한 향기를 풍기고 있었다.

이곳은 '비밀의 화원'이었다. 어렸을 적에 그 책을 읽고 단 한 번만이라도 좋으니까 비밀의 화원을 보고 싶다고 간절하게 원했던 때를 떠올렸다. 어렸을 때 꾸었던 꿈이 현실이 되다니, 정말로 신기한 일이다.

나는 놀라움에 부르르 몸을 떨며 눈앞의 철조망에 손가락을 걸었다. 그 철조망에도 몇 종류의 나팔꽃이 휘감겨 있었고, 다시 서로 엉키면서 오로지 하늘을 향해 오르고 있었다. 그 모습에는 정말로 왕성한 생명력이 느껴졌다.

낮에 멀리서 보면 거지덩굴 포도과의 여러해살이 덩굴풀 같은 것으로밖에 보이지 않을 것이다. 하지만 이 덩굴식물은 인간에게는 오르는 것이 허락되지 않은 철조망에 당당하게 달라붙어 꼭대기까지 오른 것이다. 나는 오므라든 나팔꽃 봉우리가 꽃을 피우기 전 물기를 머금고 팽팽하게 긴장하고 있는 모습을 상상해 보았다. 이윽고 눈앞에서 짙은 보라색과 파란색의 아주 커다란 꽃을 피웠다. 나는 가슴이 두근거릴 정도로 달콤한 공기를 폐에 가득 빨아들였다. 그리고 아야노 씨에게 받은 편지를 꺼냈다. 지금, 이 장소에서 다시 읽어 보고 싶었기 때문이다.

7

이리에 고마코 씨에게.

보내 주신 편지 재밌게 읽었습니다.

당신이 보았던 노부인과 손녀의 우스꽝스러운 행동은 확실히 흥미로웠습니다. 당신은 두 사람의 일련의 행동을, 무언가 아주 중요한 것을 잃어버려서 그것을 찾고 있는 것이라고 해석한 것 같군요. 하지만 두 사람 모두 이삼 주 동안이나 지치지도 않고 무언가를 찾는다니, 아무리 그래도 너무 집요한 것은 아닐까요? 애초에 그 정도로 소중한 물건이었다면 왜 철쭉 덤불 같은 곳에 떨어뜨렸을까요?

어쩌면 두 사람은 물건을 찾는 것이 아니었는지도 모릅니다. 아니, 무엇을 찾고 있기는 했지만, 그것은 형태가 있는 물건이 아니었을지도 모릅니다.

저는 편지를 읽었을 때, '혹시' 하고 짐작이 가는 바가 있었습니다. 그리고 당신이 갔었던 버스 정류장을 실제로 찾아가 보고 싶은 마음이 들었습니다. 만약 제 생각이 맞는다면 그곳에는 가 볼 만한 충분한 가치가 있는 것이 존재할 것이기 때문입니다.

저는 당신의 편지를 근거로 그 장소를 찾아낼 수 있었습니다. 그리고 모든 것을 이해했습니다.

당신도 가까운 시일 내에 다녀오셨으면 합니다. 저는 그곳에서 기대 이상의 것을 만날 수 있었습니다.

철쭉 덤불 너머에는 아름다운 화단이 숨겨져 있었습니다.

관상용 꽃에 대해 그다지 아는 바가 없지만, 그럼에도 열 종 이상의 다양한 꽃들이 피어 있다는 것은 알 수 있었습니다. 구체적으로 어떤 꽃이 있는지는 직접 보는 게 가장 좋겠죠.

이미 이해하셨겠지만, 당신이 버스 정류장에 서 있었던 사월부터 오월이라는 시기는 봄씨를 뿌리기에 가장 적합한 시기입니다. 당신이 보았던 우스꽝스러운 광경은 노부인이 열심히 땅을 일구고 씨를 뿌리는 모습이었을 것입니다.

꽃씨라고 해도 여러 가지가 있습니다. 채송화처럼 그냥 뿌리기만 하면 되는 것부터 봉선화처럼 이 센티미터 정도의 깊이로 묻어야 하는 것 등 다양합니다. 당신이 기이하게 여겼던 나무젓가락은 분명 땅에 구멍을 내기 위한 도구로 사용했을 것입니다.

화단을 실제로 보면 당신은 한 가지 사실을 깨닫게 될 것입니다. 그 수많은 꽃들 전부가 철조망 너머에 심겨 있다는 사실입니다. 좁은 철조망 틈으로 손을 넣어 씨를 뿌리는 것은 필시 힘든 작업이었겠죠. 굴이 손녀의 손을 빌렸던 것도 그 때문이었습니다. 아이의 작은 손이라면 철조망 틈새로 쉽게 넣을 수 있을 테니까요. 손이 크다, 작다 했던 이야기는 그런 이유였습니다.

그런데 노부인은 왜 그런 식으로, 아무에게도 보이지 않는 장소에 화단을 만들었던 것일까요? 그리고 또, 왜 굴이 꽃씨를 철조망 너머에 뿌리려고 했던 것일까요? 그 점이 제게는 가장 큰 의문이었습니다. 하지만 때마침 그 장소에서 노부인을 만나 직접 여러 가지 이야기를 들을 수 있었습니다. 그리고 마침내 모든 것을 이해할 수 있었습니다.

그녀는 예전에 그 버스 정류장 바로 옆에 살았습니다. 아니, 아메리칸 하우스 부지에 노부인이 살았던 집이 있었던 것입니다. 그런데 전쟁이 끝나고 그런 결과가 되어 버린 것이죠. 당신 편지에도 쓰여 있었지만, 철조망이 둘러쳐지고 무단출입을 엄금한다는 내용의 안내판이 곳곳에 걸린 것입니다.

자신이 소녀 시절을 보낸 장소가 그런 식으로 변해 버렸다면, 그리고 그것을 눈으로 직접 보았다면 사람들은 대체 어떤 기분이 들까요? 그런 안타까운 기분을 어떻게 달랠 수 있을까요?

대부분의 사람들은 그냥 한숨만 쉴 것입니다. 하지만 노부인은 달랐습니다.

이미 이해하셨겠죠?

그녀는 겉보기보다 훨씬 대담한 사람이었습니다. '좋아, 무단 침입이 뭔지 보여 주겠어.' 하고 생각했습니다. 단, 자신이 아니라 자신이 키운 화초가 말이죠.

사유지에 꽃을 키우는 행위가 뭔가 법에 저촉되는지 아닌지는 모릅니다. 하지만 하얀 팻말에 적혀 있는 말을 글자 그대로 해석하면, 무단으로 침입한 위범자는 어디까지나 '꽃'이지 '사람'은 아니므로 처벌할 수 있는 대상이 되지 않습니다. 그리고 노부인은 '예쁘게 핀 꽃을 설마 뽑아 버리기야 하겠어요?' 하고 웃으면서 말했습니다.

어떤가요? 분명히 이것은 일종의 궤변일지도 모릅니다. 하지만 이런 천진하고 사랑스러운 궤변이라면 봐줄 수 있지 않나요? 만약 다른 사람도 그녀처럼 생각할 수 있다면 세계는 필시 평화로워질 거라고 생각합니다.

노부인의 '침략'은 여전히 이어질 양상을 보이고 있습니다. 그녀는 아직 심지 못한 화초의 이름들을 자랑스럽게 늘어놓았습니다. 코스모스, 일일초, 도라지……. 모두 가을꽃의 이름입니다.

"조만간 이 철조망을 덩굴장미가 뒤덮도록 할 계획입니다."

노부인은 그런 침략 구상을 천진하게 말씀하셨습니다.

1만2천 년 후의 직녀성

一万二千年後のヴェガ

1

"북두칠성에서 물을 뜨는 국자 바닥에 있는 두 별을 잇는 거리만 큼 일직선으로 나아갑니다. 하나, 둘, 셋, 넷 그리고 다섯. 딱 다섯 배의 위치에 북극성이 있습니다. 북극성은 작은곰자리의 꼬리에 해 당합니다. 북두칠성이 포함된 큰곰자리와 함께 북쪽 하늘을 곰 부 자가 사이좋게 빙글빙글 돌고 있습니다."

별자리 그림이 나타났다.

"엄마, 곰? 곰?"

아이의 목소리가 울린다. 쉿 하는 엄마의 조그마한 소리. 남성의 부드러운 목소리로 설명이 이어졌다.

"그리고 이 북극성은 예전부터 바다를 항해하거나 먼 길을 여행 하는 사람들에게 무척이나 고마운 별이었습니다. 우리가 언제 어디 에 있어도 일 년 내내 북쪽 하늘에 있기 때문입니다……."

찜통더위에 지쳐 백화점으로 피신하고 보니, 그 백화점 옥상에 천체 투영관이 있었다.

옥상으로 나온 순간 신기루라도 보일 것 같은 엄청난 열기의 방 사에 조금 어찔어찔했다. 역시 사람들은 많지 않았다. 매점에는 더 위에 지친 직원이 땀을 닦고 있었고, 색 바랜 파라솔 그늘에 놓인 벤치에는 참을성 많은 엄마와 아이가 허겁지겁 아이스크림을 핥고 있었다.

군데군데 페인트가 벗어진 판다 모양 놀이기구와 비닐로 만들어

진 공룡 같은 것으로 둘러싸인 칙칙한 은색 건물은 뭔가 굉장히 고
즈넉한 느낌이었다.

곧 다음 회를 시작한다는 안내 방송이 흘러나왔다. 좋은 타이밍
이다. 나는 반가운 마음으로 재빨리 건물을 향했다.

문을 열자 예상대로 시원한 냉기가 맛이했고, 땀은 순식간에 시
었다. 건물 안으로 들어간 순간 조명이 어두워지기 시작해서 황급
히 빈자리를 찾았다. 좌석은 80퍼센트 정도 차 있었다.

리클라이닝 시트에 앉아 등받이를 살며시 젖히자 황홀할 정도로
기분이 좋아지면서 급격하게 졸음이 쏟아졌다. 하지만 바로 잠이
들어 버리면 허무할 것 같아 고개를 젖힌 채 주위를 두리번두리번
둘러보았다. 남쪽 하늘에는 '금연'이니 '음식물 반입 금지' 등의 글
자가 계속해서 흘러나오고 있었다. 천장 부근에는 십자 모양의 표
시가 있었고, 그 일직선 아래에는 일그러진 모양의 까만 실루엣을
그리고 있는 투영기가 있었다. 투영기야말로 이 비좁은 공간에 우
주를 그려 내는 고독한 예술가인 것이다.

이 비유는 내가 생각해도 너무 로맨틱해서 어둠 속에서 혼자 부
끄러워했다.

"태양이 차츰 잠깁니다. 하늘은 점점 어두워지고, 마침내 여러분
앞에 팔월의 별자리들이 모습을 드러냅니다."

설명이 시작되었다. 나는 옅은 초록색 커버가 덮인 등받이에 볼
을 딱 붙이고 지는 석양을 응시했다. 태양이 진다고 생각해서 그런
지 실내 온도가 조금 내려간 느낌이다. 볼이 서늘하니 기분 좋다.

"자, 첫 번째 별이 나타났습니다. 유난히 밝게 빛나는 이 별이 태백성, 즉 금성입니다. 알고 계신 대로 금성은 지구와 마찬가지로 태양 주위를 도는 행성입니다. 그 밖에 다른 행성도 볼 수 있습니다. 이 붉은 별이 화성, 그리고 목성. 천체망원경으로 보면 몇 줄의 굵은 줄무늬를 확인할 수 있습니다."

하얀 화살표가 천공을 미끄러져 갔다.

"이들 행성은 별자리에는 들어가지 못합니다. 왜냐하면 절대로 같은 장소에 가만히 있지 않기 때문이죠. 그런데 별자리를 찾으려고 해도 도시의 하늘에는 그다지 별이 보이지 않습니다. 광화학스모그와 거리의 조명 때문이죠. 그러면 스모그를 없애고 거리의 조명을 끄면 어떻게 될까요?"

주위를 비추던 거리의 네온이 훅 사라졌다.

와앗! 아이가 내는 듯한 작은 환호성이 들렸다. 내가 만약 어린아이였다면 나 역시 분명 환호성을 질렀을 것이다. 하늘을 가득 메운 별들이 눈부시게 반짝이고 있었다. 이따금씩 별똥별이 순간적으로 빛의 선을 그리며 사라져 간다. 나는 재빨리 마음속으로 빌었다.

'돈, 돈, 돈.'

피노키오는 아니지만 '별에게 소원을When You wish Upon A Star 디즈니 장편 애니메이션 〈피노키오〉 주제가' 빌어 보는 것이다. 순간적으로 나온 소원은 내가 보기에도 천박하다. 하지만 천체 투영관의 인공 유성에 대체 얼마나 영험이 있을지 조금 의심스럽기도 하다.

"별똥별이 많이 쏟아지고 있네요. 별똥별은 새벽녘에 가장 잘 보입니다. 그러면 시간을 조금 돌려 보겠습니다. 이것은 오늘 밤 여덟 시 즈음 하늘의 모습입니다. 오늘은 북극성에 관한 이야기입니다."

그리고 북극성을 찾는 방법으로 이어졌다. 카시오페이아자리를 기준으로 찾는 방법, 그리고 북두칠성을 기준으로 찾는 방법. 천체 투영관에서야 어렵지 않게 찾을 수 있지만(대단찮은 일이다. '북'이라고 선명하게 표시되어 있다), 실제 하늘에서 북극성을 찾기는 꽤 어렵다. 그다지 밝은 등급의 별이 아니기 때문이다.

"왜 북극성은 늘 북쪽 정중앙에 있을까요? 바로 지구의 자전축 연장선 위에 이 별이 있기 때문입니다."

자전축을 중심으로 회전하는 지구 그림이 나타났다. 회전하는 방향을 표시하는 화살표와 '자전'이라는 글자가 표시되어 있다. 누군가가 '자전거'라고 외쳤다. 이런 식의 실없는 말장난, 싫지 않다.

지구 옆에 팽이 그림이 나타났다.

"지구는 이 팽이와 똑같이 돌고 있는 것입니다. 팽이의 축은 속도가 있을 때는 하나의 점이 되지만, 점점 속도가 줄어들면 축은 작은 원을 그리게 되고 결국에는 쓰러집니다. 하지만 안심하세요. 지구는 쓰러지거나 하지는 않습니다. 하지만 팽이와 같은 현상은 지구에도 일어납니다. 자전축을 가리키는 위치가 조금씩 작은 원을 그리듯 변해 가는 것입니다."

북쪽 하늘에 눈금이 그려진 원이 나타났다.

"자전축이 그리는 작은 원을 하늘로 가져오면 이런 식이 됩니다. 눈금 영의 위치에 현재의 북극성이 있습니다. 자, 그러면 지금부터 여러분과 함께 시간 여행을 해 보겠습니다. 지축의 흔들림은 백 년, 이백 년 정도로는 큰 변화가 보이지 않습니다. 하지만 천 년, 이천 년이 흐르면 하늘의 모양이 조금씩 변해 갑니다."

별들이 맹렬한 기세로 회전을 시작했다. 아주 잠깐 위장이 튀어나올 듯한, 눈이 돌 듯한 울렁거리는 느낌을 받았다. 그리고 왠지 우산에 관한 일이 떠올랐다. 어린 소녀였던 때, 비 갠 뒤 투명한 햇살 속에 펼쳐진 채 빙글빙글 돌던 하늘색 우산. 우산은 빙글빙글 돌았고 물방울이 하늘색 방수포 위로 굴러다니다가 튕겨 날아간다.

"자, 이쯤에서 멈춰 봅니다. 우리는 만이천 년 후의 미래로 여행을 온 것입니다."

내레이터 목소리에 퍼뜩 정신이 들었다. 그리고 '만이천 년 후'라는 말에 새삼 놀랐다. 생각지도 않은 곳에서 상상도 할 수 없는 스케일의 여행을 해 버렸구나.

"만이천 년 후의 밤하늘을 봅시다. 좌표 영의 위치, 즉 정북방에서는 조금 떨어져 있지만 무척 밝은 별이 빛나고 있습니다. 이것은 거문고자리의 베가입니다. 직녀성이라고도 하죠. 즉, 만이천 년 후에는 직녀성이 북극성이 되는 것입니다. 은하도 여전히 있군요. 반대쪽에 견우성도 있습니다. 만이천 년 후에 견우는 직녀 주위를 한없이 빙글빙글 돌게 되는 것입니다."

아하, 그러고 보니 어디선가 그런 이야기를 들은 기억이 있다. 하지만 이렇게 눈으로 직접 보니 무척이나 새롭게 들린다.

"그러면 조금 시간을 되돌려 봅시다. 이것은 팔천 년 후의 밤하늘입니다. 어? 여기에도 무척이나 빛나는 별이 있군요. 이것은 백조자리의 데네브입니다. 팔천 년 후에는 이 별이 북극성이 되는 것입니다."

한동안 8천 년 후 미래의 밤하늘을 바라다본 후 시간은 천천히 역행해 갔다. 3천 년 전의 밤하늘. 중국의 역사가 마침내 막 시작하던 때다. 5천 년 전, 나일 강 부근에서 이집트 문명이 번영했던 즈음.

총 1만7천 년을 오가는 장대한 스케일의 시간 여행이 끝났다. 실내에 불이 켜지고, 의자 등받이를 되돌리는 소리가 철컹철컹하고 울렸다. 다른 관람객들은 손가방 등을 정리하고 일어났지만 나는 그대로 앉아 있었다.

8천 년 후의 데네브. 1만2천 년 후의 베가…….

빙글빙글 돌고 있는 별들이 내 머릿속에서 무수한 빛의 고리를 그렸다. 8천 년 후의 데네브. 1만2천 년 후의 베가.

나는 크게 한숨을 쉰 후 덜컹하고 등받이를 일으켰다. 그 순간 등 뒤에서 누군가가 이름을 부른 것 같았다. 몸을 돌리는 반동에 등받이가 다시 젖혀졌다. 내 상반신은 앞으로 푹 고꾸라졌고, 눈앞에 짙은 감색의 옷감이 흔들렸다.

"잠든 줄 알았어. 우연이네."

다시 그 웃음을 머금은 목소리가 노크하듯 등받이를 두들겼다.

"……정말 우연이네요."

일단 응답은 했지만, 난감했다. 누구더라……?

"저기……. 어디선가 만났었나요?"

나는 어쩔 수 없이 작은 소리로 물었지만, 그 남성을 어디선가 만난 기억이 분명히 있었다.

"얼마 전, 버스 정류장에서."

지극히 담박한 설명이었지만 그것만으로도 지나치게 충분할 정도였다. 그리고 아까부터 별 이야기를 해 주던 기분 좋은 목소리와 비 갠 하늘에 울리던 청량한 웃음소리가 마침내 겹쳐졌고, 난 새삼 놀라움을 담아 상대를 바라보았다. 그는 '세오'라고 이름을 밝히고 빙긋 웃었다. 느낌이 좋은 미소다. 나도 황급히 상대에게 물었다.

"이곳의 직원이었나요?"

"아니, 임시 아르바이트. 여름방학에만."

"별에 대해서 굉장히 많이 알고 계시네요."

"아니, 그건 대본 그대로 읽은 거야. 그래도 조금 환상적이고 괜찮았지?"

나는 가볍게 끄덕였다.

"그러네요. 낭만도 있고. 시원하고."

세오 씨는 다시 살짝 웃었다.

"이리에도 천문학을 좋아해?"

'도'라는 부분에서 왠지 조금 기분이 좋아져 나는 애매하게 끄덕였다.

"네, 뭐, 그렇죠. 언젠가 친구가 가자고 해서 핼리혜성을 보러 간 적이 있어요. 사쿠라기 초의 천체 투영관에 커다란 천체망원경이 있거든요. 하지만 조금 실망했어요."

"핼리혜성에는 낭만이 없었다?"

"희미한 미립자 정도로밖에 보이지 않았어요. 혜성이라고 하려면 훨씬 밝게 빛나고 긴 꼬리도 있어야 하는데 이건 진짜가 아니라고 생각했어요."

"1910년의 핼리혜성이 딱 그런 느낌이었던 모양이야. 그리고 세계 곳곳에서 종말론으로 소동이 일기도 했고."

나는 하하하 웃었다.

"낭만적인 소동은 아니네요. 하지만 사실 오늘은 낭만은 어떻든 시원함을 찾아 걷다가 이곳으로 흘러들어 왔어요."

"오늘은 정말 살인적인 더위야."

그는 온화한 얼굴로 조금 살벌한 비유를 사용했다. 그리고 손목시계에 흘끗 시선을 주었다.

"다음 회까지 아직 삼십 분 남았는데 소프트아이스크림 먹을래?"

40분 정도의 상영 시간 동안 한여름의 햇살은 간신히 절정을 넘어선 것 같았다. 그렇다고 해도 직사광선을 받으면서 가만히 서 있을 수 있다는 것은 아니다. 단지, 조금 강한 바람이 불기 시작한 덕분에 그늘에 있으면 제법 견딜 만했다.

"세오 씨는 바다에 수영하러 안 가요?"

나는 공기처럼 가벼운 바닐라의 달콤함을 혀로 충분히 음미하면서 물어보았다.

"글쎄."

세오 씨는 빠르게 녹아내리는 소프트크림을 상대로 격투를 벌이
며 끄덕였다.

"음, 잘 안 가는데. 이리에는 자주 가?"

"아니요, 저도 잘 안 가요. 원래 수영도 잘 못하고요. 튜브를 타
고 두둥실 떠 있는 것은 잘하지만요."

"그거 기분 좋을 거 같네."

상대방은 느긋하게 맞장구를 쳤다.

"해달의 기분은 느껴 볼 수 있어요. 하지만 지금 시기의 가까운
바닷가는 모두 엄청나잖아요. 에노시마도 그렇고."

"유이가하마 같은?"

"네. 서퍼들 사이에 해수욕객이 있고, 해수욕객 사이에 쓰레기가
떠 있고, 쓰레기 사이에 바닷물이 있는……."

상대방은 웃음을 터뜨렸다.

"수영을 할 수 있는 상황이 아니네."

"두둥실 떠 있을 상황이 아니죠. 그래서 갈 마음이 없어요."

"그렇군." 하며 세오 씨는 끄덕이더니 갑자기 물었다.

"그런데 운전면허는 잘돼 가?"

나는 가슴이 턱 막혔다.

"……기본은 이미 되어 있을걸요."

"아, 집에 차가 있구나. 어깨너머로 배운 것도 꽤 도움이 되지."

"아니요, 차는 없지만 엄마가 면허를 따셨을 때 전 배 속에 있었
거든요. 그러니까."

"……그런 게 정말로 관계가 있어?"

그가 아주 조심스럽게 물었다.

"당연히 있죠. 태교의 중요성은 누구나 강조하잖아요. 그러니까 두고 보세요. 조만간 실력 발휘할 테니까."

"기대할게."

웃음을 억누르며 세오 씨는 간신히 그렇게 말했다.

옥상은 여전히 한산해서, 우리 외에는 아이를 데리고 나온 엄마들이 셋 있었고, 역시 아이스크림을 핥고 있었다. 이럴 때의 모자의 모습은 어디나 똑같이 보인다. 쫙 벌린 사랑스러운 입에 작은 플라스틱 스푼으로 소프트크림을 옮기는 엄마. 크림으로 코까지 끈적끈적해진 남자아이의 얼굴을 휴지로 닦아 주는 엄마. 뭔가 가장 순수한 행복의 모습이 그곳에 있다.

아이스크림을 다 먹은 남자아이 하나가 과감하게 햇살 속으로 뛰어나갔다.

'활발하네.' 지켜보고 있는 사이 소년은 울트라맨 놀이기구에 매달렸다. 그리고 순간적으로 괴성을 지르며 뛰어내렸다. 아무래도 플라스틱 울트라맨이 태양열로 완전히 달궈져 있었던 모양이다. 아이는 옆에 있는 판다에도 애정이 담긴 시선을 보냈지만 더 이상 만지려고도 하지 않았다. 소년은 이 녀석 역시 달궈진 판다가 되어 있으리라고 파악했을 것이다. 역시 인간에게는 학습 능력이라는 것이 분명히 있는 모양이다.

남자아이는 천천히 방향을 바꿔 한가운데에 묵직하게 놓여 있는 거대한 공룡을 향했다. 비닐로 만든 브론토사우루스다. 얼빠진 듯한 그 우스꽝스러운 얼굴이 마음에 들지 않았는지, 소년은 갑자기 공룡의 옆구리 부근을 발로 힘껏 걷어찼다. 그 얌전한 초식성 수장룡은 아이의 무자비한 행위에도 굴하지 않고 흔들흔들 흔들리고 있을 뿐이었다. 소년은 공룡을 실컷 발로 차고 밀쳐 대더니 더웠는지 또는 시들해졌는지 엄마가 기다리는 파라솔 아래로 돌아갔다.

"그 이야기, 무척 재미있었어요."

갑자기 말을 꺼냈으니 무리도 아니지만 세오 씨는 완전히 멍한 표정으로 고개를 갸웃했다.

"아, 미안. 무슨 이야기?"

"만이천 년 후의 베가 이야기요."

그는 고개를 끄덕이더니 웃었다.

"천문학은 대범한 스케일이 매력적이지. 그리고 유구한 시간의 흐름과."

나는 엉겁결에 따라 웃다가 문득 먼 미래를 생각했다.

"만이천 년 후에 우리는 어떻게 되어 있을까요?"

"그야, 뼈도 남아 있지 않겠지."

간단한 대답이 돌아왔다.

"그런 개인적인 이야기가 아니고요, 우리 인류가 어떻게 되어 있을까 하는 거요. 분명 지구는 지구로서 온전하게 남아 있을까요? 거문고자리의 베가를 북극성으로서 올려다보는 사람들이 남아 있을까요?"

"너도 생각하는 게 재미있네."

세오 씨는 테이블에 놓인 쓰레기를 집으면서 일어섰다. 그리고 휴지통을 향해 걷기 시작했다. 나도 그냥 따라갔다.

"만약 만이천 년 후에……,"

세오 씨는 콘을 감싸고 있던 얇은 종이를 쓰레기통에 휙 던져 넣고는 내 쪽으로 돌아섰다. "지구가 손쓸 수 없을 정도로 오염돼 인류가 살 곳이 없어졌다면……,"

"네."

"그것은 적어도 현재의 우리가 잘못한 것이겠지. 분명히."

대답하기가 어려워서 눈 아래에 펼쳐지는 풍경을 바라보았다. 먼지를 뒤집어쓴 간판이 즐비했고, 햇빛에 이글이글 타오르고 있다. 눈앞에 애드벌룬에 걸린 현수막이 보인다. 거대한 크기의 '바겐'이라는 글자가 보이고, 그 위로 그것에 이어질 법한 어떤 문구가 적혀 있다. 순간 햇빛이 정통으로 내 눈을 찔러 나는 눈을 깜박거리며 시선을 떨어뜨렸다. 계속되는 가뭄으로 수량이 눈에 띄게 줄어든 사카이가와 강이 맥없이 희미한 빛을 발산하고 있다. 마침 전철이 철교를 건너는 중이었다. 팬터그래프_{전차 또는 전기 기관차의 지붕 위에 달려 전기를 끌어들이는 장치}가 개미의 섬세하고 민감한 더듬이를 연상시켰다. 괜히 등이 근질근질했다. 묘하게 건조한 침묵이 흘렀다. 내 사고는 팬터그래프와 개미의 더듬이 사이를 오갔고, 왠지 목덜미가 따끔따끔했다. 내가 무슨 대답이라도 해야 할 만큼 상대편이 지구를 걱정하고 있는지 아닌지는 알 수 없다.

"『일곱 가지 이야기』라는 책이 있어요."

뭔가 어색하게 중얼거렸다. 말한 순간 후회했지만 세오 씨는 '그래?'라고 하듯 눈썹을 올렸다.

"단편집인데요. 몇 번째 얘기였더라. 「대숲이 불탔다」라고."

나는 페인트가 벗어진 난간을 톡톡 치며 몇 번째 이야기인지를 헤아려 보고 있었다.

"다섯 번째 아닌가." 담담한 어조로 세오 씨가 끼어들었다. "그 책 나도 알아."

"맞아요, 다섯 번째였어요."

의외라는 생각으로 상대방을 보았다. 설마 그가 그 책을 읽었으리라고는.

"그 이야기가 왜?"

"아니, 별거 아니에요."

들떠 있는 페인트를 톡톡 벗겨 냈다. 손바닥에 페인트 부스러기와 먼지가 붙어 있다. 이야기를 잇는 대신 의미도 없이 웃어 보였다. 갑자기 세오 씨가 말했다.

"직녀성에서 연상했구나?"

"네?"

애드벌룬이 바람을 받아 한쪽으로 휘익 쏠렸다.

"직녀성에서 칠월 칠석을 떠올렸고, 조릿대_{일본에서는 칠석이 되면 소원을 적} _{은 종이를 조릿대에 묶어 둔다}를 떠올렸고, 「대숲이 불탔다」를 떠올렸구나."

"그럴지도 모르죠. 하지만 그렇게 깊은 의미는 없습니다."

조금 냉담하게 말하고는 손바닥에 붙은 것을 떨었다.

천체 투영관의 다음 상영 시간이 가까워졌다는 안내 방송이 흘러나왔다. 세오 씨는 그다지 서두르는 기색도 없이 난간에서 몸을 떼고는 웃는 얼굴로 말했다.

"아쉽지만 이만. 일이니까. 시간 되면 또 와 줘. 소프트아이스크림에 레모네이드까지 쏠게."

장난기 가득한 그의 말에 나는 애매하게 끄덕였다. 그리고 그의 모습은 곧 은색 건물로 빨려 들어갔다.

잠시 그대로 난간에 기대고 있을지, 곧바로 이곳을 떠날지 갈등했다. 그리고 후자로 결정했다.

브론토사우루스가 맹한 표정으로 이쪽을 엿보고 있었다. 나는 지나가는 길에 공룡의 긴 비닐 목을 툭 쳤다. 특별히 불쾌할 이유는 아무것도 없었기 때문에 의미 없는 행동이다.

브론토사우루스는 아무런 저항도 없이 기울어졌지만, 그럼에도 쓰러지거나 하지는 않는다. 바닥의 고리에 연결된 로프로 튼튼하게 고정되어 있다. 공룡은 휙 기울었다가 곧 원래의 자세로 돌아왔다. 반동 때문인지, 바람 때문인지 한동안 작게 흔들리고 있었다.

그러고 보니 아이스크림 잘 먹었다는 인사를 깜빡했다는 생각이 들었다. 강한 바람이 지나가면서 내 뒷머리를 세게 쳐올렸다.

2

'냉방 중이므로 문을 닫아 주세요.'

그렇게 적힌 옥상의 무거운 문을 열고 백화점 안으로 돌아왔다. 계단을 내려가는 발소리가 이상하게 맥 빠진 듯 울린다. 백화점의 냉기가 발끝부터 서늘하게 전해졌다. 뜨거운 물과 찬물이 제대로 섞이지 않은 욕조에 조심스레 몸을 담그는 느낌이다.

'대숲이 불탔다, 대숲이 불탔다, 대숲이……,'

몇 번이고, 몇 번이고 주문을 외듯 입속에서 반복했다.

『일곱 가지 이야기』 가운데 조금 이색적인 이야기다. 무엇보다 로맨스 색조가 진하기 때문이다.

하야테가 사는 마을에는 자그마한 대숲이 있었다. 금색 쥐 이야기에 나왔던 에이사이지 절 뒤편이다. 딱히 돌보는 사람도 없어서인지 오래된 대나무가 눈에 띄었다. 그런데 대나무에 꽃이 핀다는 사실을 아는 사람은 의외로 드물지 않을까. 설사 알고 있다고 해도 실제로 그 꽃을 본 사람을 찾는다면 그 수는 훨씬 줄어들 것이다. 그 정도로 아주 드문 일이다.

어느 날 하야테가 사는 마을의 대숲에 일제히 노란색 꽃이 피었다. 이것이 이야기의 발단이라고 하면 발단이다.

엉뚱한 일로 대숲에 들어간 하야테는 그곳에서 여러 가지 것들과 마주친다. 먼저 아래쪽 덤불이 바스락하고 움직여 하야테는 움찔 놀랐지만 스님의 삼색 털 고양이가 아무 일 없다는 듯 유유히 걸어

나왔다. 그 뒤를 이어 스님이 나타나더니 삼색 털을 안고 돌아갔다.

그 직후 하야테는 한 노인을 만난다. 노인은 대숲에 맥없이 서 있다가 하야테와 시선이 마주치자 후우 하고 한숨을 쉬었다. 이윽고 등을 굽힌 채 쓸쓸하게 돌아갔다.

하야테는 그 쓸쓸해 보이는 뒷모습이 계속 마음에 걸렸는데, 마침내 노인의 소문을 듣게 된다. 약간 조롱이 섞여 있는 소문의 내용은 노인이 여성에게 '차였다'는, 조금 예상 밖의 이야기였다.

그 옆 마을의 노부인과는 일본 전통 시 모임에서 알게 된 모양이었다. 서로 자작시를 주고받다가 어느 날 작심하고 구애의 시를 보냈지만 아무런 답장도 없었다고 한다.

하야테는 안타까운 마음을 담아 아야메 씨에게 그 이야기를 전했다. 아야메 씨는 평상시처럼 미소를 지으며 소년의 이야기를 듣고 있다가 이윽고 전혀 관계없는 말을 했다.

"하야테는 '바람이 불면 통장수가 돈을 번다'는 말 알아?"

"할머니가 자주 말씀하셨는데요."

하야테는 그렇게 말하며 부루퉁하니 입술을 조금 내밀었다. 아야메 씨가 또 웃었다.

"이건 상상이지만 노부인은 분명 답가를 썼다고 생각해. 그리고 시를 주고받는 방법이 내가 생각하는 대로라면 그 답가가 어디에 있는지도 알 수 있어."

그리고 아야메 씨는 무슨 이유에서인지 소년에게 살짝 귀띔을 해 주었다.

결국 아야메 씨의 말대로 답장은 대숲 덤불 아래에 걸려 있었다. 마침내 한 쌍의 고풍스러운 연인은 공식적인 커플이라는 해피엔딩을 맞이했다.

여전히 의아해하는 소년에게 아야메 씨는 설명했다. 두 사람이 시를 주고받는 방식은 더할 나위 없이 고풍적이고 로맨틱한 방법으로 이루어지고 있었다. 한 그루의 어린 대나무 밑가지에 시를 적은 종이를 묶어 두었던 것이다.

"아마도 칠석의 풍습에서 힌트를 얻었을 거야."

아야메 씨는 미소 지었다.

"문제는 대나무 꽃이 피었던 때부터 시작된 거야. 대나무 꽃이 핀 후에는 열매가 맺히겠지? 그 열매를 먹으러 들쥐가 모여들었어. 그러자 스님의 고양이가 들쥐를 잡으려고 나온 거고."

"그러고 보니 저도 그곳에서 삼색 털 고양이를 봤어요."

"그렇지? 그리고 고양이가 팔랑이는 종이를 보고 달라붙어 장난을 친 거야. 그러다 편지가 덤불 속으로 떨어진 거지."

"세상에는 참 여러 가지 일들이 일어나네요."

소년은 세상사를 안다는 듯 점잖게 말하고는 덧붙였다.

"시가 적힌 종이를 찾으러 대숲에 갔더니 완전히 불이 타오르고 있는 것 같았어요. 새빨간 석산 꽃이 가득 피어 있었거든요."

하야테가 마지막에 말한 광경은 굉장히 선명하고 인상적이다.

그러고 보니 벌써 백중날이 다가온다. 바다에서는 지옥의 가마가

열리고 독을 지닌 해파리가 우글우글 출현할 시기다. 해수욕객에게
는 수난의 계절이 도래한 것이다.

계단을 내려가자 정면에 티켓 예매소가 있었다. 카운터에 유니폼
을 입은 여자 둘이 앉아 있다. 인기 가수의 콘서트 발매일이면 그야
말로 만원 전철처럼 혼잡하지만 그때는 아주 조용했다.

영화라도 볼까 생각했지만 집에서 비디오로 보는 편이 경제적이
라고 고쳐 생각하고, 내려가는 에스컬레이터에 올랐다.

"만이천 년 후의 베가라……."

밖으로 나오자 조금 전보다 바람이 더욱 강해져 있었다. 더운 날
씨에 고마운 일이기는 하지만, 그래도 지나치게 강하다. 머리카락
이 오른쪽으로 확 나부끼는가 싶더니 다음 순간에는 왼쪽에서 흔들
린다. 머리를 예쁘게 유지하려는 노력은 자연 앞에서 이처럼 부질
없다.

역 앞 전광게시판에 태풍이 접근하고 있다는 내용의 뉴스가 흐르
고 있었다. 역시 그래서 바람이 거세졌던 것이다.

그날 밤은 빈지문을 닫지 않을 수 없어서 지독한 더위에 잠 못 드
는 밤이 되었다.

3

다음 날 아침(이라고는 해도 이미 10시가 지났지만) 텔레비전을 통해

이번 태풍에는 기대했던 비가 거의 내리지 않았다는 사실을 알았다. 완전한 바람 태풍, 흔히 말하는 마른 태풍이다.

뉴스 앵커가 도쿄 지역의 물 부족이 갈수록 심각해지고 있어서 이대로 비가 내리지 않으면 제한 급수를 할 수밖에 없다고 말하고 있었다. 거의 매년 같은 상황이라 안타까운 마음이 든다.

원래 내가 사는 지역은 다행히도 인근에 커다란 댐이 몇 곳이나 있어서 지금까지 단수와는 무관한 생활을 해 왔다. 하지만 한여름의 물 부족은 남의 일이라고 느긋하게 방관할 수 없는 심각함이 있다. 수돗물 한 잔을 마셔도 왠지 미안한 기분이 든다.

텔레비전 화면은 이어서 지역 뉴스로 옮겨 갔다.

갑자기 뭔가 이상한 물건이 커다랗게 비쳤다. 카메라를 당기자 비닐로 만든 공룡의 맹한 얼굴이 비쳤다.

어디선가 비슷한 것을 봤다고 생각하는 와중에 여성 리포터가 나와 한손에 마이크를 들고 떠들기 시작했다.

"네, 지금 도쿄 미나미신주쿠에 있는 사쿠라 어린이집에 와 있습니다. 이곳은 맞벌이 가정을 위해 낮 시간 동안 아이들을 위탁해 주는 시설입니다만, 여기를 봐 주시기 바랍니다."

카메라가 예의 그 브론토사우루스로 이동했다. 스목_{어린이 놀이옷 등 의복 위에 입는 덧옷}을 입은 아이들이 신이 나서 수장룡이 있는 곳에 모여 있다. 공룡의 등을 기어올라 카메라를 향해 V 사인을 보내는 소년도 있었다.

"무척 크군요. 이 장난감 공룡은 말이죠, 오늘 아침에 갑자기 이

사쿠라 어린이집 뒷마당에 나타났습니다. 이쪽의 다니야마 선생님
이 처음 발견했다고 하는데요."

옆의 보육사인 듯한 여성에게 마이크가 향해졌다. 그녀는 당황한
듯 고개를 숙였다.

"네, 제가 발견했습니다."

"놀라셨겠네요?"

"그거야 당연하죠. 그래서 원장님에게 말씀드려서 일단 경찰에
신고를 하려고."

"그래서 여러분이 경찰에 신고하셨나요?" 리포터는 들뜬 듯 목소
리를 돋우었다. "우연히 재미있는 사실을 알게 됐는데요. 이 공룡
은 약 삼십 킬로미터 떨어진 M시에 있는 T백화점 옥상에서 도난당
한 것이라고 합니다. 대체 이렇게 큰 공룡을 누가 어떻게 가지고 나
왔는지 백화점 관계자들은 모두 의아해하고 있다고 합니다. 조금
신기한, 한여름의 미스터리였습니다."

리포터의 이야기가 끝나고 화면은 뉴스 데스크로 돌아왔다.

두 명의 뉴스 캐스터는 애매한 표정을 짓고 있었다.

"대체 무슨 일일까요?"

"정말 이상한 일이군요."

두 사람은 아무런 결론을 내지 못하고 다음 뉴스로 넘어갔다.

뭔지 잘 모르겠지만 재미있는 사건이다. 무엇보다도 바로 전날
보았던 브론토사우루스가 지금은 신주쿠에 있다는 사실이 재미있
다. 백화점 옥상에서 햇볕에 달궈지는 것이 지겨워진 공룡이 휘익

날아가 버린 것은 아닐까. 그런 엉뚱한 생각을 하며 히죽히죽 웃기도 했다.

나는 책장에서 백과사전을 꺼냈다. '브론토사우루스'를 찾아보기 위해서다.

'중생대 쥐라기1억9천만 년 전~1억3천6백만 년 전 후기에 번성했던 대형 중량급 초식공룡이며, 크기는 몸길이 20~30미터, 몸무게 30톤 이상'이라고 설명하고 있다.

나는 그 거대한 크기와 1억9천만 년 전이라는 숫자에 새삼 감탄했다. 1만2천 년 정도에 놀랐다니, 너무 소심했다. 여하튼 그렇게 무지막지하게 커다란 놈이 우글우글했다니, 쥐라기는 정말 엄청난 시대다.

브론토사우루스가 본 북극성은 대체 어떤 별이었을까? 문득 그런 생각이 떠올랐다.

그래, T백화점으로 가자. 나는 갑자기 결심했다.

아무래도 생각하면 할수록 좀처럼 볼 수 없는 기묘한 사건으로 여겨졌던 것이다.

"또 쓸데없이 싸돌아다니려고."

엄마의 목소리를 등으로 들으면서 집을 나왔다. 태풍이 한바탕 지나간 후의 쾌청함이란 티끌만큼도 느낄 수 없는, 변함없는 찜통 더위다.

전철을 타면서 오늘도 천체 투영관에 들러 볼까 하는 생각을 언뜻 했다. 한 번 더 1만2천 년 후의 베가에 대한 이야기를 듣는 것도 나쁘지 않을지 모른다. 게다가 세오 씨에게 하고 싶은 말도 조금 있었다.

그런 생각을 한 것은 브론토사우루스가 1억9천만 년 전의 생물이라는 것을 알았기 때문이다. 우리 인류는 오늘날 이 거대한 수장룡의 존재를 확실히 알고 있다. 공룡이 실제로 살아 있었다는 증거, 즉 화석이 남아 있는 덕분이다.

세오 씨는 '만이천 년 후에는 뼈도 남아 있지 않을 거'라고 냉정하게 말했지만 1억9천만 년과 1만2천 년의 차이는 여름방학과 황금연휴의 차이만큼 크다. 화석으로 남을 가능성도 충분히 있지 않을까?

하지만 곰곰이 생각한 끝에 결국 천체 투영관에는 가지 않기로 했다.

'내 뼈는 최대한 노력해서 만이천 년 후까지 남을 겁니다.'라고 역설하는 것의 허무함을 갑자기 깨달았기 때문이다. 게다가 어제에 이어 오늘 또 간다면 레모네이드와 아이스크림이 목적인 것처럼 보일 것 같아 그 역시 멋쩍었다.

나는 T백화점 입구를 빠져나와 에스컬레이터를 탔다. 일단 오늘의 목적은 '공룡 유괴 사건'의 진상을 밝히는 것이다.

매번 사에키 아야노 씨에게 의지하는 것은 너무 한심하다. 이번 편지는 '사건 해결 편'도 첨부해서 우체통에 넣자. 그렇게 마음속으로 굳게 맹세했다.

사실은 이미 한 가지 추리를 해 두고 있었다.

그 장난감 공룡은 비닐로 만든 것이다. 안에는 공기뿐이다. 결국

184

공기를 빼 버리면 작게 접을 수 있지 않을까? 그렇게 하면 가지고 나가는 것도 꽤 용이해질 것이다. 그렇게 무지막지하게 큰 장난감을 원래 형태 그대로 가지고 나갔을 리가 없다.

나는 곧장 7층에 있는 티켓 예매소로 갔다. 다행히 손님이 잠시 끊겼는지 한산했다. 카운터 여성 중 한 명에게 말을 걸었다.

"죄송합니다만 뭐 좀 여쭤볼게요."

"네, 무슨 일이십니까?"

직원 교육을 잘 받은 듯 밝고 활기찬 말투에다 미소가 상냥하다.

나는 조금 주눅이 들었지만 계속했다.

"저기, 오늘 아침에 텔레비전에서 봤는데요. 이곳 옥상의 공룡을 도난당했다고……."

콘서트 티켓에 대한 얘기가 아니라는 것을 알고 여성은 조금 의아하다는 표정을 지었다. 하지만 결코 귀찮아하는 것 같지는 않았다. 그녀는 눈을 크게 뜨고 생긋 미소 지었다.

"뉴스를 보셨군요. 그런데요……?"

"네, 제가 조금 생각해 봤는데요." 목소리가 점점 작아진다. "그 공룡, 저도 본 적이 있어요. 비닐로 만든 거죠? 공기를 빼고 조그맣게 접으면 들고 나갈 수 있지 않을까 해서요. 옥상에서 계단을 내려오면 반드시 이 카운터 정면으로 나오게 되잖아요? 그러니까 누군가 그 비슷한 것을 갖고 나온 사람을 보시지 않았을까 해서……."

자신감이 떨어짐에 따라 목소리는 점점 작아진다. 하지만 상대방이 진지하게 귀를 기울여 주고 있어서 그나마 용기가 났다.

"재미있는 추리라고는 생각하지만 아마 그건 아닐 거예요."

끝까지 이야기를 듣고 난 후, 그녀는 고개를 살짝 갸우뚱하며 말했다.

"왜 그렇죠?"

"손님께서는 유아용 비닐 풀장이나 비닐 보트를 접어 본 적이 있으세요?"

공교롭게도 두 가지 모두 해 본 적이 없었다.

"해 보시면 아시겠지만 그런 종류의 것들은 공기를 빼도 상당히 부피가 큽니다. 물론 무게도 상당하고요. 더구나 저렇게 커다란 공룡 장난감 정도면 아무리 작게 접어도 이불 정도의 크기와 무게가 될 거예요. 그래서 전 그런 물건을 지닌 수상한 사람이 옥상에서 내려온 적은 분명히 없었다고, 경찰에게도 자신 있게 말했어요."

나는 내심 감탄했다. 정말로 논리정연하다.

정중하게 인사를 하고 카운터에서 벗어났다. 이렇게 해서 내 추리는 깨끗하게 무너진 것이다.

'역시 이번 편지도 문제 편만으로 하자.'

초지일관은커녕, 처음에 했던 맹세를 일찌감치 포기했다.

집으로 돌아와 혹시나 하는 마음에 석간을 보았다. 그러자 반갑게도 '한여름의 미스터리'라는 제목으로 문제의 기사가 실려 있다. 사진도 들어가는 등 사건에 비해서는 크게 다루고 있다. 뭐, 그만큼 세상이 평화롭다는 좋은 얘기다. 지방신문이나 지역신문은 이래서 좋다.

◎ ×일 아침, 도쿄 도 신주쿠 구 미나미신주쿠 3초메에 있는 사쿠라 어린
　이집(이노 히사코 원장)에 높이 약 3미터, 몸길이 약 5미터의 '괴수'가 나타
　났다=사진

◎ 신주쿠 경찰서의 조사에 따르면, 그 '괴수'는 ×일 밤부터 ×일 아침 사이
　에 도쿄 도 M시 Y마치의 T백화점 옥상 어린이 광장에서 도난당한 비닐
　공룡 놀이기구다. 그러나 M시와 신주쿠는 약 27킬로미터나 떨어져 있어
　서 백화점 관계자들은 누가 공룡을 옮겼는지 의아해하고 있다.

◎ 어린이집 아동들은 공룡에게 '본 짱'이라는 이름을 지어 줬고, 순식간에
　아이돌스타가 되었다. T백화점 측은 아이들의 뜨거운 환영을 보고 어린
　이집에 공룡을 선뜻 기증했다. 생각지도 못한 선물에 아이들은 더욱 기뻐
　했다.

'본 짱…….'

기사를 다 읽고 중얼거려 보았다. 그리고 전날, 수장룡을 힘껏 쳤
던 것을 떠올렸다. 기분 좋게 튕겨 나오는 감촉. 태양에 뜨겁게 달
궈진 비닐 냄새. 지금 생각해 보니 이유도 없이 본 짱을 때린 게 미
안해진다.

텔레비전에서 본, 아이들에게 둘러싸인 브론토사우루스의 맹해
보이는 얼굴은 기분 탓인지 기뻐하는 것처럼 보였다. 분명 백화점
옥상에 있을 때보다는 지금이 행복할 것이다. 나는 새삼 신문의 사

진을 보았다. 카메라맨이 의도한 것이겠지만, 밑에서 올려다보듯 찍은 수장룡의 등 뒤로는 신주쿠의 고층 빌딩 숲이 찍혀 있다. 새 도청의 모습도 있다. 고층 빌딩들은 무언가 화석이 된 수장룡 무리처럼 보이기도 한다. 초현대적 고층 빌딩과 태고의 공룡. 그것은 꽤나 정취 있는, 아니 그보다는 역시 상당히 기묘한 조합이었다. 하지만 묘하게도 서로가 자연스럽게 녹아든다.

'후지 산에는 달맞이꽃이 어울린다'고 말한 사람은 소설가 다자이 오사무였다.

'고층 빌딩에는 브론토사우루스가 어울린다.'

나는 그렇게 중얼거리고 한동안 그 느낌을 음미했다. 혹시 이 말이 이 시대의 명언으로 남지 않을까.

4

이리에 고마코 씨에게.

먼저 답장이 늦어진 것에 사죄의 말을 올립니다. 결코 잊고 있었던 것은 아닙니다. 전 가끔씩 당신의 편지를 꺼내 봅니다. 그러고 보니 당신이 사용하고 있는 별자리 그림의 편지지와 봉투, 무척이나 멋있습니다. 편지지 세트를 고르는 것 하나에도 섬세한 배려가 깃들어 있음을 느낄 수 있습니다.

보내 주신 편지, 무척 흥미롭게 읽었습니다. 신문 기사까지 복사해서 동봉해 주신 친절함에 감사드립니다. 여하튼 유쾌하고, 그리고 기이한 사건입니다.

당신의 질문은 두 가지였죠.

① 공룡을 어떤 수단으로 들고 나갔을까?

② 들고 나간 공룡을 어떻게 다른 사람 눈에 띄지 않고 삼십 킬로미터 가까이 떨어진 곳까지 옮겼을까?

먼저 이동 방법을 생각해 보죠. 아이들 장난감이라고는 해도 기사에 나왔던 크기라면 그 형태 그대로는 백화점 옥상 문을 통과할 수 없을 것입니다. 따라서 당신이 생각했던 '공기를 완전히 빼고 작게 접는다'는 방법은 상당히 논리적이라고 생각합니다. 아마도 그 방법 외에는 백화점 내부를 통과해 공룡을 가지고 나갈 수 없을 것입니다.

하지만 그렇게 결론 내리기에는 몇 가지 문제가 있습니다. 그 하나는, 당연히 티켓 예매소 여직원의 증언입니다. 그녀의 주장은 당신도 감탄했듯이 논리적이고 설득력이 있으며 막힘이 없습니다. 충분히 신뢰할 가치가 있다고 봅니다.

결국 손님 누군가가 직원의 눈을 피해 몰래 갖고 나가기에는 너무 큰 물건입니다.

그렇다면 직원일 가능성은 어떨까요? 직원의 행동이라고 하기에도 역시 힘든 부분이 있습니다. 백화점 같은 곳에서는 직원의 도둑질에 대해 특히 신경을 곤두세우고 있어서 고무

지우개 하나 갖고 나가기 어렵다는 말을 들은 적이 있습니다. 더구나 이불 크기의 물건을 아무에게도 들키지 않고 가지고 나갈 수는 없을 것입니다.

이 상황에서 가능한 추리가 한 가지 있습니다. 즉, 브론토사우루스는 백화점 안을 전혀 통과하지 않은 것입니다.

그렇다면 대체 어떤 방법으로? 하고 당신은 생각하시겠죠.

'백화점 옥상에서 햇볕에 달궈지는 것이 지겨워진 공룡이 휘익 날아가 버린 것은 아닐까……' 당신이 하신 말씀입니다. 정작 본인은 농담이었을 수도 있지만 의외로 핵심을 찌른 생각일 수도 있습니다.

저는 이렇게 생각해 보았습니다.

먼저, 커다란 얼음 덩어리를 몇 개 준비합니다. 얼음은 비교적 쉽게 손에 넣을 수 있습니다. 한여름에는 옥상 매점의 빙수나 주스의 냉각용 얼음이 항상 준비되어 있기 때문입니다. 그리고 공룡을 고정하고 있는 로프를 풀고 그 위에 얼음을 올립니다.

그런데 당신 편지 속에 우연히 두 번 정도 등장한 물건이 있습니다.

그 물건은 분명 '여름 바겐세일' 등의 현수막을 매달고 있었을 것입니다. 네, 애드벌룬 말입니다. 애드벌룬 안에는 어떤 것이 들어 있는지 아시나요?

바로 헬륨 가스입니다.

의문이 풀리셨는지요? 원소주기표에 나온 대로 헬륨은 수소에 이어 두 번째로 가벼운 기체입니다. 비행선이나 애드벌룬 그리고 물론 브론토사우루스에도 강한 부력을 일으킵니다.

열대야의 한 원인으로 지목을 받을 만큼 낮 동안 햇볕에 이글이글 달궈졌던 콘크리트는 밤이 되면 무시무시한 열을 방출합니다. 당연히 얼음도 순식간에 녹아내리겠죠.

헬륨 가스의 부력이 얼음의 무게를 이긴 순간 브론토사우루스는 공중으로 둥실 떠오르는 것입니다.

상상해 보세요. 달과 별과 그리고 거리의 네온에 둘러싸여 하늘을 나는 태고의 수장룡의 모습을. 무척이나 가슴 두근거리는 광경이 아닐까요?

마침 태풍이 부는 밤이었습니다. 결국 마른 태풍으로 끝났지만 최고 풍속 초속 삼십 미터를 기록했다고 합니다. 그렇다고 설마 그렇게 강한 바람이 밤새도록 불었을 리는 없으므로, 최소한으로 어림잡아 평균 풍속 초속 십 미터로 계산해 보죠.

일 초에 십 미터면 일 분에 육백 미터가 됩니다. 신주쿠까지의 거리, 약 이십칠 점 오 킬로미터를 육백 미터로 나누면 사십오 점 팔 분이라는 결과가 나옵니다.

물론 이것은 이론상의 계산일 뿐이며, 어디까지나 직선 코스로만 가정했을 때의 이야기입니다. 멀리 돌아가는 우회 코스로 날아갔을 가능성도 적지 않습니다. 게다가 계산을 단순화

하기 위해 공룡의 중량 등의 조건은 일단 무시했습니다. 하지만 이런 어림짐작으로도 공룡이 하룻밤 만에 신주쿠까지 가는 것이 결코 어렵지 않다는 추측에는 도움이 됩니다. 그리고 그 추측이 옳았다는 것은 무엇보다 결과가 웅변하고 있지 않을까요?

브론토사우루스는 유유히 하늘의 산책을 즐겼던 것입니다.

거센 바람이 부는 밤에 느긋하게 하늘을 올려다보는 별난 사람이 그리 많지는 않을 것입니다. 설사 이상한 것이 하늘에 떠 있는 것을 본 사람이 있다고 해도 광고용 비행선이 밤하늘을 날아가고 있다는 정도로밖에 생각하지 않을 것입니다. 도시에 사는 사람들은 기묘한 물체가 머리 위로 지나가는 것에 너무도 익숙해져 있기 때문이죠.

한편, 고층 빌딩 숲 사이를 빠져나와 미나미신주쿠로 날아온 시점에서 공룡은 천천히 지상으로 내려옵니다. 헬륨 가스가 빠져나가기 시작하면서 공룡 본체의 중량을 지탱할 수 없게 되었던 것입니다. 수장룡이 마침 어린이집 뒷마당으로 내려온 것은 완전히 우연이었지만, 아이들에게는 뜻밖의 선물이 된 모양입니다. 그러나 이 결과에 대해 가장 놀란 사람은 그 장난을 한 장본인이 아닐까 생각합니다.

세상사라는 건 '어둠 속의 당구 게임' 같다는 생각을 합니다. 모두 각자의 큐를 들고 눈앞의 공을 되는대로 움직입니다.

공은 빙글빙글 돌면서 다른 공과 부딪혀 되돌아온 뒤, 다시 다른 공과 부딪치고…….

그리고 끊임없이 빙글빙글 회전합니다. 그러다 마침내는 스스로도 깨닫지 못하는 사이에 자기 자신의 운명마저 움직이게 하는 것일지도 모릅니다.

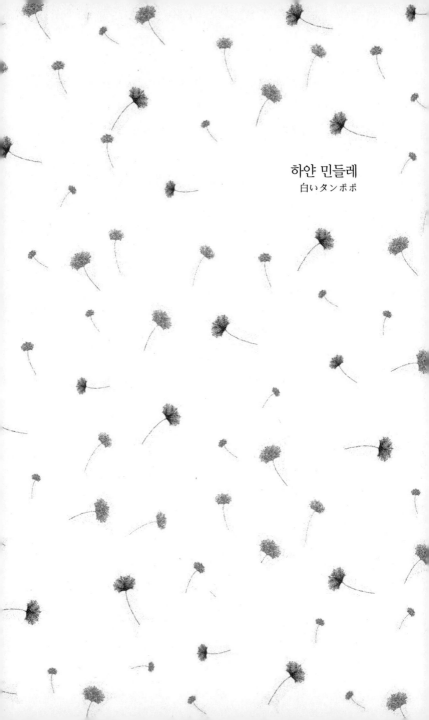

하얀 민들레
白いタンポポ

1

신호가 노란불에서 빨간불로 바뀌었고 군중은 천천히 멈춰 섰다.

차의 행렬은 보이지 않는다. 언덕 위에서 내려오는 자동차는 마침 뚝 끊어졌고, 언덕을 오르는 차선에는 차 한 대가 좁은 틈새에 무리하게 노상 주차를 하려고 비스듬히 도로를 막고 있었다. 짜증 섞인 듯한 경적 소리가 두 번, 세 번 울린다.

도로 한가운데는 애매한 진공 상태가 되었다.

때로는 그때그때의 실정에 맞지 않더라도, 때로는 비합리적일지라도 정해진 규칙은 역시 필요하다고 생각한다. 사람들이 안심하고 하루하루를 보내기 위해서도. 모두가 똑같이 똑같은 결정에 따른다는 일체감에서 비롯된 안도감이다.

사람들과 똑같이만 하면 위험한 상황에 빠지지는 않는다. 사람들에게서 멀어지지 않는다. 미움받지 않는다. 창피한 일도 당하지 않는다. 등등.

문득 희미한 공기의 움직임을 느꼈다. 멍하니 서 있는 내 옆을 누군가가 스윽 지나갔던 것이다. 그리고 그대로 빨간불의 횡단보도를 성큼성큼 건너간다.

나는 깜짝 놀라서 그 뒷모습을 응시했다. 하얀 면 셔츠에 청바지, 비스듬하게 쓴 새파란 모자.

신호를 무시하는 사람 정도야 얼마든지 있다. 고백하자면 나 역시 그런 경험이 있다. 그것도 여러 번. 그런데도 파란 모자를 쓴 사람이 그렇게 내 시선을 끌었던 이유는 분명 그 걸음걸이에 있었을 것이다. 마치 들이나 산을 거니는 듯한 자연스럽고 느긋한 발걸음.

산이나 들을 거닐 때 사람들은 자신이 멈추고 싶을 때만 멈춘다. 의지와 무관하게 멈춰야 할 일은 당연히 없다.

마침내 신호가 파란불로 바뀌었고 군중은 다시 움직이기 시작했다. 일시 정지했던 비디오를 다시 빨리 감기를 한 것처럼 모두 똑같이 조급한 발걸음이었다. 인파 너머로 파란 모자는 한동안 보이지 않았다. 아주 잠깐, 사람들 물결이 모노톤으로 흔들렸고 파란색 모자만이 선명하게 떠올랐다. 서늘한 무언가가 등 위로 툭 떨어진다.

마침내 파란 모자는 보이지 않게 되었고, 이내 인파 속으로 녹아들었다.

그 사람이 사회인인지 학생인지 물론 알 수 없다. 남성인지 여성인지조차 모른다.

하지만 그 낯선 사람은 무언가 강하게 내 감각을 건드렸다. 그리고 꽤 오랫동안 모자의 선명한 파란색은 나와 함께 걸었던 것이다. 내 눈길이 미치지 않는 곳에서 유유히, 어깨를 아주 살짝 흔들면서……

2

"……그리고 아야메 씨는 이렇게 말해. '내일 피는 꽃의 색은 아무도 알 수 없는 거야.' 하고."

이야기를 끝낸 나는 옆의 작은 청취자를 슬쩍 훔쳐보았다. 기대 반, 걱정 반이다.

내가 좋아하는 이야기를 듣고 상대는 어느 정도 감동을 받았을까 하는 기대, 그리고 이 이야기를 이해하기에는 상대가 너무 어린 것은 아닐까, 아니 그보다 이야기를 전혀 듣지 않았던 것은 아닐까 하는 걱정이다.

나의 은밀한 시선 따위는 전혀 개의치 않는 듯, 마유키는 눈꺼풀을 한 번 천천히 위아래로 움직이더니 후우 하고 한숨을 쉬었다. 그 한숨의 원인이 깊은 감동인지, 아니면 길고 지루했던 이야기가 마침내 끝났다는 안도감인지 나는 여전히 판단할 수 없었다. 그리고 소녀가 쪼그려 앉은 채 떨어져 있던 나뭇조각으로 운동장 모래 위에 무언가 낙서를 하기 시작하면서 내 생각은 더욱 비관적인 쪽으로 기울었다.

나는 소녀보다 더욱 깊은 한숨을 한 번 쉬었다.

마유키眞雪라는 이름 그대로 눈처럼 금방이라도 사그라질 것 같은 느낌의 소녀였다. 이렇게 땅바닥에 털썩 앉아 있다가는 이른 아침의 부드러운 햇살에도 순식간에 녹아내려 투명한 액체가 되는 것은 아닐까 하는 생각이 들었다.

이 정도로 생명감이 미약하고 선이 가는 아이도 드물다.

꽤나 낯을 가리는 아이라는 것이 첫인상이었다. 그리고 결코 귀여운 아이는 아니라고 느꼈던 것도 사실이다.

지나치게 하얀 피부와 유난히 붉은 입술은 오히려 병적인 인상을 주었고, 약간 뾰족한 턱과 너무도 가냘픈 팔다리는 소녀를 무척이나 궁상스러워 보이게 했다. 단, 그 길게 올라간 눈매에는 어른 같은 빛이 담겨 있어서 소녀의 표정에 일종의 신비한 아름다움을 주고 있었다.

어린아이들을 대하는 방법을 전혀 모르는 나는, 어제부터 소녀의 관심을 끌기 위해 여러 가지 서투른 시도를 해 보는 중이었다. 하지만 돌아오지 않는 공을 계속 던지는 것은 역시 쓸쓸한 일이다. 소녀가 나를 좋아할지도 모른다고 생각한 순간도 몇 번은 있었다. 하지만 지금 마유키의 모습은 그런 실낱같은 희망을 깨끗하게 날려 버렸다.

소녀에게 들리지 않도록 다시 한 번 작은 한숨을 쉬고는 그녀의 손끝을 훔쳐보았다. 이 나이의 아이로서는 (초등학교에 입학한 지 겨우 5개월이 되려고 한다) 놀랄 만큼 뛰어난 그림으로, 땅에는 꽃 같은 것이 그려져 있었다.

"잘 그리네. 이건 무슨 꽃이야?"

"……민들레."

고개도 들지 않고 소녀는 대답했고, 나는 가슴이 조금 덜컥했다. 그런 미세한 낭패감을 꿰뚫기라도 한 듯 소녀는 갑자기 고개를 들었다. 그리고 고개를 살짝 갸웃거리며 물었다.

"무슨 색일 거 같아?"

땅 위를 바쁘게 가로지르는 검은 개미를 눈으로 좇으며 나는 생각에 생각을 거듭하고는 천천히 대답했다.

"음, 분명······."

3

최근 수년 동안 매해 여름방학이 끝날 무렵, 〈저학년을 대상으로 하는 여름 캠프〉가 구립 제3 초등학교에서 열리고 있었다. 여름 캠프에 담긴 수많은 취지 또는 의의를 들었지만 핵심적인 내용은 다음의 세 가지다.

첫째, 저학년, 특히 1학년생은 여름방학 동안에 부모가 받아 주는 응석에 익숙해져 개학 후 등교 거부 반응을 보이는 경우가 가끔 있다. 그런 아동에게 학교의 좋은 점을 재인식시킨다.

둘째, 최근 맞벌이 가정이 급증해서 여름방학에도 여행을 못 가는 아동이 많다. 그런 아동에게 즐거운 추억을 만들어 준다.

셋째, 캠프를 통해 단체 생활과 자연에 대한 적응력을 키운다.

그 외에도 수없이 많았지만 잊어버렸다. 그러나 초등학교 운동장에서 기껏해야 하룻밤 캠핑을 했다고 자연에 대한 적응력이 얼마나 생길지는 심히 의심스럽다.

그런 비웃음을 품은 채 나는 그 여름 캠프에 자원봉사자로 참가

했다. 8월 말의 일정에 이런 엉뚱한 일이 들어 있는 이유는 단순했다. 후미 때문이었다.

후미는 교직과정을 이수하고 있었다. 그녀가 교원자격증 취득에 보이는 열의는 내가 사서 자격 취득을 위해 하는 노력과는 비교가 되지 않는다. 비교하는 것조차 꺼려진다. 교사가 되는 것이 그녀의 어렸을 적부터의 꿈이었다는 것을 아주 최근에야 알았다. 꽤 많은 이야기를 하고 함께 놀러 다녔으면서도 참으로 무심하다.

교사라는 직업을 내 장래의 일과 연관 지어 생각해 본 적은 한 번도 없다. 생각할 수도 없는 일이었다. 하지만 그 희박한 흥미와 관심 속에서도 교사가 되기 위해 통과해야 할 관문이 얼마나 좁은지 충분히 들었다. 특히 우리처럼 단기대학 졸업 예정자에게는 더욱 어려운 일이어서, 우리 학교에서는 최근 2, 3년이나 교원을 배출하지 못하고 있었다. 졸업생의 대부분이 흔히 말하는 '평범한 사무직 여성'이 되어 있었다.

하지만 다른 그 누구도 아닌 후미가 그렇게 원하고 있는 것이다. 그녀는 언젠가 그 꿈을 이룰 것이 분명하다. 천성적으로 올곧은 성격에, 목적을 향해 돌진하는 그녀니까. 그리고 후미라면 틀림없이 훌륭한 교사가 될 것이다. 그녀는 훌륭한 선생님과 매력적인 아내를 아주 거뜬하게 양립해 보이겠지. 꿈을 이루기 위한 고생 따위는 조금도 힘들지 않다고 주위에 보여 주면서.

공영방송의 아침 드라마 주인공이 될 법한 사람이 때로는 현실에 있기도 한다. 이 세상도 아직 살 만하다고 생각한다.

여하튼 다시 캠프 이야기로 돌아가자. 우리가 캠프에 나오게 된 것은 교사가 되겠다는 후미의 열망 때문이었다. 교직과정에는 교생 실습이 필수이며, 실습은 원칙적으로 각자의 출신 학교에서 하게 된다. 우리 학교에서는 2학년 가을 학기에 편성되어 있지만, 무슨 일에서든 주도면밀한 후미는 미리 모교와 접촉하고 있었던 모양이다. 여하튼 부지런한 사람이다. 이번 캠프 초청에도 두 가지 이유로 참가를 결정했다고 한다.

"아이들을 돌봐 줄 사람이 부족하대. 친구를 많이 데려와도 좋다고 했어."

8월 초순, 갑자기 전화를 걸어온 후미의 의도는 나를 여름 캠프에 끌고 가는 것이었다.

"그러니까……." 나는 고개를 끄덕였다. "볼런티어 같은 거네?"

"뭐, 그런 거지."

"미아이는? 얘기 안 해 봤어?"

"본론은 얘기도 못 했어. 겨우 말을 꺼내자마자……."

"거절당했어?"

"깨끗하게. '나는 아이를 싫어해서, 패스.'라던데."

"아, 그래. 미아이답다고 해야 할까."

미아이는 정말로 좋고 싫음이 분명한 친구다.

"그렇지. 고마코는 아이를 좋아해서 다행이야."

"상대가 적개심만 갖지 않는다면 좋아할 수 있지."

"또 그런 엉뚱한 소리. 여하튼 결정한 거다. 일정 비워 놔."

전화가 뚝 끊겼다. 미아이와는 달리 필요한 용건만 정확하게 전하는, 정말로 무미건조한 통화였다.

그리고 한 달 가까이 지나, 나는 어떤 용도인지 잘 알 수는 없지만 후미가 얘기한 물건들을 큰 가방에 담았다. 통화하면서 갈겨쓴 메모지가 꾸깃꾸깃해진 채 아직도 주머니에 있다.

- 타월 이불 또는 커다란 목욕 수건
- 벌레에게 물렸을 때 바르는 약
- 쌀 1홉
- 세면도구
- 비닐 시트
- 컵

'쌀 1홉'에서 어렴풋이 취사를 예측할 수 있다는 것 외에는 정말로 단순한 장비다. 여기에 '과자, 단 5백 엔 이하' 같은 목록이 더해진다면 완전히 초등학생 소풍이다(물론, 간식은 가방 맨 위에 확실히 챙겨 뒀지만).

이렇게 나는 8월의 끝, 부피는 크지만 왠지 허전한 짐을 들고 후미와 함께 무슨 무슨 언덕길을 올랐다. 언덕길 정상에 후미가 졸업한 초등학교가 있었다. "다 왔어." 하며 후미는 학교 이름이 새겨진 문기둥을 손바닥으로 찰싹찰싹 쳤다.

"엄청 반갑네."

후미는 그렇게 말하고 싱긋 웃었다.

문득, 이전에 백화점 옥상에서 보았던 별들이 떠올랐다. 시곗바늘을 딱 10년만 되돌려 보면 어떨까? 눈앞을 걷는 이는 팔꿈치와 무릎을 그대로 드러낸, 씩씩하고 지기 싫어하는 여덟 살짜리 여자아이다. 노력은 반드시 만족스러운 결과를 가져오며, 사람들은 모두 자신과 같은 이상을 꿈꾼다고 믿고 있는 소녀…….

"고마코, 이쪽으로 가는 거야."

돌아보며 말하는 이는 물론 현재의 후미다. 고개를 돌리는 반동에 짧은 단발머리가 가볍게 곡선을 그리며 그녀의 맵시 있는 턱에 붙는다. 그녀가 가리킨 곳은 교사 뒤편으로 빠져나가는 좁은 통로였다. 잡초가 일일 천하라는 것도 모른 채 제 세상인 양 위세를 부리고 있다. 개학 후의 대청소 시간에 잡초 뽑기라는 항목이 추가될 것은 거의 분명하다.

우리는 닭과 앵무새가 요란하게 울고 있는 사육장 옆을 지나갔다. 어렴풋이 마른 푸성귀 냄새가 난다. 갑자기 활달한 암탉 한 마리가 기성을 질러 나는 깜짝 놀랐다. 날개를 퍼덕이자 놀라울 정도로 큰 소리가 난다. 공기를 힘껏 움켜쥐었다 밀어내기라도 하는 듯했다. 작은 깃털이 철망 너머 우리 발밑까지 날아왔다.

교사 모퉁이를 돌자 갑자기 체육관이 나왔다. 후미는 마치 제집인 양 정문의 크고 네모난 손잡이에 손을 얹었다. 그리고 발끝을 가지런히 한 채 가볍게 몸 전체를 앞으로 밀자 무거운 금속제 문이 삐

걱거리며 천천히 열렸다.

"평상시에는 개방해 두는데 지금은 방학이라서."

후미가 설명하듯 말하면서 그대로 문을 활짝 열었다.

"어머, 마침 잘 왔어!"

뒤에서 반가움이 가득한 목소리가 들렸다.

"고니시 선생님."

후미는 선생님 못지않게 반가워하며 그녀에게 달려갔다.

고니시 선생님의 첫인상은 '어디서도 볼 수 있는 평범한 아줌마'
였지만, 아무래도 어디선가 본 것 같은 기분이 강하게 들었다. 근처
슈퍼마켓에서 노란 바구니를 들고 있었던 것도 같고, 가끔씩 가는
세탁소를 지키고 있었던 것 같기도 했으며, 혹은 역 앞 채소 가게에
서 손님과 이야기꽃을 피우고 있었던 것도 같다. 작고 통통한 체격
에 짧은 머리를 꼽슬꼽슬하게 파마한 고니시 선생님의 인상은, 말
하자면 모든 동네에 출몰해서 모든 일을 하고 있는, 쾌활하고 활발
한 '일하는 아줌마'였다.

후미는 선생님이 산더미처럼 들고 있던 짐의 절반을 재빨리 받아
들었다.

"이런, 미안해라. 고마워."

고니시 선생님은 생글생글 웃으면서 내 쪽을 보았다. 나는 당황
해서, "아, 제가 들게요." 하고 말하면서 남은 종이 상자를 받아 들
었다.

생각지도 못한 무게에 나는 속으로 '윽.' 하고 신음했다. 고나키

지지^{갓난아이 울음소리로 행인을 유인해 목숨을 빼앗는다는 요괴 할아범}를 아이로 착각하고 안았을 때 같은 충실감이 있는 무게다. 두세 걸음을 비틀거렸지만 그래도 어찌어찌 체육관 안까지 옮겼다. 종이 상자 안을 들여다보니 당근이니 양파니 감자 등이 가득 담겨 있다. 무거운 게 당연했다. 후미가 운반한 상자를 보니 거기에도 반합이랑 냄비 같은 것들이 빼곡하게 담겨 있다. 나는 고니시 선생님의 짧은 두 팔을 바라보며 완전히 경외심에 사로잡혔다.

4

언덕길 중간에 있는 아담한 슈퍼마켓에 들어가 나는 덜컹거리며 카트를 밀었다. 후미는 구입 목록을 읽어 간다.

"그러니까 얇게 썬 돼지고기가 삼 킬로그램, 그리고 고형 카레, 쓰레기봉투, 모기향에……,"

"카레 발견. 이런, 세일 안 하네. 이건 오인분이니까 오 곱하기 칠은 삼십오. 일곱 개면 충분."

굳이 소리까지 내 가며 자랑할 만큼 어려운 계산은 아니다. 캠프 참가 인원은 우리를 포함해도 서른세 명이었다.

"캠핑 하면 왜 무조건 카레지? 아니면 바비큐."

"기본에 충실하다는 것은 중요한 거야. 자, 빨리 고기."

나는 힘차게 카트를 밀었다.

"부타."

후미는 랩 포장이 되어 있는 고기 팩을 들어 올렸다. 그리고 나를 가리키며 '코마'라고 한다. 내가 어이없어하자 굳이 '부타코마_{얇게 썬 돼지고기}'라고 다시 말해 준다.

"그거, 정말 재미없거든."

나는 입술을 내밀며 차갑게 말하고는 5백 그램짜리 팩 여섯 개를 노란 바구니에 던져 넣었다. 돼지고기 3킬로그램은 역시 말로 할 수 없는 박력이 있다. 나는 다시 재빨리 계산했다.

"일인당 대략 구십 그램이네."

"뭐? 뭐가?"

"일인당 고기 배당이지 뭐긴 뭐야."

후미는 다시 '그런 계산 하나는 빠르네.'라는 실례되는 발언을 하고는 웃었다.

5

부스럭부스럭하고 메마른 소리를 내는 비닐봉지를 들고 다시 언덕길을 오르기 시작했을 때, 시곗바늘은 3시를 조금 넘어서고 있었다. 아이들이 집합하는 4시까지는 아직 충분히 시간이 있었다.

바짝 마른 스펀지 같은 콘크리트와 칙칙한 회색 담벼락이 조금 기울기 시작한 햇살을 묘하게 흰색으로 반사하고 있었다. 곳곳이 움푹 팬, 먼지를 뒤집어쓴 하얀 가드레일이 구불구불 길게 이어진다. 금세 늘어진 비닐봉지의 손잡이는 가는 끈처럼 되어 손바닥에 깊숙이 파고든다. 반대쪽 손으로 바꿔 들다가 봉지가 가드레일에 부딪혔다. 봉지 안의 고기가 금속에 짓눌리는 둔탁한 감촉이 손에 남았다.

설마 그 미세한 진동이 전해졌을 리 없겠지만, 바로 옆의 전봇대에 앉아 있던 매미가 "기기깃……." 하는 날카로운 소리와 함께 튕겨 나가듯 날아올랐다.

하얀 공기 속에서의 매미는 그 작은 몸집에도 검은 빛깔이 유난히 도드라져 보였다. 도드라진 자신을 부끄러워하듯 매미는 순식간에 하얀 풍경 어딘가로 녹아들었다. 세상이 잠시 정적에 휩싸였다.

우리들은 마침내 언덕 위에 도착했고, 학교 건물 그림자가 부드럽게 몸을 감쌌다. 길가에는 푸른색 철망과 무성한 수국이 한동안 이어진다.

철망 너머로 무언가가 움직였다.

'뭐지?' 나는 멈춰 섰다.

마침 사육장 앞이었다. 토끼의 갈색 귀가 축 늘어졌다.

작은 여자아이가 철망 앞에 쭈그리고 앉아 하얀 토끼에게 무언가를 먹이고 있었다.

갑자기 닭이 크고 날카로운 소리를 질렀다. 소녀는 깜짝 놀라 일어났고, 그리고 나를 발견했다. 몇 겹의 철망 너머로 우리는 한동안 서로를 바라보고 있었다.

"고마코, 왜 그래?"

조금 앞서 걷던 친구가 의아한 듯 멈춰 섰다. "아무것도 아니야."
하고 대답하면서 나는 다시 걷기 시작했다.

초등학교 안으로 들어가 다시 사육장 앞을 지나갔지만 소녀의 모
습은 이미 어디에도 없었다.

우리가 돌아왔을 즈음에는 화덕도 설치되어 있어서 제법 캠프 분
위기가 감돌고 있었다. 다른 선생님들도 이미 와 있었고, 우리는 한
분 한 분 소개를 받았다.

그로부터 한 시간이 순식간에 지나갔다. 여자들은 채소와 고기를
조리 실습실로 옮겼다. 일고여덟 살의 아이에게 식칼을 잡게 하는
건 아무래도 너무 위험하지 않나 생각하고 있었는데, 역시 그런 일
은 없었다. 준비를 완전히 끝내 놓고 시작하는 모양이다.

"채소를 다듬고 남은 쓰레기는 여기에 넣어 주세요."

나는 조리대 한가운데에 그릇을 버젓이 놓아두고 모두에게 부탁
했다.

"그런 걸 어디다 쓰려고?"

나와 마찬가지로 꽤나 서투른 솜씨로 감자 껍질을 벗기면서 후미
가 미심쩍은 듯 물었다.

"토끼에게 주려고. 음식물 쓰레기도 안 나오고 일거양득이지?"

고니시 선생님이 좋은 생각이라며 칭찬해 주었다.

정리가 일단락되었을 때 나는 은빛으로 반짝거리는 그릇을 들고
사육장으로 달려갔다. 그리고 사육장 10미터 앞에서 멈춰 섰다.

다시 같은 위치에서 그 소녀를 발견한 것이다.

여자아이는 아까와 똑같은 자세로 쭈그려 앉아 있었다. 달라진 것은 나의 시점視点뿐이었다. 아까는 철망 너머로 소녀와 마주했고, 지금은 두 사람 사이에 철망이 없었다. 하지만 그녀는 내게 등을 돌리고 있다.

나는 살며시 사육장으로 다가가 철망에 손을 얹었다.

"캠프에 온 거니?"

나는 말을 걸어 보았지만 아무런 반응도 없다. 무심하게 나를 한 번 쳐다보았을 뿐, 그 이후에는 오로지 토끼만을 바라보았다. 아무래도 나는 닭만큼도 소녀를 놀라게 할 수 없나 보다.

"내가 토끼 밥을 가져왔는데. 같이 줄까?"

나는 소녀의 대답을 기다리지 않고 당근 껍질을 철망 안으로 밀어 넣었다. 토끼 네 마리가 통통 다가온다.

"응? 도와줘. 같이 주자."

그릇에서 한 움큼의 채소 부스러기를 꺼내 보였다. 잠시 망설이던 소녀는 양손을 펴고 살짝 위로 향했다. 그 작은 손바닥 위에 채소 부스러기를 가득 올렸다. 그녀는 무언가 신기한 것을 보듯 손바닥 위의 채소 껍질을 응시하더니 하나를 집어서 철망 안으로 밀어 넣었다. 철망 안의 주인들은 서로 밀쳐 가며 소녀 곁으로 다가왔다. 여자아이는 그 이후로 내 쪽에는 눈길도 주지 않고, 아삭아삭 소리를 내며 채소를 먹는 토끼를 넋을 잃고 보고 있었다.

꽤나 낯가림이 심한 애라고 생각했지만 특별히 불쾌하지는 않았다. 나 자신 역시 과거에 그런 아이였으니까.

지금의 나를 아는 사람은 분명 아무도 믿지 않겠지만 예전의 나는 정말로 얌전하고 내성적인 아이였다.

늘 책만 읽었다. 그렇지 않으면 말 그대로 꿈 같은 공상만 하고 있었다. 몇 학년 때였던가. 보건 체육 교과서에서 그런 행동이 '도피'라는 냉정한 단어로 정리된 것을 보고 나는 깊은 상처를 입었다.

그리고 또한 산수에서 배운 '집합'의 개념도 나를 슬프게 했다. 선생님이 나눠 준 프린트에는 예쁜 꽃들이 인쇄되어 있었다. 다양한 조건으로 꽃들을 분류하는 것이었다. 빨간 꽃, 노란 꽃, 꽃잎이 다섯 장인 꽃……

꽃잎이 네 장인 파란 꽃은 계속 남았고, 마지막으로 '꽃'이라는 조건으로 전부 묶일 때까지 버려져 있었다.

내게는 그 파란 꽃이 슬프게 느껴졌다. 날 닮았다고도 생각했다.

그릇이 완전히 비었을 때 고니시 선생님이 다가왔다.

"이런 곳에 있었니……."

그 말이 내게 한 말일 리가 없었는데도, 소녀는 여전히 철망 너머의 세계에만 관심을 기울이고 있었다.

"한참 찾았단다. 그래, 언니랑 같이 있었구나. 토끼에게 밥을 줬니? 잘했네."

그 목소리의 기묘한 느낌이 왠지 나를 불안하게 했다. 나는 그릇을 들고 일어서서 옆의 소녀에게 말을 걸었다.

"사람들이 있는 곳으로 갈까?"

소녀는 의외로 순순히 일어섰고, 내 뒤를 조금 떨어져 걷기 시작했다.

젊은 남자 선생님이 아이들에게 캠프의 주의 사항에 대해 설명하기 시작하자 고니시 선생님이 살며시 내게 손짓을 했다.

"저기, 이리에 씨. 부탁이 있는데."

"네." 대답을 하면서도 내 눈은 후미를 뒤쫓고 있었다. 선생님들의 좋은 보조자가 되어 움직이며 이미 아이들의 마음을 장악했다는 것은 옆에서 봐도 알 수 있었다.

"그 마유키에 관한 건데."

"마유키요?"

고니시 선생님은 눈길로 내 질문에 대답했다. 체육관 무대 끝에 홀로 앉아 가녀린 두 다리를 대롱대롱 흔들고 있는 소녀가 있었다. 아까 사육장에서 만났던 소녀다.

"미안하지만 저 아이 옆에 좀 있어 줄 수 있을까?"

"왜 저 아이만 혼자 저런 곳에 있어요? 다른 아이들은 모두 모여 있는데."

내 의문을 선생님은 비난으로 받아들인 모양이다. 허둥대며 소녀를 변호했다.

"말해 두지만, 아주 착한 아이야. 단지 단체 행동을 어려워할 뿐이야. 혼자 있는 걸 좋아하거든. 신도 선생님이 조금이라도 협동심을 키울 수 있으면 좋겠다고……."

"신도 선생님?"

"아, 마유키는 저 선생님이 담당하는 아이인데," 고니시 선생님은 예의 젊은 선생님을 가리켰다. "마유키를 걱정해서 이 캠프에 참가시켰거든. 단체 생활에 익숙해질 수 있을까 해서. 하지만 쉽지 않네. 역시 저렇게 혼자 있고 싶어 하니……."

"……자폐증, 인가요?"

그 단어는 목 안쪽에서 심하게 까슬까슬 거슬렸고, 말하고 난 후 후회했다.

"그런 건 절대 아니야. 사람과의 접촉에 겁이 많을 뿐. 사람들과 대화를 나누거나 함께 행동하는 그런 거에 모두 자신이 없는 것 같아. 신도 선생님이 한 번 상담을 한 적이 있었는데, 저 아이, 정서 결핍이 아닐까 하셨어."

"정서…… 결핍? 왜죠?"

거부감이 드는 표현이다.

"그 아이의 환경도 영향을 미쳤는지 모르겠지만. 조금 복잡해. 부모님이 이혼하시고 한동안 규슈의 친척 집에 맡겨졌었는데 그런 것도 관계가 있을지 모르지. 마유키가 입학하고 얼마 되지 않아 신도 선생님이 상담을 했었어. 이거 어떻게 생각해?"

고니시 선생님이 내민 것은 교재 프린트였다. 튤립과 수선화 등 몇 종류의 꽃이 인쇄되어 있고, '색을 칠해 봅시다.'라고 적혀 있다. 선생님이 아이들에게 꽃의 이름을 쓸 수 있으면 써 보라고 했던 것 같다. '티율립'이니 '수이선' 같은 글자가 더듬더듬 나열되어 있었다.

마유키의 맞춤법은 완벽했다. '튤립'을 틀리지 않고 제대로 쓴 아이는 반에서 한 명뿐이었다고 한다.

하지만 신도 선생님이 문제시했던 것은 그런 것이 아니었다. 대부분의 반 아이들은 튤립을 새빨간 색으로, 수선화는 노란색으로 칠했다. 그 가운데 유일하게 마유키만 모든 꽃을 새하얗게 칠했던 것이다.

"그거야, 수선화도 튤립도 하얀 꽃이 있지 않나요?"

나는 갑자기 반발심이 들었다. 그런 걸로 정서 결핍 같은 꼬리표를 붙이다니 심하지 않은가.

하지만 고니시 선생님은 살짝 고개를 흔들었다.

"하지만 저 아이는 민들레까지도 새하얗게 그렸어."

6

선생님의 지시를 따라 아이들이 나가고 체육관에는 마유키와 나만 남았다. 고니시 선생님의 부탁을 받아들이기는 했지만 일단 무엇을 하면 좋을지 전혀 떠오르지 않았다.

내게 아동심리학에 대한 지식이 있을 리 없다. 하지만 하얀색 한 가지로만 색을 칠한 행위를 '아동의 건강한 심리 상태'에서 벗어난 것으로 보는 해석과 그로 인한 어른들의 걱정은 쉽게 이해할 수 있었다.

하지만 이해하는 것과 납득하는 것은 다른 문제다.

어설프게 아는 척하는 느낌이다.

그깟 색칠 공부 같은 건 하얗게 칠하건 까맣게 칠하건 상관없지 않나? 물방울무늬로 그리든 홍백의 줄무늬로 그리든 그거야말로 개인의 취향이 아니냐는 말이다. 나는 성큼성큼 무대로 다가갔다. 그곳에는 소녀가 여전히 다리를 대롱대롱 흔들며 멍하니 앉아 있었다. 소녀가 한 단 높은 곳에 있어서 우리의 눈높이는 거의 차이가 없었다.

먼저 자기소개를 하는 것이 순서라고 생각해서 그렇게 했다. 그때도, 그 이후에도 나는 어디까지나 일인칭인 '나'를 사용했다. 후미가 사용하고 있는 '언니는 말이지.' 같은 말투는 왠지 너무 낯간지러웠다.

"옆에 있어도 되니? 싫으면 얘기해."

내가 물었지만 소녀는 좋다고도 싫다고도 대답하지 않았고, 나는 멋대로 승낙한 것으로 받아들이고 옆에 앉았다.

그리고 내가 한 행동은 그냥 나란히 앉아서 함께 다리를 대롱대롱 흔든 것뿐이었다. 소녀와 같은 동작을 하면 소녀의 기분을 알 수 있지 않을까 하는 고매한 뜻이 있었던 것은 아니다. 단순히 무엇을 해야 좋을지 몰랐을 뿐이다.

그러고 보니 〈곰돌이 푸〉에도 비슷한 장면이 있었다.

어느 날 숲에 홍수가 났고, 푸가 일고여덟 개의 꿀단지와 함께 나무 위로 피신했다. 푸는 꿀단지들과 나란히 앉아서 다리를 대롱대롱 흔들고 있었다. 날이 갈수록 꿀단지는 줄어들었고 마침내 푸 혼자서 나뭇가지에 앉아 다리를 대롱대롱 흔들게 된다.

그런 우스운 광경을 머리에 떠올리고는 자신도 모르게 큭큭 웃어 버렸다. 나는 지인들에게 종종 '뭐 좋은 일 있어? 실실 웃게.' 하는 말을 듣는데, 그 실체는 대체로 이런 유의 것들이다.

문득 볼 언저리가 따끔거려서 고개를 돌렸다. 그곳에는 꿀단지가 아닌 한 소녀가 있었고, 구멍이 뚫릴 정도로 나를 뚫어지게 보고 있었다.

갑자기 옆에 다가와서 자기소개를 하기도 하고 혼자 실실거리기도 하는 어른이 소녀의 눈에 어떻게 비쳤을지는 제쳐 두자. 여하튼 마침내 소녀에게 내 존재를 인정받고 나자 갑자기 힘이 솟아났다. 그리고 상대방이 어떻게 생각하는지는 신경 쓰지 않고 무조건 소녀에게 딱 붙어 있기로 결심했다.

저녁 식사 시간이 되어 황송할 정도로 잘 지어진 밥을 알루미늄 그릇에 담고 있는데 신도 선생님이 말을 걸어왔다.

"이리에 씨라고 하셨죠. 힘드시겠어요."

"네. 균등하게 담는 게 꽤 어렵네요."

실제로 나는 화학 실험을 하듯 신중하게 주걱을 움직이고 있었다. 하지만 이내 더없이 멍청한 대답을 했다는 것을 깨달았다. 선생님은 웃음을 참는 모습이 역력했다.

"아니, 밥 얘기가 아니라요. 제 학생을 돌봐 주는 일 말입니다."

"전 그냥 아무것도 안 해요."

나는 반합 바닥에 붙은 누룽지를 주걱으로 벅벅 긁으면서 대답했다. 그리고 조금 쌀쌀맞게 대답한 것 같아서 덧붙였다.

"옆에 있어 주기만 할 뿐이에요."

"아니, 그것만으로도 대단한 겁니다. 전 아무래도 미움을 받고 있는지, 제가 이것저것 도와주려고 하면 싫어합니다. 반의 다른 아이들은 모두 저를 따르는데 그 아이만 마음을 열어 주지 않아요. 솔직히 교사로서의 자신감이 흔들립니다."

나는 아마도 신도 선생님보다는 마유키 쪽에 가까운 모양이다. 풀 죽어 있는 그에게 동정도 공감도 할 수 없었다.

"한 인간을 이해하는 일은 정말로 어려운 일이잖아요. 더구나 사십 명이나 되는 아이들을 한 명 한 명 진심으로 이해하는 일은 아무도 할 수 없는 일 아닐까요?"

나는 겨우 그렇게만 대답했다. 물론 이렇게 초점에서 벗어난 대답을 상대가 이해할 리가 없다. 신도 선생님은 힘없이 미소만 지을 뿐이었다.

저녁 식사를 마치고 게임과 자그마한 캠프파이어도 모두 끝나자 아이들은 줄줄이 체육관으로 향했다. 시간은 9시에 가까워지고 있었다. 착한 아이는 이제 잠자리에 들 시간인 것이다.

모두 가져온 시트를 펴고 타월 이불을 꺼냈다. 아이들이 떠드는 소리가 높은 천장에 메아리친다. 곧 체육관 바닥은 무지막지하게 크고 볼품없는 고치들로 우글우글 메워졌다.

나도 가방에서 시트와 목욕 수건을 꺼냈다. 수건은 이불 대신으로 쓸 수 있을 만큼 충분히 컸고, 내가 사랑해 마지않는 스노우맨이 프린트되어 있었다. 아이 중 누군가가 그것을 보고 호빵맨이라고 소리쳐서 맥이 풀리기는 했지만. 시트는 접을 수 있는 꽃돗자리 같은 것인데, 언젠가 가마쿠라에서 산 것이다. 이 위에서 뒹굴면 다다미 같은 감촉이 느껴져 정말 기분 좋다.

"그거 좋아 보이네. 촉감이 좋을 것 같아."

후미가 돗자리를 만져 보며 말했다.

"흐흐흐, 괜찮지?"

기분이 좋아 후미를 바라보니 후미는 가방에서 편자형 튜브 같은 것을 꺼내 부풀리기 시작했다.

"그건 뭐야?"

"헤헤헤, 베개지."

"이런, 혼자만 치사하게. 잠깐 빌려줘 봐."

"어이, 어이, 자는 거 아니지?"

"나는 이미 잠들었습니다. 말을 시켜 봐야 소용없어요."

"잠깐, 고마코."

"쿠—울."

후미가 비겁하게 자는 체하는 나를 흔들었다.

"그게 아니라, 그 애 없는 거 같은데? 어디 갔을까?"

"뭐?"

나는 베개를 목에 끼운 채 일어났다.

"너랑 같이 있던 아이 말이야. 이름이 뭐였더라?"

"마유키?"

당황해서 주위를 둘러보았다. 일찍부터 잠자리에 들었던 것이 지겨워진 아이들이 꺄아, 꺄아 소란을 피우기 시작했다. 그 가운데에 마유키의 모습은 없었다.

"나, 찾아보고 올게."

나는 그렇게 말하며 일어났다. 후미도 말없이 일어났다.

우리는 체육관 출구에서 양쪽으로 흩어졌지만 소녀가 이런 시간에 갔을 만한 곳으로 짚이는 곳은 한 군데였다. 나는 교사 뒤쪽으로 돌아 무성한 잡초를 밟으며 달렸다.

새카만 실루엣이 된 교사 꼭대기에서 일그러진 달이 인사라도 하듯 불쑥 모습을 드러냈다. 그 달빛으로 나는 사육장 앞에 서 있는 소녀의 그림자를 확인했다.

'토끼는 밤에 잘까?'

아주 오래전, 코까지 이불을 뒤집어쓴 채 그런 생각을 했던 밤이 있었다. 토끼는 밤에 잠을 잘까? 그 빨간 눈을 얇은 눈꺼풀이 완전히 덮는 걸까? 문득 그때 일이 떠올랐다. 그리고 마유키도 같은 생각을 한 건 아닐까 생각했다.

"마유키."

소녀는 작은 두 손을 철망에 끼운 채 뒤돌아 가만히 나를 보았다.

"토끼가 밤에 잠을 자는지 궁금해서 보러 왔어?"

소녀는 눈을 조금 크게 뜨더니 고개를 끄덕였다.

정말 무의식적으로 나는 소녀를 안아 올렸다. 오늘 처음 만난 작은 여자아이가 너무도 사랑스러웠다. 그 가녀린 외모 그대로 소녀는 솜털처럼 가벼웠다. 채소가 든 상자는 그렇게 무거웠는데도, 그리고 소녀는 분명 채소보다는 무거울 텐데도 무겁다는 느낌은 조금도 들지 않았다. 그런 생각을 하는 자신이 스스로도 우스웠다.

밤눈에 교사 모퉁이를 돌아오는 그림자가 멀리 보였다. 후미다. 나는 내 목을 감고 있는 소녀의 손바닥 감촉을 아쉬워하면서 조심스럽게 마유키를 땅에 내려놓았다.

"다행이다. 찾았구나."

숨을 헐떡이며 후미가 말했다.

"토끼를 보고 있었지."

옆의 소녀에게 말하듯 내가 대답했다.

"그래?" 후미는 무언가를 생각하듯 고개를 갸우뚱하며 말했다. "있지, 내가 몰래 폭죽을 가져왔는데, 셋이 폭죽놀이 할까? 가지고 올게."

성질 급한 친구는 말을 끝내자마자 달렸다. 그 뒷모습을 보면서 나는 소녀의 부드러운 머리카락을 살며시 쓰다듬었다.

"있지, 마유키. 방금 그 사람은 후미라고 하는데, 소중하고 소중한 내 친구야. 난 마유키의 친구가 될 수 없을까?"

소녀가 아주 희미하게 고개를 끄덕이는 듯 보였지만 그냥 기분 탓인지도 모른다. 여하튼 확실하게 알 수 있는 동작은 아니었다.

어느새 귀뚜라미 소리가 우리를 감싸고 있었다.

나는 그 가을의 방문을 귀로 먼저 느꼈다.

7

다음 날 아침 나는 아주 일찍 눈을 떴다. 옆에서는 후미가 예의 그 베개를 베고 기분 좋은 듯 자고 있다. 마유키도 더웠는지 그 옆에서 이불을 걷어차고 쿨쿨 잠들어 있었다. 나는 이불을 다시 덮어 주고 천천히 일어났다.

몸이 욱신욱신 쑤신다. 체육관 바닥에 시트 하나 깔고 하룻밤을 잤으니 무리도 아니다. 게다가 처참하게도 팔과 다리에 돗자리의 꽃무늬 자국이 선명하게 새겨져 있다.

화장실에서 대충 얼굴을 씻고 머리를 매만졌다. 물이 차가워서 기분 좋다. 상쾌한 기분이 되어 맨발로 철퍽철퍽 복도를 걸어갔다. 승강구가 있는 곳에 생각지도 않게 마유키가 오도카니 서 있었다. 왠지 울 것 같은 표정이었다.

혹시, 일어나 보니 내가 없어서 놀라 찾으러 온 걸까?

잊을 수 없는 기억이 있다.

내가 지금의 마유키보다 더욱 어렸을 때의 일이다. 엄마가 몸이 아프셔서 우리 형제들은 제각각 친척 집에 맡겨졌다. 나는 외할머니 댁으로 가게 되었다. 외할아버지는 엄마가 어렸을 때 돌아가시고 안 계셨다.

자다 눈을 떠 보니 나는 컴컴한 어둠 속에서 홀로 있었다. 옆에 자고 있어야 할 할머니가 어디에도 없다. 그리고 쓱, 쓱, 쓱 하는 이상한 소리가 어딘지 알 수 없는 곳에서 울리는 것이었다.

잠시 얼이 빠져 있다가 나는 미친 듯이 울기 시작했다. 오로지 할머니만을 불렀다. 그 집에는 할머니 외에도 외삼촌 부부와 외사촌 형제들도 많이 있었지만, 그때 그들이 무얼 하고 있었는지는 전혀 기억이 없다. 기억하는 것은 오로지 할머니를 찾으며 울었던 것뿐이다.

할머니가 곧 달려와 '왜 그러니, 고마야. 무서운 꿈 꿨니?' 하면서 드르륵하고 덧문을 열었다. 눈부신 아침 햇살이 방 안에 가득 찼고 나의 공포는 어이없이 사라졌다. 그때 할머니가 손에 대나무 비를 쥐고 있다는 사실을 깨달았다. 그 이상한 소리의 정체는 할머니가 마당을 쓰는 소리였던 것이다.

그때의 일이 사소한 계기로 이따금씩 떠올랐다. 지금은 돌아가신 할머니에 대한 나의 첫 기억이다.

나는 마유키를 데리고 밖으로 나갔다. 푸르스름한 구름이 아침 햇살을 반사하며 뿌옇게 빛나고 있다. 운동장 구석에 있는 철봉과 그네가 앙증맞을 정도로 작게 보인다. 나와 그 놀이기구 사이에는 시간적으로도, 공간적으로도 이미 무한의 거리가 생겼다.

어렸을 때가 좋았다며 그때로 돌아가고 싶어 하는 사람들이 많다. 하지만 나는 그때로 돌아가고 싶다는 생각은 결코 하지 않는다.

"어느 시골에 하야테라는 남자아이가 있었어. 무엇을 하든 다른 사람보다 조금 뒤처지지만 도중에 포기하거나 하지 않는 아이. 무척 겁쟁이지만 비겁한 짓은 절대 하지 않는 아이. 그런 남자아이야. 그리고 말이지, 하야테는 여름방학에 아야메 씨라는 무척 아름다운 여성을 만나게 돼."

『일곱 가지 이야기』를 이야기하는 것은 그때의 내게는 무척 자연스러운 일이었다. 그때 내가 한 이야기는 제7화인 「내일 피는 꽃」이라는 이야기였다. 이것은 『일곱 가지 이야기』의 마지막 이야기로, 하야테와 아야메 씨의 이별을 암시하는 이야기이기도 하다.

특히 그 이야기가 떠올랐던 것은 아마도 어제 소녀를 만났을 때 바로 옆에 수국이 빼곡하게 심겨 있었기 때문일 것이다. 「내일 피는 꽃」에서 수국은 중요한 역할을 하고 있다.

아야메라는 이름은 하야테가 몰래 붙인 별명이다. 물론 그녀를 앞에 두고 그렇게 부르지는 않았지만, 언젠가 하야테는 무의식적으로 불쑥 그렇게 불렀다. 처음 만났을 때 입었던 아야메붓꽃 색의 카디건이 별명의 유래라는 것을 알고 아야메 씨는 겸연쩍은 듯 웃었다. 그리고 꽃 이야기가 시작된다.

그 마을의 수국은 대부분이 분홍색이지만 하야테 집의 수국만 아름다운 파란색이라는 대화 뒤에, 소년이 아버지에게 들었다는 이야기로 화제가 바뀐다.

하야테의 아버지가 딱 하야테 정도의 나이였을 때다(하야테로서는 아버지에게 어렸을 때가 있다는 사실을 갑자기 받아들이기 어렵다). 당시 무척 사이가 좋았던 친구가 있었다. 용기가 있다고 해야 할까. 높은 담장에서 훌쩍 뛰어내리기도 하고 당장이라도 부러질 듯한 가느다란 가지 끝까지 올라가 잘 익은 감을 따 오기도 하는 등, 여하튼 악동 친구들의 간담을 서늘하게 하는 행동을 끊임없이 했다. 그런 무모하고 어긋난 행위는 아이들 세계에서 자칫 영웅시되기도 한다. 실제로 그는 태연한 얼굴로 갖가지 위험한 모험을 해냄으로써 아이들의 존경을 얻고 있었던 것이다.

그런 그가 하야테 아버지의 물건 중에 굉장히 부러워하는 것이 있었다. 한 자루의 권총이다. 물론 장난감에 지나지 않았지만 하야테의 아버지는 친구가 내심 그 총을 아주 멋지다고 생각하는 것을 알고는 의기양양했다.

어느 날 두 사람은 해적 놀이를 했다. 작은 나무 상자에 보물을 넣고 땅에 묻는 것이다. 친구는 그 보물 상자에 예의 그 총을 넣자고 강력하게 주장했다. 해적의 보물에 총이 없다면 그것은 진짜가 아니라는 것이다. 하야테의 아버지는 마지못해 그 제안에 따랐다.

친구가 나무 상자를 어딘가에 감췄고, 하야테의 아버지가 찾으러 갔을 때는 보물 상자도 친구도 사라지고 없었다.

그 친구는 그 후 얼마 지나지 않아 이사를 가 버렸고 번쩍번쩍 빛나는 멋진 권총의 행방은 알 수 없는 채로 끝났다.

그러자 이야기를 다 들은 아야메 씨가 곧바로 보물 상자가 있는 장소를 말하는 것이다. 놀란 하야테는 곧장 집으로 돌아가 재빨리 마당의 한 곳을 팠다. 그러자 아야메 씨가 말한 대로 썩어서 너덜너덜해진 상자가 나왔다.

하야테의 아버지는 아무 말 없이 흙투성이가 된 잡동사니를 바라보고만 있었다. 유리구슬과 왕관, 물이 스며들어 흐물흐물해진 딱지의 잔해에 섞여 그 총이 있었다. 하야테의 아버지는 총을 조심스럽게 집어 올렸다. 과거의 반짝이던 빛은 완전히 사라지고 총구와 방아쇠 사이에는 습한 흙이 메워져 있었다.

"이렇게 볼품없는 장난감이었구나."

깊은 감회에 젖은 하야테의 아버지가 중얼거렸다. "그 녀석, 그러니까 아버지 친구는 아주 오래전에 죽었다는구나. 어찌 된 일이지는 자세히 모르지만."

아버지는 그렇게 말하고 다시 침묵에 빠졌다.

하야테는 아야메 씨에게 결과를 보고하고, 대체 어떻게 알았는지 자세하게 얘기해 달라고 졸랐다. 보물 상자는 수국의 뿌리 근처에 깊게 묻혀 있었다. 아야메 씨는 조용히 이야기를 시작했다.

"나는 왠지 그 친구분이 어떻게 돌아가셨는지 상상할 수 있을 것 같아. 그분은 다른 사람이 절대로 흉내 낼 수 없는 일을 해내야만 존경을 받을 수 있다고 생각했어. 그런 방법밖에 몰랐던 거야. 그리고 네 아버지는 아마도 그런 위험한 행동을 전혀 하지 않았는데도 친구들의 존경을 받았을 거라고 생각해. 그분은 분명 그것을 견디기 힘들었을 거야. 그래서 그 총을 뺏어 버리겠다고 생각했겠지.

총이 너희 집 마당 어딘가에 있다는 것은 확실하다고 생각했어. 그렇게 하면 친구는 총을 훔친 게 아니라 감추었을 뿐이라고 스스로에게 말할 수 있으니까.

수국은 재미있는 꽃이야. 언젠가 들은 이야기인데, 수국이 분홍색이 되기도 하고 파란색이 되기도 하는 것은 땅속에 녹아 있는 알루미늄의 양 때문이래. 장난감 권총은 분명 알루미늄으로 만든 것이겠지.

이곳 정원에도 수국이 아주 많아. 그래, 하야테. 올여름에 이곳에 꽤 자주 왔었지? 하지만 언젠가 갑자기 내가 없어지더라도 쓸쓸해하지는 마. 혹시 내년에 이곳에 피는 수국 중 한 포기만 파란색 꽃을 피운다면, 너는 그 뿌리 근처를 파 보지 않을까?"

아야메 씨는 맑고 투명한 목소리로 웃었다.

"정말로, 내일 피는 꽃의 색은 아무도 알 수 없는 거야."

8

"음, 분명······."

나는 생각에 생각을 거듭하고 대답하기 시작했다. 그리고 땅에 그려진 민들레 그림을 바라보았다. 민들레는 노란색이다. 그것은 알고 있다. 하지만 마유키의 민들레는 하얀색이다. 나는 크게 숨을 들이마셨다.

"음, 분명 흰색이 아닐까?"

소녀는 다시 눈을 조금 크게 떴다. 그리고 진지한 눈길로 물었다.

"하얀 민들레, 본 적 있어?"

"아직 본 적은 없지만 언젠가는 봤으면 해."

이번에는 그다지 생각하지 않고 술술 대답했다. 교과서 같은 올바른 답도, 진짜 답도 있을 리 없다. 단지 마유키가 원하는 대답만 있을 뿐이다.

내 말이 끝남과 동시에 소녀는 생긋 미소 지었다. 처음 보는 웃는 얼굴이었다. 이 아이가 이렇게 귀여웠던가 생각하며 나는 새삼 소녀를 바라보았다.

우리는 손을 잡고 체육관으로 돌아왔다. 선생님들과 대부분의 아이들은 이미 일어나 있었다. 후미는 타월 이불을 접으면서 우리를 보고 웃었다.

"고니시 선생님은 역시 사람 보는 눈이 있다니까. 마유키의 친구로 고마코를 선택했잖아."

나중에 후미는 그렇게 말했다. 정말 그렇다고 생각했다.

밥, 된장국, 달걀 프라이가 메뉴인 아침 식사를 끝내고 마침내 해산이다. 여선생님이 뒷정리를 하면서 투덜거리는 소리가 들렸다.

"이상하네. 공기가 하나 부족해. 식사 시간에는 확실히 사람 수만큼 있었는데. 왜 그런 게 없어졌을까."

"아마 누가 먹어 버렸겠지."

신도 선생님의 익살에 모두 웃음을 터뜨렸다. 나는 살며시 일어섰다. 확실하게 짐작 가는 바가 있었던 것이다.

『일곱 가지 이야기』와 처음 만났을 무렵은 마침 수국의 계절이었고, 나는 화분에 담긴 수국을 사 왔다. 물론 분홍색 꽃을. 그리고 거금 18엔을 던져 넣고 매일 물을 줘 가며 꽃이 파랗게 변하기를 기다렸다. 알고 있듯이 1엔짜리 동전은 알루미늄이다.

나의 고매한 '실험'을 알게 된 남동생은 비웃듯 떠들어 댔다.

"그것으로는 설령 파랗게 됐다고 해도 일 엔짜리 동전 때문인지 아닌지 알 수 없잖아. 하나를 더 사서 완전히 똑같은 조건에서 키워 봐야지."

내심 뜨끔했다. 하지만, '무슨 소리야. 수국 하나에 얼만지나 알아?' 등의 과학적 정신과는 걸맞지 않은 차원으로 역습했다.

그 후 그 수국은 희미하지만 분명히 푸른빛을 띠었다. 그리고 그것은 분명 18엔의 공로라고 나는 굳게 믿고 있다.

아이들은 이미 몸단장을 끝내고 와글와글 떠들기 시작했다. 마유키는 정리를 끝낸 가방을 앞에 놓고 털썩 주저앉아 꼼짝 않고 있었다. 나는 마유키의 귓가에 속삭였다.

"내년에 수국 꽃이 파란색이면 좋겠다."

소녀는 놀란 듯 고개를 들고 나를 보더니 이내 빙긋이 웃었다. 장난꾸러기 아이의 웃음이다. 이 아이도 이렇게 웃을 수 있구나. 나 역시 공범자의 미소를 소녀에게 보냈다.

이야기는 간단하다. 캠프에서 우리가 사용했던 식기는 대부분 알루미늄으로 만들어져 있었다. 식사 중 나와 후미 사이의 대화에는 그러한 이야기도 있었다. 마유키는 무관심한 얼굴을 하고는 우리의 대화를 듣고 있었던 모양이다. 그리고 아침 식사 후 알루미늄 그릇을 하나 실례한 것이다.

알루미늄 그릇은 길게 늘어선 수국의 어디쯤에 묻혀 있을까?

내년은커녕 내일 피는 꽃의 색깔조차 아무도 알 수 없는 것이다.

마중 나온 엄마들이 서서히 모이기 시작했다. 아이들은 얼굴에 홍조를 띠고 전날 캠프파이어와 체육관에서 잤던 일 등을 이야기하고 있었다. 흥분해서 높아진 그 목소리 사이로 "그랬구나." "잘됐네." 하는 엄마들의 부드러운 목소리가 깃털처럼 떠돌았다.

신도 선생님은 집이 먼 아이들을 집합시켰다. 자신의 왜건으로 집까지 데려다준다는 것이다. 마유키도 그 가운데에 섞여 있다. 선생님은 웃으며 아이들을 안아 올려 차례차례 차에 태우고 있었다. 선생님에게 안긴 아이는 신이 나서 꺄악 꺄악 소리를 지르고 있다.

신도 선생님은 정말로 좋은 선생님이라고 생각한다. 열정적이고, 아이를 좋아하고, 쾌활하고. 내가 할 수 있는 말은 아니지만, 단지 교사로서는 아직 너무 젊은 것이 아닐까 하는 생각이 들었다. 정열이나 상식이 때로는 약한 아이들을 위협하기도 한다는 생각에까지 미치지 못하는 것이다. 약하고 깨지기 쉬운 무지개 빛깔 달걀을 품고 있는, 예컨대 마유키 같은 아이를.

가장 나중에 차에 탄 마유키는 창문을 통해 나를 가만히 바라보았다. 그리고 차가 움직이기 시작하자 "바이, 바이." 하며 그 작은 손을 흔들어 보였다. 왠지 눈물이 날 것 같았다. 옆의 친구가 툭툭

하고 내 머리를 두 번, 부드럽게 두드려 주었다.

9

이리에 고마코 씨에게.

기타하라 하쿠슈北原白秋 1885~1942. 일본의 시인. 동요 작사가의 시집 『오동나무 꽃』중 이런 시가 있다는 것을 알고 계신가요?

'스러진 정원에 들어서 하얀 민들레를 밟으니 봄이더구나.'

'고향인 야나가와로 돌아가서 읊은 시'라는 머리말이 있습니다. 내가 갖고 있는 책은 이 시를 다음과 같이 설명하고 있습니다.

'황폐해진 내 집 마당에 들어가 보니 봄 잡초가 무성하게 자라 있고, 꽃이 진 민들레가 흰 솜털을 달고 있다. 신발에 차여 흩어지는 솜털을 보니 떠나는 봄이 절실하게 느껴진다.'

스러져 가는 것에 대한 작가의 미의식이 여실하게 표현된 작품으로 이 시를 평가하고 있습니다. 이 시에 대한 여러 권의 책을 보았습니다만, 모두 같은 해석을 하고 있는 것처럼 보입니다.

하지만 굳이 이 해석에 반발해 보고 싶습니다. 전문가의 의

견에 토를 달자니 송구스럽지만, 일단은 문법적인 입장에서 시도해 보고자 합니다.

제가 문제로 삼은 것은 마지막의 '봄이더구나'라는 부분입니다. 책에 나온 해석을 보면 '더구나'를 과거를 떠올리는 의미로 보고 '었구나'로 해석하고 있습니다. 하지만 '더구나'는 일반적으로는 감탄의 뜻을 나타내는 것입니다.

결국 이 부분은 문법에 충실하게 있는 그대로 해석하는 경우 '봄이구나!'가 되는 것은 의심할 여지가 없습니다. 그럼에도 '떠나가는 봄'이라는 해석이 붙은 건 대체 무엇 때문일까요? 이유는 명확합니다. 시 가운데 '하얀 민들레'라고 하는 부분이 있기 때문입니다. '하얀 민들레'를 '꽃잎이 떨어지고 난 후의 솜털'이라고 생각하는 것은 극히 자연스럽고 무리가 없어 보입니다.

하지만 정말 그럴까요?

어린 소녀가 꽃을 새하얀 색으로 칠했던 것은 소녀의 정서에 문제가 있기 때문일까요?

당신의 편지를 보는 한, 도저히 그렇게는 생각되지 않습니다. 그러면 공상을 좋아하는 소녀가 실제로는 있을 수 없는 꽃의 색을 만든 것일까요?

이 해석이 그나마 이해하기 쉽습니다. 당신도 그런 식으로 생각하신 듯합니다. 하지만 저는 제삼의 가능성, 그리고 아마도 진실일 가능성이 높은 대답을 제시해 볼까 합니다.

소녀는 왜 민들레를 하얀색으로 칠했을까?

대답이 떠오르셨나요? 그것은 소녀가 하얀 민들레를 정말로 본 적이 있기 때문입니다.

가까이에 백과사전이 있다면 '민들레' 항목을 펼쳐 보시기 바랍니다. 서양 민들레, 에조 민들레, 간토 민들레 등과 함께 '흰민들레'의 이름이 보일 것입니다.

이름 그대로 하얀색 민들레입니다.

백과사전에 당당하게 올랐을 정도인데도 이 흰민들레를 모르는 사람이 많습니다. 흰민들레는 일본 서쪽의 일부 지역에만 분포하기 때문이겠죠.

기타하라 하쿠슈의 고향은 규슈의 야나가와입니다. 그의 시에 나오는 민들레를 아주 순수하게 '하얀색 민들레'라고 해석하면 안 되는 이유는 어디에도 없습니다.

하쿠슈의 시에 스러져 가는 것에 대한 감상을 읊은 시가 많다는 것은 사실입니다. 하지만 민들레는 노란색이라는 고정관념을 버리고 이 시를 감상했을 경우, 사람이 살지 않아 황폐해진 정원에 무성하게 피어 있는, 지금이 한창인 듯 피어 있는 하얀 민들레의 힘이 느껴지지 않습니까?

'자신이 어렸을 적에 살았던 집은 손질을 하지 않으면 이처럼 황폐해진다. 이에 반해 자연은 이렇게 한창인 봄을 맞이하고 있구나.' 하는 하쿠슈의 탄성이 전해지지 않습니까?

한번 밟혀 쓰러졌던 하얀 민들레도 씩씩하게 다시 일어나 폐

허가 된 정원을 가득 메웁니다.

한편, 마유키는 한때 집안 사정으로 규슈의 친척 집에 맡겨졌었다고 하셨죠. 아마도 그때에 흰민들레를 보았던 것은 아닐까요? 이것은 상상입니다만 소녀는 자신의 이름 속 유키(雪)의 색인 하얀색을 무척 사랑하고 있는 것 같습니다. 그래서 하얀 토끼를 좋아하고, 그리고 색칠 공부의 꽃을 전부 새하얗게 칠했던 것이 아닐까요.

제 생각에 신도 선생님은 마유키에게 '하얀 민들레 같은 것은 없다'고 계속해서 가르치려고 했던 것 같습니다. 어린아이가 아니더라도 자신이 실제로 본 것을 부정당하는 경우 심한 상처를 입게 됩니다.

소녀가 당신을 만날 수 있었던 것은 정말로 구원이었다고 생각합니다. 세상에 적어도 한 사람은 소녀의 '하얀 민들레'를 인정해 주는 것이고, 소녀는 그 사람을 발견한 것이니까요. 당신은 자신도 모르는 사이에 한 소녀에게 출구를 만들어 준 것입니다.

편지를 읽으면서 든 생각입니다만, 당신은 하얀 민들레의 꽃과 닮았습니다. 흔한 것 같지만 사실은 좀처럼 보기 힘든 사람. 그 존재만으로도 시시한 고정관념이나 가치관과 상식을, 조심스럽지만 확실히 부정하게 하는 사람. 상처받기 쉬운 하얀 꽃의 느낌, 그러면서도 무엇보다 강인한 민들레의 느낌을 찾고 있는 사람.

언젠가 당신과 흰민들레를 보러 갈 수 있으면 좋겠습니다.

들판 가득 흐드러지게 피어 있는 하얀 민들레를.

일곱 가지 이야기
ななつのこ

1

"스님, 마른 멸치 가져왔는데 줘도 돼요?"

에이사이지의 툇마루에 엎드린 채 하야테가 물었다.

"이런, 꼬맹이 또 왔구나. 하지만 마른 멸치 같은 것 가져와 봐야 저 녀석들은 안 먹어. 아직은 엄마 젖이 좋은가 보다. 꼬맹이랑 똑같네."

스님은 호쾌하게 웃었고 하야테는 얼굴이 빨개졌다. 정색을 하고 아니라고 부정했지만, 이 스님을 당할 재간이 없다는 것은 이미 알고 있었다.

"그러면 시로에게 주마. 그럼 됐지?"

하야테는 툇마루 아래로 신발을 차서 떨어뜨리고 안으로 들어갔다. 고양이 스님으로 바뀐 후부터 아이들은 이 절을 제집 안방처럼 드나들었다.

여름이 끝날 무렵 시로가 새끼를 낳았다. 시로는 스님이 키우는 고양이 중 한 마리다. 시로는 세 마리 중 가장 몸집이 작았지만, 그 작은 몸으로 일곱 마리나 되는 새끼 고양이를 낳았다. 고양이 스님의 절은 이전보다 더욱, 완벽한 '고양이 절'이 되어 버렸다.

스님이 앉으라고 권했던 방석 위에 고양이 세 마리가 제멋대로 누워 자고 있었다거나, 관음보살에게 바치는 공물 앞에 구로가 가져온 쥐 사체가 뒹굴고 있었다는 등, 이전에도 고양이에 관한 화제가 끊이지 않았던 절이었다. 거기다 시로가 새끼까지 낳자 소문은 더욱 다양해졌다. 법사가 한창인 중에 공손하게 고개를 숙이고 있는 마을 사람 앞을 시로가 유유히 가로질러 갔고, 그 뒤를 일곱 마리의 새끼 고양이가 뒤뚱뒤뚱 따라갔다는 이야기까지 그럴듯하게 전해졌다.

하지만 마지막 이야기는 아무래도 미심쩍다. 태어난 지 얼마 되지도 않은 새끼 고양이들이 그런 식으로 엄마 고양이 뒤를 따라 행진할 수 있을 리가 없기 때문이다.

하야테는 새끼 고양이에게 완전히 마음을 빼앗겨서 절에 자주 드나들게 되었다. 그중에서도 온몸이 새하얗고 꼬리의 끝부분만 살짝 까만 녀석이 있었는데 하야테는 그 새끼 고양이를 유독 마음에 들어 했다.

"꼬맹이는 그 녀석이 꽤나 마음에 들었나 보구나. 좋으면 데리고 가도 된다."

하야테가 마른 멸치로 시로의 마음을 풀어 준 후 새끼 고양이를 안고 있는데 스님이 갑자기 말을 꺼냈다.

"정말요?"

"그럼 정말이지. 단, 부모님이 허락하셔야 한다."

어느 집이건 그렇듯이 이런 경우 아이들은 부모가 안 된다고 하리라고는 꿈에도 생각하지 않는 법이다. 어른이라고 이런 귀여운 새끼 고양이가 귀엽지 않겠는가. 하야테는 의기양양하게 새끼 고양이를 데리고 돌아가 키워도 되느냐고 물었다. 대부분의 부모들이 그렇듯이 하야테의 부모님도 일단은 안 된다고 대답했다. '일단'이라고 한 이유는 사실 부모님 모두 동물을 좋아했고, 결국에는 아들에게 졌던 것이다.

그리하여 부모님은 '모든 보살핌은 네가 해야 한다'고 하야테에게 다짐을 한 후 (여전히 무척이나 못마땅한 척하면서) 새끼 고양이를 가족의 일원으로 받아들였다.

재빨리 스님에게 달려가 그 사실을 전하자 스님은 "그거 잘됐구나." 하며 싱글벙글 웃었다. 고양이 좋아하는 신자들이 다른 새끼 고양이들도 맡아 주기로 해서 다행이라고도 하셨다.

"세상에는 고양이를 싫어하는 사람도 있으니 고양이가 더 늘어나서 이곳에 오지 못하는 사람이 생기면 안 되지. 기껏해야 세 마리가 한도겠지."

고양이 스님은 조금 쓸쓸한 듯 그렇게 말했다.

사건은 그다음 날에 일어났다.

아침에 눈을 뜬 하야테는 옆의 바구니 속에서 자고 있어야 할 새끼 고양이가 없어졌다는 사실을 알아챘다. 허둥지둥 방 구석구석을, 그리고 집 안을, 이어서 마당까지 나가서 찾아보았지만 어디에도 없었다. 울상이 된 아들을 보고 어머니는 무슨 말인가를 하고 싶은 듯했지만 그래도 함께 찾아봐 주었다. 하지만 말 그대로 연기처럼 사라졌다.

하야테는 에이사이지로 달려갔다. 안타까운 표정을 짓고 있는 소년을 보자마자 고양이 스님은 걱정스러운 표정으로 말했다.

"무슨 일이니. 고양이가 없어졌니?"

놀라는 하야테에게 스님은 설명했다. 아침부터 신자들이 계속 찾아와서 모두 똑같이 '데려간 새끼 고양이가 없어졌다'고 말했다는 것이다.

소년이 온 이후로도 같은 용건으로 두 사람이 찾아왔고, 결국 일곱 마리의 새끼 고양이가 전부 행방불명이 되었다는 사실을 알게 되었다.

절 툇마루에는 새끼들에게 큰일이 생긴 것도 모르는 엄마 고양이 시로가 유유히 고양이 세수를 하고 있었다.

"네 아가들에게 큰일이 생겼어."

하야테는 시로에게 말을 걸었지만 시로는 무심하게 하품을 할 뿐이었다.

여하튼 이상한 일이었다. 좁은 마을이라고는 해도 집과 집 사이는 꽤 떨어져 있다. 일곱 마리의 새끼 고양이들이 갑자기, 그것도 동시에 모습을 감춘다는 것이 과연 있을 수 있는 일일까.

하야테의 할머니는 고양이 도둑에게 잡혀간 것이 아니냐고 말했다. 잡아가서 어떻게 하느냐고 하야테가 묻자 샤미센_{고양이나 개 가죽을 붙인 공명 상자에 기다란 손가락 판을 달고 비단실을 꼰 세 줄의 현을 그 위에 친 일본의 대표적인 현악기}으로 만든다는 무시무시한 말을 했다. 새파랗게 질린 소년은 뛰어나갔다. 물론 아야메 씨에게로.

"〈까마귀야, 왜 우니?〉라는 노래 알지?"

이야기를 들은 아야메 씨가 상냥하게 말했다.

"까마귀는 왜 울었던 거였지?"

"산에 일곱 마리의 새끼가 있어서요. 하지만 지금 왜 그 얘기를 해요? 난 까마귀가 아니라 새끼 고양이 이야기를 하고 있다고요."

하야테는 조금 뽀로통하게 대답했다. 아야메 씨는 큭 하고 웃었다. 소년이 화내는 것도 당연하다고 생각했지만 그래도 이야기를 계속했다.

"까마귀는 '귀여워, 귀여워.' 하고 울었었지?"

아야메 씨의 딴청에 소년은 더욱 화가 났다.

"그렇게 화내지 말렴. 새끼 고양이가 어디 있는지는 모르지만 찾을 수 있는 방법을 알려 줄게."

그리고 소년에게 무언가 귓속말을 했다.

잠시 후 하야테는 에이사이지 문기둥 뒤에 웅크리고 앉아 스님과 신도들을 의아하게 만들었다. 하야테는 사람들이 지나갈 때마다 집게손가락을 입술에 대고 "쉬잇." 하며 조용히 지나가게 했다. 모두 이상한 애라고 생각했겠지만 하야테는 그런 시선에 신경 쓸 겨를이 없었다.

이윽고 툇마루에서 자고 있던 시로가 천천히 일어났다. 길게 기지개를 켜면서도 그 눈은 빈틈없이 주위를 살피고 있다. 그리고 땅 위로 가볍게 뛰어내려 하야테가 숨어 있는 쪽으로 다가왔다. 하야테가 놀라 꼼짝 않고 있자 시로는 비스듬히 자란 소나무 밑동에 멈춰 서더니 소나무 위로 단숨에 뛰어올랐다. 그리고 순식간에 담장 위에 멋지게 착지한 다음 유유히 걸어갔다.

하야테는 황급히 뒤를 쫓았다. 시로는 전혀 눈치채지 못한 것 같았지만, 그래도 신중하게 거리를 두고 따라갔다.

시로가 갑자기 방향을 바꿨다. 삐죽 튀어나온 처마로 뛰어오르는가 싶더니 놀라운 속도로 올라가 버렸다. 하야테는 더 이상 쫓을 수가 없었다. 시로의 새하얀 꼬리가 지붕 너머로 사라지는 것을 하야테는 망연자실 바라볼 뿐이었다.

그 후에도 시로는 하야테를 두 번이나 보기 좋게 따돌렸다. 네 번째에서야 간신히 시로가 후줄근한 창고 안으로 사라진다는 것을 알게 되었다. 지금은 사용하지 않는 오래된 창고였다.

새끼 고양이들을 시로가 어디선가 몰래 보살피고 있을 거라고 했던 아야메 씨의 말대로 일곱 마리의 새끼 고양이는 모두 지저분한 창고 구석에 솜뭉치처럼 모여 있었다. 그리고 가느다란 목소리로 야옹야옹 우는 것이다. 그 앞을 막아서듯 시로가 하야테를 노려보았다. 하악 하고 날카로운 소리를 내며 위협하듯 온몸의 털을 곤두세우는 모습은 평상시 하야테가 쓰다듬어 줄 때마다 갸릉갸릉 목을 울리던 시로와는 전혀 달랐다.

하야테는 놀라기도 했지만 동시에 슬며시 가슴이 뜨거워졌다. 저 조그마한 고양이 한 마리가 하룻밤 만에 자신의 새끼들을 되찾고, 사람들의 눈을 피해 몰래 키우고 있었던 것이다. 그리고 지금, 있는 힘껏 새끼 고양이들을 지키려고 하고 있다.

하야테의 이야기를 들은 고양이 스님의 눈가가 촉촉해졌다.

"옛날 어떤 훌륭한 분이 말씀하셨단다. 말 못하는 짐승도 어미가 새끼를 생각하는 마음은 인간과 무엇 하나 다르지 않은 법이라고. 일찍 떼어 놓는 편이 좋을 거라고 생각했는데, 아무래도 내 생각이 틀렸던 모양이다. 미안하지만 새끼 고양이가 조금 더 클 때까지 기다려 줄 수 있겠니?"

물론 하야테는 고개를 크게 끄덕였다.

2

내가 『일곱 가지 이야기』의 표제작을 다시 읽어 볼 마음이 들었던 이유는 단순하다. 어디선가 "까마귀야, 왜 우니?" 하고 노래하는 아이의 목소리가 들렸기 때문이다. 제법 계절에 어울리는 선곡이라고 감탄하고 있는데, 그 뒤를 이어서 "까마귀 마음이지!" 하는 소리에 실망했다. 이 얼마나 정서가 메마른 세상인가.

'왜 멋대로 가사는 바꾸고 난리야!'

나는 짜증이 나서 마음속으로 욕설을 퍼부었다.

평상시의 나라면 분명 좀 더 너그럽게 받아들였을 것이다. 푸하하 웃으면서 흘려버렸겠지. 그런 노래를 부르는 것이야말로 '아이들 마음이지!' 하고 생각하면서.

하지만 그때의 나는 공교롭게도 짜증이 극에 달하고 있었다. 일주일 전부터 뭔가 이상하다고 생각했던 어금니가 갑자기 아프기 시작했던 것이다.

지금까지 치통을 그다지 경험해 본 적이 없는 만큼, 이 욱신거리는 묵직한 통증은 나의 기분을 완전히 우울하게 만들었다. 설탕 없이 커피를 마시고, 군것질도 하지 않고, 양치도 열심히 한 내가 왜 이런 고통을 겪어야 하지? 잘못한 거 하나 없는데 너무 부당한 거 아닌가!

그렇게 조금 핀트가 어긋난 곳에서 염세주의의 늪으로 빠져들고 있는 중이었다. 그럼에도 어떻게든 정신을 분산시키려고 오랜만에 『일곱 가지 이야기』를 책장에서 꺼냈다. 엄마 고양이와 일곱 마리의 새끼 고양이 이야기는 잠깐이나마 충치 균이 내 소중한 치아를 열심히 갉아 먹고 있다는 사실을 잊게 해 주었다.

다 읽었을 즈음 미아이에게 전화가 걸려왔다. 다행히 전화 코드가 길어서 내 방으로 전화를 가지고 들어와 침대에 널브러진 채, '응.' '아.' 하며, 고^枯 오히라 수상처럼 짤막한 대답만 하고 있었다.

"⋯⋯고마코, 어디 안 좋아?"

미아이는 30분을 실컷 떠든 후에야 물었다.

"이가 아파."

"어머, 저런. 안됐다. 대신 아파 줄 수만 있다면 그러고 싶어, 정말로."

말의 내용과는 반대로 성의라고는 눈곱만큼도 없는 말투였다. 덕분에 내 대답도 고약해졌다.

"그러면 대신 아파. 빨리!"

"에이, 왜 그리 짜증이야. 치과에는 갔다 왔어? 아직? 그럼 내가 전에 갔던 곳 알려 줄게. 작은 개인 병원이지만 친절하고 실력도 있는 거 같고 꽤 괜찮았어. 별로 아프지 않았거든. 그래, 오늘 바로 예약하자."

"예약이 필요해?"

"응급 환자도 예약이 필요한 시대야."

당차게 잘라 말한 미아이는 시원시원하게 장소를 설명해 주었다.

나는 확실하게 예약을 해 두고, 다음 날 미아이가 추천해 준 치과로 갔다. 근처에 치과는 얼마든지 있지만 굳이 전철로 한 정거장을 가야 하는 그 치과로 간 것은 오로지 미아이의 '별로 아프지 않다'는 말 때문이었다.

'치과라고 특별히 무서울 거 없어. 아프지 않아, 아프지 않아.'

육체적인 고통에 무척 약한 나는 가는 내내 스스로에게 열심히 암시를 걸었다. 그러자 역시 정신력은 대단한 것이어서, 목적지에 도착할 즈음에는 통증이 딱 멈췄다. 기뻐해도 좋을 일이지만 치과의사 앞에서 입을 크게 벌린 상태로 어느 치아가 아프냐는 의사의 질문에 "글쎄요……."라고 대답하는 것은 무척이나 쑥스러웠다.

하지만 이렇게 미심쩍은 환자를 대하면서도, 체격이 작은 반백의 선생님은 조금도 황당하다는 표정을 보이지 않았다.

"이 치아는 어떻습니까, 아프세요?"

의사는 그렇게 말하며 가늘고 긴 금속 봉으로 안쪽 이부터 순서대로 톡톡 두들기기 시작했다. 도중에 금속질을 꿰뚫는 통증이 전해졌고, 저절로 얼굴이 찡그려졌다. 선생님은 빙긋 웃고는 "이 치아군요." 하면서 다시 톡톡 두들겼다.

"오래전에 치료했던 치아가 다시 충치가 된 것 같군요. 일단 충전물을 제거합시다."

이때 나는 자신이 처한 상황을 전혀 파악하지 못하고 느긋하게 창가를 바라보고 있었다. 정면에 있는 창은 15센티미터 정도만을 남기고 블라인드가 내려져 있었는데, 그 사이로 작은 퇴창이 보였다. 그 작은 공간에 아까부터 참새가 깡충깡충 아른거리고 있었다. 처음에는 두세 마리였는데 어디선가 한 무리가 날아와 순식간에 예닐곱 마리가 되었다. 짹짹 울면서 주둥이를 상하로 바삐 움직이고 있다. 참새를 이렇게 가까이서 보는 것은 오랜만이다. 꽤 귀엽다.

"저런 곳에 왜 참새들이 모여 있어요?"

천진하게 묻는 내 눈앞에 드릴이 섬뜩한 소리를 내며 다가왔다.

"먹이를 놔뒀거든요. 자, 더 크게 벌리세요."

놀랄 틈도 없이 드릴 끝은 내 이빨을 갉기 시작했다. 옆에 있는 간호사가 타액을 흡수하는 기구를 재빨리 내 입에 밀어 넣는다.

나도 모르게 두 눈을 질끈 감았지만 의외로 아프지 않아서, 과연 실력이 좋다는 얘기가 나올 만하다고 가슴을 쓸어내렸다. 그러나 안심하기에는 너무 일렀던 모양이다. 드릴이 충전물을 갉아 내는 동안은 괜찮았지만, 이윽고 진짜 치아에 이르자 아찔한 통증의 파도가 반복해서 밀려왔다.

"그렇게 무서워하면 참새들이 비웃어요."

있는 대로 얼굴을 찡그리고 있는 내게 선생님은 웃으며 말했다.

살짝 눈을 뜨자, 참새들은 여전히 바쁘게 사료 알갱이인지 뭔지를 쪼아 먹고 있다. 이 병원에서 참새의 역할이 무엇인지 그제야 깨달았다.

눈동자만을 움직여 옆 창문을 보니 마찬가지로 어중간하게 내려진 블라인드 아래에 빨간 피튜니아 화분 두 개가 얌전하게 놓여 있었다.

올챙이도 키울 수 있을 만큼의 큰 구멍이 뚫렸음이 틀림없을 즈음, 마침내 드릴은 멈췄다.

"다음 주에 본을 뜨니까 그전까지는 시멘트를 채워 두겠습니다. 시간이 지나면 딱딱해지는데, 빠지지 않도록 조심하세요."

의사의 상냥한 말투에 나는 입을 벌린 채 고개를 끄덕였다.

드릴로 구멍을 뚫고 시멘트로 메우다니 도로 공사와 똑같군. 나는 비참한 심정으로 치료가 시작된 어금니에 혀끝을 살짝 대 보았다. 물렁물렁한 데다가 이상한 치약 같은 맛이 난다. 이보다 불쾌한 기분이 또 있을까.

나는 참새들에게 이별의 눈길을 한 번 보내고 선생님과 간호사에게 인사를 한 후, 축 처진 채 비틀거리며 치과를 나왔다. 뭔가 치료를 하기 전보다 통증이 심해진 느낌이다. 갑자기 치료한 치아가 정말로 충치였던 치아가 맞는지 의구심이 일었고, 나는 근거 없는 불안감에 휩싸인 채 주상복합건물의 계단을 내려왔다.

건물 1층에는 비교적 큰 서점이 있었다. 어떤 상황에서도 서점 앞을 그냥 지나치지 못하는 나는 빨려 들어가듯 흐느적흐느적 서점 안으로 들어갔다. 잡지나 신간을 훑어보며 어슬렁거리고 있는데, 문득 아름다운 컬러사진이 눈에 띄었다. 환상적인 밤하늘 사진 표지의, 별에 관한 책이었다.

책장을 휘리릭 넘겨 보니 숨이 멎을 정도로 아름다운 사진이 가득한, 굉장히 화려한 책이다. 예상은 했지만 가격도 꽤 비쌌다. 하지만 그때의 나는 전기드릴의 충격으로 인해 평상시의 자제심이 전혀 작동하지 않았다. 커다란 책을 끌어안고 몽유병 환자 같은 발걸음으로 계산대를 향했다.

"이리에 씨."

갑작스럽게 이름이 불려서 깜짝 놀랐다. 무의식적으로 치통이 있는 쪽의 볼을 한손으로 누르면서 고개를 들자, 계산대 안쪽에서 낯익은 사람이 재미있다는 듯 웃고 있었다.

"안녕하세요…… 저기, 세오 씨였죠?"

천체 투영관의 오빠가 이번에는 서점에서 계산대를 보고 있는 모양이다. 참 다양한 아르바이트를 하는 사람이다.

"늘 뜻밖의 장소에서 만나게 되네, 우리."

세오 씨는 책을 받아 들고 살짝 웃으며 바코드 기계를 바코드에 댔다. 삐익 하는 전자음이 유난히 크게 울린다.

"저기, 이 건물 맞은편에 커피숍이 있는데."

그는 책을 포장하면서 불쑥 그런 말을 했다.

"그래요?"

달리 대답할 말이 없다.

"앞으로 십 분 정도면 교대 시간인데, 커피라도 마시면서 기다려 주지 않을래?"

먼저 내 스케줄을 물어보는 것이 순서가 아닐까 하는 생각이 살짝 들었지만, 딱히 약속이 있는 것도 아니다. "네." 하고 대답하고 서점을 나왔다. 뇌까지 문적문적한 시멘트로 채워진 것처럼 머리가 완전히 멍했다.

그곳은 커피 전문점인 듯 작지만 세련된 가게였다. 도어벨 소리와 함께 조심스러운 "어서 오세요."라는 소리가 맞이했고, 가게 안으로 들어가자 고소한 커피 향기가 확 느껴졌다.

메뉴판을 보기는 했지만 거의 생각하지 않고 블렌드를 주문했다. 그리고 테이블 위에 팔꿈치를 괴고 멍하니 창 너머로 오가는 사람들을 바라보았다.

맞은편에 아까 나왔던 빌딩이 보였다. 1층은 그 서점이고, 2층은 치과 의원이다. 창가에 여전히 참새들이 모여 있는 것이 멀리서도 보인다. 그 옆 창문으로 눈길을 옮겼다가, '뭐지?' 하고 생각했다.

진찰대에 누워 드릴로 이빨을 깎이고 있을 때 본 것은 분명히 빨간 피튜니아 화분 두 개였다. 그런데 지금 보니 화분이 네 개로 늘어나 있는 것이다. 아까는 없었던 하얀 피튜니아 화분이 빨간 피튜니아와 교대로 정렬되어 있었다.

나는 고개를 갸우뚱했지만 그다지 깊게 생각할 기분이 아니어서 방금 산 화려한 책을 보기로 했다.

우주에 피는 새빨간 꽃, 장미성운. 말머리성운. 16만 광년 저편의 거대한 독거미, 타란툴라성운. 230만 광년이나 떨어진 아득한 곳의 안드로메다대성운. 하나하나가 모두 탄성이 나올 정도로 아름답다.

광대한 우주를 생각하고 있자니 정말로 어금니의 통증 따위는 너무도 하찮게 여겨진다……. 사실 하찮은 일이다.

겨울 별자리인 황소자리 근처에 별들이 밀집해 있는 곳을 찾아볼 수 있다. 유명한 묘성이다. 설명문에 따르면 지명도와 인기 모두 높은 이 성단은 '인간에 비유해 뒤뚱뒤뚱 걷는 아기 정도의 무척 젊은 성단'이다. 내가 아기별들 사진에 빠져 있을 때 세오 씨가 왔다.

"플레이아데스성단이네."

그는 확실히 이 방면에 박식한 듯 사진을 보자마자 말했다.

"신화에 의하면 이 별들은 하늘을 지탱하는 거인 아틀라스와 님프 플레이오네 사이에서 태어난 일곱 자매야. 그 딸들 이름이 알키오네, 켈라이노, 메로페, 엘렉트라, 타이게타, 아스테로페, 마이아야. 세븐 시스터즈 등으로 불리면서 여러 나라에서 사랑받는 성단이지."

"기억력이 좋으시네요!"

나는 진심으로 감탄하며 말했다. 대체로 난 외국어 이름에 약해서 이렇게 낯선 외국어 이름을 술술 늘어놓는 사람을 보면 나도 모르게 존경심이 생긴다.

"천문학을 하다 보면 자연스럽게 신화를 많이 알게 될 뿐이야."
그는 쑥스러운 듯 웃었다. "묘성에 관한 재미있는 이야기가 있는데 말이야. 묘성을 도호쿠 지방의 사투리로 '무즈라'라고 해. 이어지는 여섯 별이라는 뜻이야."

"어? 일곱 자매 아니었나요?"

"그게 말이지, 눈이 아주 좋은 사람이나 조건이 상당히 좋은 곳이면 열 개 이상의 별을 볼 수 있다고 하는데, 보통 육안으로는 아무리 뚫어지게 봐도 여섯 개밖에 보이지 않아. 여기에 대해 과학 해설자 구사카 히데아키 씨가 자신의 저서에 재미있는 이야기를 썼어. 아주 오래전에는 일곱 개가 보였지만 어느새 하나가 사라져 버린 게 아닐까 하는 가설이 있다는데, 그걸 증명이라도 하듯 '행방불명된 플레이아도스'라는 전설이 있어. 마이아가 유성이 되어 모습을 감췄다는 전설이야. 더 재미있는 것은 세계 곳곳에 똑같은 전설이 있다는 거야. 그래서 아무래도 무슨 일이 있었던 건 아닐까 하지."

"별이 갑자기 사라지는 경우도 있나요?"

나는 두근거리는 마음으로 물었다.

"물론 별이 소멸하는 경우는 있지만 젊은 성단에서는 새롭게 늘어나는 경우는 있어도 줄어드는 경우는 없다고 해."

"결국 수수께끼네요."

"우주에는 분명히 별의 수만큼 수수께끼가 있을 거야."

"그러고 보니 『일곱 가지 이야기』도 새끼 고양이가 사라진 이야기였네요."

"그러네. 그건 일곱 마리가 전부 사라지는 얘기지만."

나는 큭큭 웃었다.

"그러면 말이죠, 줄어드는 얘기만 하면 슬프니까 제가 늘어나는 이야기를 할까요?"

세오 씨는 몸을 앞으로 내밀었다.

"뭐지? 재밌겠는데?"

"수수께끼입니다."

나는 그렇게 전제를 깔아 놓고 아까의 '피튜니아 화분'을 설명했다. 세오 씨는 내가 가리키는 창가에 나란히 있는 네 개의 화분을 보고 빙긋빙긋 웃었다.

"아메바처럼 분열한 거라고 생각해?"

"대답하는 사람은 세오 씨예요. 나는 출제자."

나는 새침을 떨며 말했다. 늦게 주문한 세오 씨의 커피가 나왔고, 그는 천천히 한 모금을 마신다.

"여기 커피 맛있지? 융드립이라던가."

공감을 구하는 그를 향해 나는 애매하게 고개를 끄덕였다. 입안에 덜 마른 시멘트를 품고 있는 몸으로서는 융드립이든 무명드립이든 전혀 다를 게 없지만. 물론 그런 말은 하지 않았다.

"가을 별자리에 페르세우스자리라는 게 있는데, 알아?"

갑자기 화제가 별 이야기로 돌아갔다. 분명 이 사람은 별 이야기라면 몇 시간이고 즐겁게 떠들 것이 분명하다. 마치 장난감을 안고 있는 아이처럼.

"페르세우스의 이름은 들어 본 적 있지만……."

"오리온자리나 전갈자리처럼 화려한 게 아니어서 알고 있는 사람도 별로 없어. 별자리로서는 무명이지만 그래도 페르세우스자리는 기묘한 별을 하나 품고 있어. 영웅 페르세우스가 왼손에 들고 있는 것은 폰토스와 가이아 사이에서 태어난 무시무시한 여자 괴물의 머리야."

"알았다! 메두사죠. 괴물 뱀 여자."

"정답! 그 메두사 머리에 위치한 것이 그 이름도 '악마의 머리'인 알골. 이 별은 왠지 섬뜩하게 광도를 바꾸는 변광성으로 유명해. 이틀하고 스무 시간 사십이 초 정도 주기로 이 점 이 등었던 광도가 삼 점 오 등으로 감소하고 네 시간 정도 지속된 후 다시 원래의 광도로 돌아와. 왜 이런 현상이 일어나는지 알아?"

"화산의 분화처럼 별의 활동이 활발해졌다가 얌전해졌다가 하는 건가요?"

"북쪽왕관자리에 그런 별도 있다고는 해. 하지만 알골의 경우는 좀 더 간단해. 알골은 하나의 별로 보이지만 실제로는 두 개의 별이 공전하는 쌍성이야. 그리고 이 두 별의 밝기가 각각 달라. 밝은 쪽의 별의 광도를 예컨대 칠이라고 하고 어두운 쪽을 삼이라고 한다면, 가장 밝게 보이는 것은 두 개의 별이 나란히 있을 때로 십의 밝기가 되겠지. 어두운 별 뒤에 밝은 별이 숨어 버렸을 때는 광도가 크게 감소해서 삼이 돼. 반대의 경우는 칠이 되고, 역시 전체의 광도는 낮아지게 돼. 결국 알골의 변광은 쌍성의 식蝕 현상_{한 천체가 다른 천체에 의하여 완전히 또는 부분적으로 가려지는 현상}에 의해 일어나고 있는 거지."

여기서 그의 표정이 갑자기 장난꾸러기처럼 변했다.

"여기서 뭔가 떠오르는 게 있지 않아?"

무슨 말인지 몰라 고개를 흔들자 상대는 생긋 웃었다.

"피튜니아 화분이 갑자기 늘어난 이유."

잠시 후 나는 마침내 이해했다.

"뭐야, 그런 거였군요."

"그렇지. 공간이 좁아서 그랬겠지만, 화분은 분명 똑바르게 일렬로 놓여 있지 않고 조금씩 엇갈려 있었을 거야. 알파벳의 N 자같이. 그리고 이리에 씨는 움직이고 싶어도 움직일 수 없는 진찰대 위에 있었지. 시선 방향이 고정되어 있었고, 우연히 그 방향이……."

"N 자의 세로줄 방향과 일치했던 것이네요."

나는 끝을 이었다. 알고 보니 정말 아무것도 아니다.

"빨간 꽃 뒤로 하얀 꽃이 숨겨진 피튜니아의 식 현상이라고 보면 돼. 알골의 변광과 원리는 마찬가지야. 여기서 이렇게 바라보니 빨강과 흰색이 차례로 놓여 있어서 꽤 예쁘네."

"네, 예뻐요. 피튜니아의 계절도 이제 끝나 가네요. 옆 창문에서는 참새가 모이를 먹고 있었어요. 재미있는 치과예요."

"엄청 큰 참새네."

세오 씨가 진지한 얼굴로 가리키는 쪽을 보니 어느새 날아왔는지 한 마리의 비둘기가 모이를 쪼고 있다.

"저건 비둘기예요."

"아, 그렇구나."

대체 농담을 하는 건지, 진담을 하는 건지 알 수 없는 사람이다. 그는 알골 이야기를 계속했다.

"처음으로 알골의 수수께끼를 푼 사람은 존 구드릭1764~1786. 변광성의 주기를 발견하고 그 원인으로 식쌍성을 제시한 아마추어 천문학자이라는 영국의 아마추어 천문가야. 그는 열일곱 살에 이 가설을 세웠고, 스물한 살에 사망했어. 정말 젊은 천재였지. 근데 그 사람은 말도 하지 못하고 귀도 들리지 않았다고 해."

"네에……?"

나는 할 말을 잃었다.

"보는 것밖에 할 수 없는 사람이 별하늘을 올려다봤을 때의 느낌. 왠지 무척 이해할 것 같은 기분이 들어. 우주를 지배하는 것은 오로지 고요함뿐이니까. 구드릭의 가설이 관측으로 확인된 것은 그로부터 백 년 후의 일이야."

"저……."

그렇게 말을 시작했지만 더 이상 말이 나오지 않았다. 나는 그때 순수한 감동을 느꼈다.

"제 생각이지만," 간신히 말을 이었다. "별을 보는 것은 책을 읽는 것과 무척 비슷한 것 같지 않아요?"

혹시 웃지는 않을까 생각했다. 나의 이런 식의 비약은 자주 사람들의 웃음거리가 되곤 했다. 하지만 그는 웃기는커녕 아주 진지하게 고개를 끄덕여 주었다.

"그래. 같은 위험을 안고 있다는 점에서도 아주 닮았는지 몰라."

"위험이라고요?"

앵무새처럼 그의 말을 받아 물었지만 그 의미를 알 것 같았다.

"저기……."

잠시의 침묵 후 우리는 동시에 말을 꺼냈고, 얼굴을 마주 보았다.

"아, 먼저 말씀하세요." 나는 당황해서 말했다.

"그래……. 뭐, 중요한 건 아닌데, 그 천체 투영관 아르바이트가 이번 주 일요일이 마지막이거든. 시간 되면 와 주지 않을래?"

"네?"

"아니, 아까의 페르세우스 이야기도 조금 나오는데 흥미가 있지 않을까 해서. 너도 별 좋아하지?"

그는 무척이나 조심스럽게 물었다.

"네." 나는 고개를 끄덕였다. "좋아해요."

"다행이다." 세오 씨는 그렇게 중얼거렸다. "맞다, 아까 무슨 말 하려고 했지?"

나는 잠시 생각하다 고개를 흔들었다.

"역시 다음에 하는 게 좋겠어요. 천체 투영관에 갈 때."

그리고 창 너머로 맞은편 건물을 바라보았다. 빨간 피튜니아와 하얀 피튜니아가 사이좋게 나란히 놓여 있었다.

3

그날 날씨는 기분 좋게 쾌청했지만, 그럼에도 살짝 으스스할 정도로 서늘했다. 나는 민소매 원피스 위에 반팔 재킷을 걸치며, 길었던 여름방학이 마침내 끝나 간다는 것을 실감했다.

T백화점 옥상에 도착해 주위를 둘러보았다. 8월에 왔을 때와는 사뭇 풍경이 달랐다. 어린이 광장 한가운데에 떡하니 자리 잡고 있었던, 그 유쾌한 브론토사우루스 놀이기구가 없어진 것이다. 그 저변의 사정을 알고 있는 나는 사건의 경위를 떠올리며 혼자 히죽히죽 웃었다.

하지만 눈에 보이는 변화는 수장룡의 부재에만 원인이 있는 것은 아닌 듯했다. 태양이 쏟아 내는 열기가 확 줄어든 반면, 아이들의 모습이 늘어났다. 공룡이 남기고 간 자리에는 역시 네모난 비닐 간이 풀장이 설치되어 있었고, 안에는 색색의 고무공이 가득 채워져 있었다. 그 안에서 여러 명의 아이들이 신나게 헤엄을 치고 있는 것이다.

내 발밑으로 수영장에서 흘러나온 듯한 빨간 공이 굴러 왔다. 공을 주워 들고 문득 옆을 보니 옅은 초록색 원피스를 입은 소녀가 서 있다.

"마유키……."

놀라서 소녀를 빤히 바라보자 수줍은 듯 웃으며 작은 두 손을 내밀었다. 그제야 깨닫고 빨간 공을 건네주었다. 마유키가 일부러 내게 던졌던 것이다.

"이곳엔 웬일이야? 혼자 온 건 아니지?"

무릎을 구부리고 묻자 소녀는 옥상 구석을 가리켰다. 가리키는 쪽을 보고는 '어라?' 하고 생각했다. 세오 씨가 여자와 서 있다. 꽤

미인이다. 무언가 열심히 이야기를 하고 있다. 왠지 말을 걸지 못하고 서 있자, 그쪽에서 먼저 알아보고는 다가왔다. 여자도 함께였다.

"자, 소개할게. 이쪽은 아소 미야코 씨."

세오 씨는 쾌활하게 옆의 여성을 가리켰다.

"아소입니다. 반가워요."

그녀는 시원시원하고 또렷한 말투로 그렇게 말하고는 곧바로 오른손을 내밀었다. 나는 완전히 주눅이 들어 주뼛주뼛 그녀의 오른손을 잡았다. 연약하고 부드러운 손바닥이었다.

"안녕하세요, 저는⋯⋯,"

"이리에 씨죠. 세오 군에게 얘기 들었어요."

"아소 씨 이름 들어 본 것 같지 않아?" 세오 씨가 중간에서 끼어들었다. "이분은 일러스트레이터야."

나는 눈을 깜박였다. 머릿속에 연푸른 전원 풍경과 한 소년의 모습이 생생하게 떠올랐다.

"혹시 그『일곱 가지 이야기』의 표지 일러스트를 그리신?"

내가 조심스럽게 물어보자 눈앞의 여성은 생긋 웃으며 고개를 끄덕였다.

"우와, 감동! 저, 그 그림 정말 좋아해요. 나도 그런 식으로 그릴 수 있으면 좋겠다고 늘 생각했어요. 그 책을 고른 것도 표지 그림이 훌륭해서였어요."

"에이, 부끄럽게. 그래도 고마워요. 기뻐."

나의 찬사에 아소 씨는 쑥스러운 표정을 지었다. 그때 그녀의 치마 뒤에서 마유키가 고개를 내밀었다.

"아, 이 아이도 소개할게요. 딸내미 마유키. 자, 마유키. 언니에게 인사해야지?"

아소 씨는 무릎을 굽히면서 소녀의 어깨에 살짝 손을 얹었다. 나는 그녀가 한 말의 내용을 머릿속에서 반추해 보고서야 간신히 그 의미를 깨달았다.

"우왓!"

느닷없이 얼빠진 비명을 지르자 소녀는 깜짝 놀랐다. 나는 소리를 낮추고 물었다.

"그러면 마유키가 바로 아소 씨의 따님이란 말인가요? 정말로?"

나는 조금 집요하게 물었다. 상대도 내 반응이 의외였는지 쌍까풀 진 커다란 눈을 동그랗게 떴다.

"마유키를 알아요?"

"네. 지난달 말, 여름 캠프에서 만났어요. 전 자원봉사자로 참가했거든요."

"놀랍네. 세상 참 좁다. 혹시 세오가 알고 만나게 해 준 거야?"

"제가 왜요?"

그는 웃으면서 고개를 흔들었다.

"사실 저, 아소 씨도 만난 적 있어요."

나는 시부야의 화랑 이름을 말했다. 그녀는 가볍게 어깨를 으쓱했다.

"역시 세상은 내가 생각했던 것보다 좁은가 봐요."

그녀의 결론에는 나도 동감이었다. 하지만 세오 씨와 아소 모녀와의 관계가 전혀 감이 잡히지 않는다. 그 부분을 물어볼까 말까 망설이고 있는데, 세오 씨가 모두를 재촉했다.

"아직 조금 이르지만 슬슬 안으로 들어가죠. 나도 준비를 좀 해야 해서."

뭐가 뭔지 모르는 상태로 줄줄이 은색 건물로 향했다. 도중에 마유키가 나를 보고 분명히 미소 짓는 것 같았다. 8월 말의 한 장면이 문득 머릿속을 스쳤다. 목덜미를 감싼 어린 소녀의 손바닥 감촉. 그리고 체온.

천체 투영관 내부는 이전에 왔을 때보다 더 자리가 비어 있었다. 그리고 그만큼 돔 안이 넓게 보였다.

세오 씨의 조언에 따라 뒤쪽 자리에 차례로 앉았다. 돔 내의 표시에 따른다면, 아소 씨를 중심으로 마유키가 있는 곳이 서쪽, 그리고 동쪽에 내가 있다. 나는 옆자리의 여성을 몰래 훔쳐보았다. 느슨하게 웨이브를 넣은 머리카락은 어깻죽지까지 가지런히 내려와 있다. 머리카락 사이로 작은 금 귀걸이가 반짝 빛났다. 그녀의 옆얼굴을 보고 누군가를 닮았다고 생각했다. 그때 아소 씨가 내 시선을 깨닫고 생긋 미소 지었다. 그 미소를 보자 생각났다.

후미를 닮았다.

안내 방송이 흐르고 이미 익숙해진 '금연'과 '음식물 반입 금지'라는 글자가 비쳤다.

마침내 태양이 가라앉기 시작하면서 세오 씨의 설명이 시작되었다. 전에도 그렇게 느꼈지만 부드럽고 상냥한, 듣기 좋은 목소리다.

가을 밤하늘의 유일한 일등성인 남쪽물고기자리의 포말하우트와 가을 별자리로 큰 사각형 모양인 페가수스 이야기, 안드로메다대성운에 대한 흥미로운 설명에 이어 에티오피아 왕가를 둘러싼 장대한 이야기가 시작되었다. 설명에 따르면 가을 별자리는 대부분이 에티오피아 왕가에 관한 신화라고 한다.

"그런데 안드로메다 공주를 멋지게 구해 낸 영웅 페르세우스도 사실 불우하게 성장했습니다. 아르고스의 왕 아크리시우스는 '외동딸 다나에가 낳은 사내아이가 장래에 할아버지를 죽이게 될 것'이라는 예언에 놀라 다나에를 청동으로 된 밀실에 가둡니다. 그런데 그 사실을 알게 된 최고의 신 제우스가 황금 비로 모습을 바꿔 다나에에게 내립니다. 이렇게 해서 다나에는 제우스의 아이를 임신합니다. 그 아이가 바로 페르세우스입니다."

뭐가 '이렇게 해서'인지 전혀 모르겠지만 듣기에 따라서는 꽤 외설스러운 이야기다. 여하튼 이 제우스라는 양반은 정말 구제불능인 신이다. 스파르타 왕비인 레다에게 한눈에 반해서 백조로 모습을 바꿔 목적을 이루지 않나, 독수리로 변해서 미소년 가니메데를 채 가지 않나, 여기저기에서 아이를 만들지를 않나, 여하튼 제대로 된 일은 한 적이 없다. 태고의 신화 속 신들은 대부분 호색한인 것이다.

이전에 화집에서 본 클림트의 그림 〈다나에〉가 떠오른다. 조금 심장이 덜컥하는, 관능적인 작품이다. '노골적인 에로티시즘'이라는 평론가들의 비판도 상당했던 듯하다.

다나에가 실제로 클림트의 그림처럼 관능적인 여성이었던 탓인지 모자는 세리포스 섬으로 도망치게 되는데, 그 섬의 왕이 다나에를 연모하게 된다. 그리고 그것을 계기로 페르세우스는 메두사 퇴치에 나서게 된다.

가을 밤하늘 가득히 이런 현란한 드라마가 숨겨져 있다고는 전혀 생각지도 못했다. 이따금씩 불현듯 생각나 밤하늘을 올려다보기는 해도, 그곳에 펼쳐지는 것은 가을의 긴 밤에 어울리는 어딘가 쓸쓸한 하늘이다. 별을 바라보기에 도시의 밤은 너무 밝고 그리고 또 너무 오염되어 있다.

성질 급한 누군가가 먼저 덜컹하고 소리를 내며 의자 등받이를 세웠다. 그리고 뒤를 이어 실내 불이 켜졌다. 가장 먼저 일어선 사람은 의외로 아소 씨였다. 그녀의 시선은 신중하게 둥근 공간의 이곳저곳을 떠돌고 있다.

"무슨 일 있어요?"

"마유키가…… 없어요."

"네에?"

"조금 전에야 없어진 걸 알았어요. 어디로 갔을까?"

나는 앞줄의 의자를 들여다보았다. 본 적이 있는 빨간 공 하나가 홀로 뒹굴고 있을 뿐이다. 나는 여름 캠프에서의 마유키를 떠올렸다. 그때도 소녀는 지금처럼 갑자기 사라졌었다.

"어? 무슨 일이야?"

말도 없이 마주 보고 있는 우리에게 어느새 다가온 세오 씨가 침착하게 물었다. 그 말은 정말 얄미울 정도로 느긋하게 들렸다.

"마유키가 없어."

아소 씨는 조금 전의 대답을 그대로 반복했다. 세오 씨는 동그란 눈을 크게 뜨고는 얼빠진 표정으로 '큰일이네.' 하고 중얼거렸다.

"모두 흩어져서 찾아봐요."

세오 씨는 그렇게 말하자마자 혼자 황급히 나가 버렸다. 남겨진 우리들은 얼굴을 마주 보았다.

"어디로 갔을까?"

아소 씨는 얼이 빠진 듯 반복했다.

"일단 찾아봐요."

"그래요……."

나는 그녀에게 힘을 실어 주듯 그녀의 등을 가볍게 밀며 밖으로 나왔다.

9월이라고는 해도 여전히 햇살이 눈부셔서 아소 씨는 순간적으로 한 손을 들어 눈을 가렸다. 희미하게 노란 빛을 띠고 있는 햇살 아래에서 많은 아이들이 즐거운 듯 놀고 있다. 하지만 그 안에 마유키의 모습은 없었다. 그래도 두 사람은 옥상 구석구석까지 찾았다. 주스 판매기와 콘크리트 벽 사이의 좁은 틈새, 끈적끈적한 물방울을 떨어뜨리며 빈 캔과 종이컵으로 넘쳐 나고 있는 쓰레기통 뒤 등, 도저히 소녀가 있을 리 없는 곳까지 끈질기게 살폈다. 아소 씨는 페인트가 벗어진 난간에 다가가 두려운 표정으로 아득한 거리를 내려다보았다.

"이 난간은 높기도 하고 튼튼해요. 꼬마들이 넘어가지 못하도록 만들어져 있어요. 당연한 말이지만."

나는 빠르게, 그리고 일부러 경쾌한 어조로 말했다. 아소 씨는 나를 보고 힘없이 미소 지었다.

"정말 그러네."

그리고 한참 후에 '고마워요.' 하고 중얼거렸다.

세오 씨는 '흩어져서'라고 했지만, 아소 씨와 떨어질 마음이 들지 않았다. 그녀를 배려해서라기보다 오히려 내 자신이 혼자이고 싶지 않다는 것이 본심이었다. 정말 한심하지만 이런 경우 혼자서는 어찌해야 좋을지 모른다.

아소 씨의 불안은 나 따위와 비교될 리도 없지만 그녀는 입술을 꼭 다물고 거의 아무 말도 하려고 하지 않았다. 그 시원시원한 눈만이 무엇 하나 놓치지 않겠다는 세심함으로 공간을 계속 가로지르고 있었다.

세오 씨는 대체 어디를 찾고 있는지, 아무래도 옥상에는 없는 것 같았다. 그리고 찾고 있는 소녀의 모습도.

"여기는 더 이상 찾아봐야 소용없을 것 같아요. 범위를 넓혀야겠어요."

손목시계를 힐끔힐끔 보고 있던 아소 씨는 내 제안에 처음으로 무척이나 불안한 표정을 보였다.

"하지만 어디를 찾아봐야 할지……."

"글쎄요, 장난감 매장이라든가……."

백화점 안에서 아이들이 갈 만한 곳으로 불현듯 떠오른 곳은 그 정도밖에 없었다.

하지만 5층에 있는 장난감 매장에 실제로 가 보고서야 마유키가 갈 만한 곳이 아닌 첫 번째 장소가 분명하다는 사실을 알았다. 그곳은 소란스럽고 어수선한 분위기로 가득 차 있었다. 신이 나서 떠들어 대는 아이들과 최신 장난감이 내는 귀에 거슬리는 전자음. 장난감이 그런 소리를 낸다니 생각해 본 적도 없었다. 마유키는 분명 그 소리를 싫어할 것이며, 그 장소에 어울리지도 않는다. 그런 기분이 들었다.

그래도 일단 주위를 한 번 둘러보고는, 나는 다시 아소 씨에게 제안했다.

"칠 층으로 가 봐요. 옥상으로 올라가는 계단 바로 아래에 티켓 예매소가 있거든요. 어쩌면 그쪽 직원이 마유키를 데리고 있을지도 몰라요."

왜 좀 더 일찍 생각하지 못했을까? 나는 티켓 예매소 아가씨의 영리해 보이는 얼굴을 떠올렸다.

아소 씨는 고개를 끄덕이면서도 뭔가 초조해 보였다.

"어떡해. 여섯 시까지 못 찾으면……."

"여섯 시요?"

"아니, 아무것도 아니에요."

그녀는 꼿꼿이 고개를 들고 조금 머리를 흔들더니, 올라가는 에스컬레이터를 향해 걸음을 재촉했다.

"옅은 초록색 원피스를 입은 일곱 살 정도의 여자아이? 글쎄요, 죄송합니다만 잘 모르겠네요. 잃어버리셨나요?"

티켓 예매소 아가씨는 고개를 살짝 갸웃하며 대답했다.

"하지만 꼬마 아이가 보호자도 없이 혼자 있으면 아무래도 눈에 띄겠죠?"

내가 다그치듯 물었다.

"네, 맞는 말씀입니다만 옥상으로 향하는 계단은 아이와 함께 온 부모들이 쉴 새 없이 드나듭니다. 그 속에 섞여 버리면 저희도 알 수가 없어요."

여전히 시원시원한 대답이었다. 나는 낙심했지만 그녀의 말대로라는 생각이 들었다. 아이가 혼자 있다고 해도 울부짖거나 하지 않는 이상, 주위 사람들은 당연히 보호자가 가까이 있으려니 생각할 것이다. 백화점 같은 곳에서는 특히 더욱 그렇다. 미아가 되어 울부짖기라도 한다면 오히려 안심할 수 있지만 마유키는 그럴 아이가 아니다. 말없이 갑자기 사라지는 아이인 것이다. 내가 침묵하자 아가씨는 걱정스럽게 물어 왔다.

"저기, 주제넘은 참견입니다만, 혹시 아이가 미아가 되었다면 방송을 해 드릴까요? 그렇게 하면 다른 매장 사람들도 신경 써서 볼 것이고, 분명 금방 찾을 수 있을 겁니다."

그렇게 말하고는 생긋 웃는다. 곧바로 고개를 끄덕이려는 나를 옆에 있던 아소 씨가 부드럽게 제지했다.

"아니요, 괜찮습니다. 그렇게 멀리 갔을 리도 없고 하니 금방 찾을 거예요."

그리고 스스로 수긍하듯 고개를 숙이고는 재빨리 그곳에서 벗어났다. 빠르게 걸으면서 다시 시계를 보고 있다.

"아소 씨." 나는 간신히 그녀를 따라잡고 물었다. "왜 미아 방송을 하면 안 되나요? 그리고 왜 그렇게 시간에 신경을 쓰세요? 여섯 시에 무슨 일이 있어요?"

그녀의 표정이 울음을 터뜨릴 듯 일그러진 기색을 느끼고 나는 낯이 뜨거워져 입을 다물었다. 이 얼마나 주제넘은 참견인가.

하지만 아소 씨는 잠시 주저하더니 이야기를 시작했다.

"아이 아버지와 이곳에서 만나기로 약속이 되어 있어요. 상의하기로 했거든요. 그 사람은 마유키의 양육권을 원해요. 지금까지 계속 거절해 왔지만 포기하지 않고 계속 주장하고 있어서. 그 사람, 분명 이미 이 백화점에 와 있을 거예요. 방송을 듣는다면…… 그 아이를 잃어버렸다는 것을 알게 되면……."

"알겠어요." 나는 말을 막았다. 그녀에게 이 이상 자세한 설명을 하게 하는 것은 잔인하다는 생각이 들었다. 여름 캠프 때 고니시 선생님에게 들었던 이야기가 머리를 스쳤다.

"여섯 시까지 이제 십오 분 남았어요. 그때까지 우리가 어떻게든 찾아봐요."

나는 힘껏 웃어 보였다.

말은 그렇게 했지만 여전히 소녀의 행방은 조금도 짐작이 가지 않았다. 백화점이라는 곳이 한 소녀를 이렇게도 간단하게 감춰 버리는 곳이라는 것을 지금까지 생각해 본 적도 없었다. 대도시를 상자 모양으로 압축한 거대한 미궁이다. 무한의 사람과 물건과 돈을 끊임없이 삼키고, 그리고 다시 내뱉는다. 어딘가 탐욕스러운 위장과 닮았다.

하지만 분명 소녀는 백화점 어딘가에 있다. 이 거대한 사각의 밀실 어딘가에.

아무런 근거도 없었지만 나는 그렇게 확신했다.

사각의 밀실. 그런 말이 내 머릿속에 떠올랐고, 바로 조금 전에도 같은 말을 들은 듯한 기분이 들었다. 아니, 정확하게 같은 말은 아니다. '청동'이었다.

청동의 밀실. 페르세우스의 어머니 다나에가 갇혀 있던 곳이다. 하지만 최고의 신 제우스는 그런 밀실 따위 우습다는 듯 황금 비가 되어 다나에에게 내렸다…….

캄캄했던 내 사고에 바늘만 한 구멍이 뚫렸다. 그 작은 구멍으로 가느다란 빛이 비쳐 들었다.

빛. 그래, 황금 비라는 것은 결국 빛이 아니었을까?

"아소 씨!" 나도 모르게 소리쳤다. "빛이에요, 빛. 아까 천체 투영관에 있을 때, 조금이라도 빛이 들어왔었나요?"

"네?"

상대는 당혹스러운 듯 나를 보았다.

"조금이라도 빛이 들어와서 별이 보이지 않게 된 적이 있었나요? 그런 기억이 있어요?"

"아니, 그런 일은 없었던 것 같은데."

"그래요, 빛은 들어오지 않았어요. 왜 좀 더 일찍 생각하지 못했을까. 그때 천체 투영관의 문은 한 번도 열리지 않았어요. 빛은 들어오지 않았었고, 아무도 그곳에서 나가거나 하지 않았어요. 적어도 영상이 나오는 동안에는."

아소 씨의 얼굴에 이해했다는 표정이 떠올랐다. 그녀의 입이 살짝 벌어졌지만 무슨 말인가 하기 전에 달려갔다.

땅거미가 지기 시작한 옥상에는 사람들도 별로 없었다. 아소 씨는 칙칙한 은색 건물로 거의 뛰듯 다가갔다.

내가 천체 투영관 문을 열었을 때, 가장 안쪽 자리에 오도카니 앉아 있는 소녀의 모습이 보였다. 의자 시트와 같은 색의 원피스 때문에 그 자리에 녹아든 듯 보였지만 분명히 그곳에 존재했다. 하지만 다음 순간, 소녀의 조그만 모습은 그녀를 꽉 껴안는 어머니의 등에 가려져 보이지 않게 되었다.

갑자기 등 뒤에서 누군가가 이름을 불러 돌아보니 세오 씨가 서 있었다.

"여섯 시부터 저 가족이 이곳을 빌리기로 했어. 우리는 나가자."

그의 재촉에 나는 느릿느릿 걷기 시작했다. 교대하듯 한 남성이 내게 가볍게 고개를 숙이고 들어갔다.

"지금 그 사람이 마유키의 아버지."

세오 씨가 속삭였다. 멍하니 뒤를 돌아 남성의 뒷모습을 바라보았다. 다부진 등과 단호한 걸음걸이가 인상에 남았다.

문이 닫히고 은색 건물은 성역이 되었다. 남겨진 우리는 누가 먼저랄 것 없이 그곳에서 멀찌감치 떨어졌다. 세오 씨는 난간에 기대어 네온이 켜지기 시작한 거리를 바라보았다. 8월의 더운 여름날, 역시 똑같은 장소에서 똑같은 모습으로 세오 씨와 마주 보았던 일을 떠올렸다.

"내 얼굴에 뭐 묻었나?"

한참 후, 세오 씨가 난처한 듯 말했다. 나는 구멍이 뚫릴 정도로 그의 얼굴을 말끄러미 보고 있었던 것이다.

"난감하네. 나, 뭐 잘못한 거 있어?"

세오 씨의 표정은 조금 불안한 듯 보였다. 나는 숨을 크게 들이마셨다.

"처음 만났을 때 세오 씨를 아는 사람이라고 생각했어요. 이전에 어디선가 만난 적이 있는 얼굴이라고. 하지만 누군지는 계속 떠오르지 않았어요. 그리고 이제 알았어요."

"난 그 버스 정류장에서 만난 게 처음이라고 생각했는데……."

세오 씨는 계속 난감해했다.

"네, 맞아요. 세오 씨에게는 말이죠. 하지만 저는 아니에요."

"시부야에서 아소 씨를 만났던 것처럼?"

"조금 달라요. 좀 더 일방적으로."

나는 잠시 말을 멈췄다.

"『일곱 가지 이야기』의 표지 그림……. 그 하야테 군의 모델이 세오 씨죠? 세오 씨가 아야메 씨, 아니 사에키 아야노 씨였던 거죠? 아닌가요?"

4

이번에는 세오 씨가 내 얼굴을 뚫어지게 응시할 차례였다. 나는 눈을 깜박이면서도 똑바로 그의 시선을 받았다.

"맞죠? 지금까지 제 편지에 답장을 한 사람이 세오 씨인 거죠?"

다시 묻자 그는 눈을 조금 크게 떴지만 마침내 포기한 듯 웃었다.

"졌네." 그는 양손을 살짝 들었다. "항복. 편지의 답장을 쓴 사람은 분명히 나야."

"왜 처음부터 그렇게 말해 주지 않았나요? 최소한 처음 만났을 때라도."

나는 비난하는 말투를 감출 수 없었다.

"그건……." 세오 씨는 거북한 듯 코끝을 긁었다. "처음 질문에 대답할 수 없었던 이유와 같다고 해야 하나. 내가 아야메 씨는 아니었기 때문이야."

"하지만 답장을 썼다는 것과 당신이 아야메 씨라는 것이 제게는 같은 의미로 들립니다만."

"아니, 그건 완전히 별개야. 나는 아야메 씨가 아니야. 어디까지나 '하야테'야. 그래, 네가 말한 대로 그 표지의 하야테는 나인 것 같아. 정식으로 모델을 서 준 기억은 없지만."

"그렇다면 아야메 씨는 누구인가요?"

그때 나는 묘한 실망감을 느꼈다.

"아야노는 내 누나야. 사에키는 엄마의 과거 성이고."

세오 씨는 천천히 설명했다. 갑자기 튀어나온 '누나'라는 단어가 뭔가 신기한 물체를 표현하는 말처럼 낯설게 울렸다. 나는 순간 숨이 막혔다.

"누나요? 그렇다면 왜 세오 씨가 답장을 썼죠? 누나가 아니고?"

"누나는 편지를 쓸 수 없었어."

"왜요?"

"이 년 전에 죽었으니까."

나는 숨을 삼켰고, 침묵이 차가운 바람의 모습을 하고 지나갔다.

"그래서 세오 씨가 대신 답장을 써 주신 거군요. 제가 실망하지 않도록."

"글쎄."

세오 씨는 난간에 기대어 희미하게 웃었다. "어쩌면 내 자신을 위해서였는지도 몰라."

그의 말투에는 어설픈 질문을 할 수 없게 하는 무언가가 있었다.

나는 세오 씨의 누나라는 사람을 떠올려 보았다. 그를 꼭 닮은 섬세한 얼굴 생김새와 부드러운 목소리. 늘 상냥하고, 그리고 모든 것을 꿰뚫어 보는 듯한 그 끝을 알 수 없는 비밀스러운 여성. 신비하고 불가사의한⋯⋯. 그래, 아야메 씨 같은. 나는 작게 몸을 떨었다.

"누나의 유품 중에 공책 한 권이 있었어."

혼잣말을 하듯 그는 이야기를 이어 갔다.

"내게 보내는 것으로 되어 있었고, 동화라고도 판타지 소설이라고도 할 수 없는 이야기 일곱 편이 적혀 있었어. 원래 글쓰기를 좋아하기는 했지만, 언제 그런 것을 썼을까⋯⋯."

"그게 『일곱 가지 이야기』였군요?"

세오 씨는 고개를 끄덕였다.

"단, 네가 알고 있는 이야기와는 조금 달라."

"어떤 식으로?"

나는 고개를 갸웃했다.

"누나가 쓴 이야기에는 아야메 씨가 나오지 않아. 아야메 씨는 내가 생각해 낸 인물이야."

"그렇다면⋯⋯."

나는 그렇게 외쳤지만 다음 말을 이을 수가 없었다.

"그래. 누나의 이야기는 전부 수수께끼를 남긴 채 끝나. 아무런 결론도 내지 않고. 마치 아쿠타가와 류노스케의 『덤불 속』처럼. 한참 시간이 지난 후에야 누나가 정말로 원하던 것이 무엇인지 알 것 같았어."

아야노 씨는 대체 어떤 생각으로 결말이 없는 이야기를 썼던 것일까?

'자, 이 수수께끼들을 풀어 봐……'

하나뿐인 동생에게 일곱 가지 수수께끼를 주고는 영원히 이 세상을 떠난 여성. 나는 다시 몸을 부르르 떨었다. 그녀는 왜 그런 일을 했을까? 거기에는 어떤 의미가 있었던 것일까?

"세오 씨가 너무 슬퍼하지 않도록? 일곱 개의 수수께끼에 몰두하면서 슬픔을 잊을 수 있도록?"

그렇게 묻는 내 목소리가 갈라졌다.

"확실히 나는 늘 수수께끼를 갈망하고 있는지도 몰라. 천문학에 매료된 것도 분명 그 때문이겠지."

"우주에는 별의 수만큼 수수께끼가 있으니까?"

"뭐, 그렇지." 그는 웃었다. "하지만 그건 나 따위는 손이 닿지 않는 수수께끼야. 누나가 준 것은 손을 뻗으면 닿을 수 있는 미스터리였어. 누나가 했던 생각의 흔적을 되짚는 것은 확실히 즐겁기도 했고. 그래서 일곱 가지의 수수께끼가 완전히 끝나 버렸을 때는……"

그는 말을 더듬거렸다.

"어찌할 바를 몰랐겠죠?"

조심스럽게 물어보았다. 세오 씨는 조금 웃더니 나를 똑바로 응시했다.

"그러던 때에 네게 편지가 온 거야. 네 편지는 늘 내게 새로운 수수께끼를 제공해 줬어. 소소하면서 때로는 재미있고, 때로는 안타까운 그런 수수께끼를 말이지. 너는 웃을지도 모르지만 이번 여름

만큼 생기 있게 보낸 적이 없었어. 그리고 편지를 주고받는 동안 아무래도 너를 직접 만나 보고 싶어졌어. 그래서 그 버스 정류장에서 기다렸던 거고."

"그랬어요?" 나도 모르게 당황해서 목소리가 높아졌다. "어쩐지 그 이후 교습소에 안 보인다 했어요."

"사실 면허증은 이미 있었어."

"처음부터 나라는 걸 알았어요?"

나는 눈을 치뜨고 상대방을 보았다. 세오 씨는 쓴웃음을 지었다.

"처음에는 별로 자신이 없었지만, 이야기해 보고는 확신했어."

그 대화의 어디에 나라고 확신할 수 있을 정도의 내용이 있었다는 것일까? 미심쩍어하는 나를 보고 그는 고백했다.

"사실을 말하자면, 그때 누군가가 네 이름을 불렀거든."

뭐야, 그런 거였어. 나는 짐짓 헛기침을 했다.

"여하튼 난 세오 씨의 추리력에 솔직히 고개를 숙입니다. 대단하다고 생각해요. 하지만." 나는 여기서 목소리에 힘을 주었다. "딱 한 번, 틀리지 않았나요?"

"틀렸다고?"

"시치미 떼 봐야 소용없어요. 여보세요, 홈스 씨. 왓슨도 백 년이 지나면 한 번 정도는 명탐정을 이길 수도 있지 않을까요? 브론토사우루스를 하늘에 날려 버린 건 누구였죠?"

그렇게 말하고는 웃어 보였다. 세오 씨는 한숨을 쉬더니 마침내 함께 웃기 시작했다.

"알았어. 난 이미 항복했으니까. 그 장난은 분명히 내가 했어."

"역시. 그 답장만 미적지근한 느낌이 들고 왠지 개운하지가 않아서 이상하다고 생각했어요. 게다가 누가 했는가 하는 중요한 부분은 전혀 다루지 않았고. 일부러 피하는 것 같았거든요. 그 장난은 그때 옥상에서 일하던 사람이 아니면 할 수 없는 장난이잖아요? 혹시 누름돌로 쓸 얼음을 제공한 사람은 매점의 남자분 아닌가요? 소프트아이스크림을 팔던."

"답장을 쓰면서 걸릴지도 모르겠다고 생각했어."

세오 씨는 코끝을 긁적였다.

"그런 짓을 하고도 아무렇지 않아요? 잘은 모르겠지만 절도나 횡령 같은 죄가 되는 것 아닌가요?"

"걸리면 그렇지. 네가 입 다물어 주면 괜찮고."

"어이없어……."

"너도 공범이라고 할 수 있지 않나?"

악동과 똑같이, 세오 씨는 히죽히죽 웃었다.

"내가요?"

"그때 그런 말 했지? 해달처럼, 튜브를 타고 바다에 둥둥 떠 있으면 기분 좋다고. 그때 마침 아이가 브론토사우루스를 발로 차고 있는 것이 보였거든."

나는 그때의 광경을 떠올렸다. 분명히 그런 일이 있었고, 그런 말도 했다. 하지만 그렇다고 해서 누가 그런 어처구니없는 장난을 생각해 내겠는가? 세오 씨나 가능한 얘기다. 나는 나도 모르게 큭큭 웃어 버렸다.

"끝이 좋으면 모든 게 좋다는 말도 있죠."

나는 화제를 바꾸기로 했다.

"사실 저는 아직 질문하고 싶은 게 남아 있어요."

"내가 대답할 수 있는 거라면 좋겠는데."

그는 조금 불안한 듯 말했다. 나는 진지한 표정을 지었다.

"오늘 일입니다. 저, 아무래도 석연치가 않아요."

"무슨?"

"세오 씨는 나와 마유키의 관계를 알고 있었잖아요. 그렇다면 오늘 이곳에서 만난 것은 우연이 아닌 거죠?"

"어느 쪽일까?"

그는 남의 일처럼 중얼거렸다. 그리고 맞은편 빌딩의 네온을 바라보다 다시 시선을 되돌렸다.

"내가 남의 집 가정사에 끼어들어 이것저것 획책했다고 생각해?"

"마유키가 그런 식으로 모습을 감춘 것은 아무리 생각해도 부자연스러워요. 게다가 처음에 세오 씨가 '흩어져서 찾아보자'고 하면서 밖으로 나갔기 때문에 우리는 마유키가 밖으로 나갔다고 착각했어요. 그 아이는 계속 안에 있었는데."

"이건 추측이지만⋯⋯," 당황한 듯 세오 씨는 말했다. "아소 씨는 어쩌면 마유키의 양육권을 포기할 생각이었는지도 몰라. 적어도 갈등은 하고 있었을 거야. 오늘 이곳에 온 이유는 헤어진 전남편과 논의를 하기 위해서였어."

나는 고개를 끄덕였다.

"마유키는 도저히 일곱 살짜리 아이로는 보이지 않아. 현명하고 감수성도 풍부해. 너도 이미 알고 있듯이 말이지."

나는 다시 말없이 고개를 끄덕였다.

"그리고 아소 씨는 본성이 무척 꿋꿋한 사람이야. 아까 순간 마유키를 잃어버리고, 다시는 잃지 않겠다고 생각하지 않았을까. 마유키가 그렇게 만든 거야. 이건 내 멋대로의 상상이지만."

나는 조금 전 아소 씨의 긴장한 표정을 떠올렸다. 그리고 처음에 내게 의미 있는 듯한 웃음을 보냈던 소녀의 표정도. 하지만…….

"상상이 아니군요." 나는 중얼거렸다.

상상이 아니다. 가정도 아니다. 사실 그대로다. 분명히.

마유키는 분명히 무척 영리한 아이다. 그 아이는 엄마와 헤어지고 싶지 않았던 만큼, 멋진 연출을 해냈다.

겨우 일곱 살짜리 아이가.

하지만 그 아이는 토끼 때문에 사라지기는 해도 무언가 계산적으로 사라질 아이가 아니다. 최소한 그 아이의 발상은 아니다.

나는 세오 씨의 얼굴을 뚫어지게 바라보았다.

"그럼 이것은 제 상상입니다만……. 마유키에게 뭔가 입김을 불어넣은 사람이 있는 게 아닐까요? 어머니가 돌이킬 수 없는 결정을 하기 전에 그 아이가 무엇을 하면 좋을지를. 더구나 천체 투영관 안에서 몰래 자리를 벗어난 아이를 숨겨 준 사람도 있지 않을까요?"

아무리 소녀의 옷이 시트와 같은 색이었다고 해도 처음 사라졌을 때 천체 투영관 안에서 모습이 보이지 않았다는 것은 역시 부자연스럽다.

"그럴 것 같네. 예컨대 네 말이라면 그 아이는 분명히 따랐겠지."

"내가 그렇게 말했다고 전한다면 누가 말하더라도 따랐겠죠."

마침내 나는 나의 자그마한 역할이 무엇이었는지를 이해했다.

"그럴지도 모르지."

세오 씨의 능청스러운 대답에 나는 불만스러운 표정을 지었다.

"세오 씨처럼 머리 좋은 사람의 가장 큰 결점은 말이죠, 자기 이외의 사람들은 아무 생각도 하지 않는다고 믿는 겁니다. 악의가 없어서 대하기가 더 힘들죠. 홈스나 명탐정 푸아로와 똑같아요. '상황은 명백해. 조금 더 자신의 회색 뇌세포를 사용하게, 헤이스팅스.' 따위의 잘난 척을 하다가 발밑의 작은 돌에 걸려 넘어져 버리는 타입이에요, 세오 씨는."

"내가 뭔가 불쾌한 말이라도 한 건가⋯⋯."

세오 씨는 오히려 당황한 듯 중얼거렸다.

"그러면, 한 가지 다른 걸 가르쳐 줄까?"

"뭘요?"

"나는 마유키의 아버지와도 개인적인 친분이 있어. 그가 되돌리고 싶어 하는 것은 마유키만이 아니야. 아소 씨에게도 계속 마음이 남아 있는 모양이야. 양육권 다툼을 재판으로 가져가지 않는 것도 그 때문이고. 그리고 이건 그냥 내 느낌인데, 아소 씨도⋯⋯."

세오 씨의 시선이 갑자기 흔들렸다. 뒤돌아보니 마침 은색 건물에서 세 사람이 나오는 중이었다. 어두워서 거의 실루엣으로밖에 보이지 않았다. 다부지고 커다란 실루엣과 가녀리고 긴 실루엣, 그리고 가늘고 조그마한 실루엣.

옥상 한가운데에 낡은 조명이 만드는 작은 빛의 원이 있었다. 그 안으로 세 개의 실루엣이 흔들거리며 들어갔을 때 나는 마유키가 돌아보는 것을 보았다. 그리 밝지 않은 스포트라이트 속에서 소녀는 분명히 우리를 알아보았고, 그리고 생긋 미소 지었다.

소녀의 작은 손은, 한쪽은 엄마의 손으로 다른 한쪽은 아빠의 손으로 꼭 감싸여 있었다.

〈올드 랭 사인〉이 장소에 어울리지 않게 장엄하게 흐르기 시작했다. 그 사이로 안내 방송이 뜨문뜨문 들려왔다.

"오늘 영업시간은…… 즐거운 쇼핑 되셨습니까…… 찾아 주셔서 진심으로……."

"자, 이제 우리도 나가야지."

세오 씨가 쾌활하게 말했다.

"그래요. 우리가 할 수 있는 게 이젠 없네요. 결국 세상일은 잘되든가, 잘 안 되든가 둘 중 하나예요. 뭐, 통계학적으로 볼 때 오십 퍼센트는 잘된다는 거죠. 반올림하면 백 퍼센트고."

"낙관주의가 삶의 모토인가?"

그는 재미있다는 듯 나를 보았다.

"그편이 살아가기 편할지도 모르죠. 적어도 비관주의보다는. 하지만 전 어느 쪽도 아니에요."

나는 신나서 떠들었다. 아까의 환등幻燈 같은 광경이 내 태도와 말투에서 삐거덕거리는 낡은 경첩 소리 같은 어색함과 불필요한 방어 자세를 완전히 씻어 냈다.

"그렇군." 세오 씨가 나지막이 말했다. "네가 현실주의자이면서 동시에 낭만주의자이기도 한 것처럼."

"저, 질문이 있는데요."

나는 뭐라고 대답해야 좋을지 몰라 갑자기 화제를 바꾸었다.

"뭔데?"

"아소 씨는 세오 씨에게 어떤 사람인가요? 작가와 일러스트레이터의 관계 말고요."

그는 쓴웃음을 지었다.

"작가라고 불리기에 난 너무 어설프지만. 아소 씨는 누나의 친한 친구였어. 예전부터 잘 알고 지냈고."

"그렇군요."

나는 털썩 주저앉았다. 콘크리트가 품고 있는 열기가 희미하게 전해진다. 세오 씨는 나를 내려다보며 웃었다.

"나도 두 가지 질문이 있는데, 괜찮지? 먼저. 첫 번째 질문은……."

그가 갑자기 말을 멈춰서 나는 심장이 덜컹했다.

"결국 운전면허는 땄어?"

내심 실망했다.

"덕분에요. 이번 달 초에 간신히."

"그렇다는 건 반년이나 걸렸다는 거네?"

손가락을 꼽아 가며 실례되기 그지없는 말을 한다.

"그만해요." 나는 입을 삐죽 내밀었다. "시작한 건 사월이라고 해도 말이었고, 면허를 딴 건 구월 초니까 그렇게 계산하면 안 되죠. 게다가 도중에 조금 쉬기도 했으니까……, 사, 아니 삼 개월 반 정도. 표준입니다."

세오 씨는 큭큭 웃었다.

"여하튼 축하해."

"진심으로 감사합니다."

나는 짐짓 고개를 숙였다. 그는 히죽 웃었지만 곧 진지한 표정으로 말을 이었다.

"또 하나는, 너와 나의 편지에 관한 건데……."

"그게 왜요?"

지금은 세오 씨와 내가 편지를 교환하고 있었다는 사실이 도저히 믿기지 않는다. 생각해 보면 상당히 부끄러운 내용도 썼던 것 같다. 하지만 내게는 더없이 소중한 편지였다.

"계속 생각해 봤는데, 그걸 소설식으로 정리하면 분명 재미있는 책이 되지 않을까?"

나는 눈을 크게 떴다.

"물론 공저로. 어떻게 생각해?"

나는 한동안 말이 나오지 않았다. 심장이 두근두근했다.

"대단해요. 감동이야! 정말로 그럴 수 있어요? 세오 씨와 나의, 책이?"

"출판할 수 있을지 없을지는 아직 모르지만 노력해 볼 가치는 있다고 생각해."

"부디 할 수 있게 해 주세요. 대단해. 꿈같아!"

"이리에는 책을 좋아하지?"

"네. 세오 씨가 별을 좋아하는 것과 비슷할 정도로."

"나도 책을 좋아해. 많이 읽어."

왠지 얼굴이 뜨거워졌다. 나는 깜박깜박 빛나는 네온을 바라보았다. 그때 갑자기 머리에 떠오르는 것이 있었다.

"저기, 하나만 더 묻고 싶은데요."

"어떤 건데?"

"아니에요, 됐어요."

나는 머뭇거리며 고개를 숙였다.

"뭐야, 말을 시작해 놓고. 괜찮으니까 말해 봐."

"아니, 전혀 중요한 거 아니에요."

"상관없다니까."

"정말로 별거 아니에요. 있잖아요, 그러니까 공저의 경우……."

"응."

세오 씨는 벙긋벙긋 웃으며 추임새를 넣었다.

"인세는 구체적으로 어느 정도 받을 수 있어요?"

……결론부터 말하자면 나의 소박한 의문은 (안타깝게도) 대답을

얻을 수 없었다. 세오 씨는 난간에 기댄 상태 그대로 주르륵 내려앉았고, 그대로 배 부근을 누르며 괴로운 듯 웃음을 터뜨렸던 것이다.

*추신

세오 씨에게.

그 이후 어떻게 지내시나요?

빨강 머리 앤을 흉내 내자면, 오늘은 '내 생애 최고의 날', 또는 '최고의 놀라움으로 가득한 날'이었습니다. 소포를 받고 내용물을 본 순간, 나는 숨이 멎는 줄 알았습니다. 말해 두지만, 이건 조금도 과장된 표현이 아닙니다. 정말 지금까지도 호흡이 괴로울 정도입니다.

이렇게 된 것은 모두 세오 씨가 나빴기 때문입니다. 세상 어디에 자신이 쓴 책의 제목도, 표지도 모르는 공저자가 있을까요? 무엇을 물어도 '책이 나와 보면 안다'는 식으로 얼버무리고.

아소 씨도 그래요. 우리가 축하해 주러 갔을 때도 무엇 하나 말해 주지 않았어요. 그거야 아소 씨가 스케치하게 해 달라고 했을 때는 마냥 기분이 좋아서 포즈를 취하기도 했지만……. 그래도 이건 기습 공격입니다. 정말이지, 제 주변에는 모두 친절한 비밀주의자들만 있어서 감당이 안 됩니다. 덕분에 전 마음의 준비를 전혀 할 수 없었어요. 세오 씨는 제 심장이 튼튼한 것에 감사해야 합니다. 너무 기쁘고 놀라서 정신을 잃고 죽는다면, 죽음의 한 형태로는 이상적일지 모르겠지만 전 사양하겠습니다.

물론 아소 씨의 일러스트로 표지를 장식하는 것은 멋진 일입니다. 처음부터 바랐던 것이니까요. 문제는 그러니까 그 일러스트의 모델입니다.

처음에는 '어디서 본 얼굴인데.' 하고 느긋하게 생각했는데 자세히 보니 어이없게도 제 얼굴이 아닙니까. 설마 책 표지에서 내가 내게 미소 짓고 있다니, 대체 누가 상상이나 할 수 있겠습니까? 이런 기습 공격을 당하는 순간이 인생에서 그리 흔하지는 않을 거라고 생각합니다. '세오 씨, 아소 씨, 해냈네요.' 하는 느낌입니다.

세오 씨가 『일곱 가지 이야기』를 처음 손에 들었을 때의 기분을 지금 제가 절실히 이해하고 있다고 생각합니다. 언젠가 이 감정에 대해 천천히 이야기해 봤으면 합니다. 지금 당장은 아니고요.

그런데 그 일러스트를 보고 어떠셨나요? 저나 가족들은 제 삼자의 눈으로 볼 수 없어서요(혹시, 제법 예쁘지 않나 하고 생각합니다만 어떤가요? 제삼자로서의 객관적인 의견을 기다리겠습니다).

표지 이야기만 하고 정작 중요한, 내용에 대해서는 전혀 얘기하지 않고 있네요. 사실, 부끄러워서 아직 한 쪽도 읽지 못하고 있기 때문입니다. 겨우 두세 줄만 읽었을 뿐, 엉뚱하게도 글을 쓸 때 오른쪽으로 심하게 기울어지는 버릇이 떠올라 도저히 더 이상 읽을 수가 없었습니다. 정연하게 늘어선 무개성의 활자가 부끄럽다니 이상한 일이죠?

그런 이유로 아직 내용에 대해서 말할 단계에 이르지 못한 것입니다. 일단은 한 쪽씩 천천히 읽을 생각입니다. 로마는 하루아침에 이루어지지 않는 법입니다.

그래서 제가 하고 싶은 말은 제목에 대해서입니다. 또다시 원망의 말이 됩니다만, 저는 정말이지 오늘 이날까지 제목조차 몰랐었으니까요. 물론 제가 천하태평이었다는 것은 인정합니다. 그 주제에 불만 따위 있을 리가 없죠.

『1만2천 년 후의 직녀성에게』

묘하게 사랑스러운, 좋은 제목이라고 생각합니다. 우리에게는 그 제목을 둘러싼 작은 추억도 있고요.

예전에 링컨 대통령에게 순진한 편지를 보낸 소녀가 있었습니다. 그 편지는 대통령이 저 유명한 수염을 기르게 된 계기가 되었죠. 우리 작품이 그대로 온전히 한 통의 편지라고 생각하는 것은 멋지지 않나요? 소소하고 조촐하고 시시한 1만 2천 년 후의 직녀성 앞으로 보낸 편지입니다.

저는 이제 그만 펜을 내려놓을 생각입니다만 마지막으로 꼭 전하고 싶은 일이 있습니다.
이미 알고 계시듯이 저는 이틀 전에 생일을 맞이했습니다.
그리고 한 가지 명확한 사실을 깨달았습니다.
결국, 스무 살이 된다는 것도 그렇게 나쁘지 않았다는 것입니다.

추신
아, 깜박할 뻔했습니다. 요전에 조금 재미있는 일이 있었습니다.
월요일 아침, 저는 평상시와 마찬가지로 전철을 타고…….

편집자의 말

일상 속 미스터리

고등학생 때였다고 기억한다. 그때 우리 가족은 2층짜리 연립주택 2층에 살고 있었다. 동도 트지 않은 깜깜한 성탄절 새벽, 미사에 가려고 온 가족이 서둘러 외출 준비를 하고 있을 때, 나는 앞장서서 현관문을 열고 밖으로 나왔다. 문을 연 순간 나는 외마디소리를 내며 발걸음을 멈추고 말았다. 계단 난간과 벽 사이 구석에 웬 어린 소녀가 두 손으로 다리를 감싼 채 웅크리고 앉아 있었기 때문이다. 머리를 무릎 사이에 콕 파묻고 있어서 얼굴은 보이지 않았다. 양 갈래로 머리카락을 땋은 동그란 머리만 보일 뿐이었다. 행색이 꾀죄죄했던 것으로 기억한다. 깜깜한 복도에는 창에서 비쳐드는 희미한 별빛뿐이었다. 복도가 깜깜했으니 세월이 흐르면서 각색된 기억일 수도 있다. 나는 왠지 그 아이가 고개를 쳐들고 나와 눈을 마주칠까

봐 두려웠다. 놀랐다기보다 무서웠던 나는 다시 문을 열고 집 안으로 들어가 어머니에게 현관 밖의 상황을 설명했다. 그 광경을 온 가족이 목격했는지 아닌지는 정확히 기억나지 않는다. 어쨌든 10초도 안 되는 매우 짧은 순간이었고, 이미 꽤 오래전 이야기다. 문을 다시 열었을 때 그 아이는 연기처럼 사라지고 없었다. 무언가에 홀린 기분이었다.

그때 그 아이는 부모에게 버림받은 소녀였는지도 모르고, 길을 잃고 헤매다 지쳐 남의 집 문 앞에서 휴식을 취하고 있던 소녀였을 수도 있었으며, 뭔가 내가 전혀 상상도 할 수 없는 이유로 그곳에서 웅크리고 앉아 있었는지도 모른다. 사연이야 어찌 됐든 나는 그 아이를 처음 본 순간 현관문을 닫지 말았어야 했고, 말을 걸고 추운 복도에서 따뜻한 집 안으로 들였어야 했다. 성탄절만 되면 마음의 짐처럼 그 소녀가 생각난다. 그 어린 소녀는 도대체 어떤 사연으로 누구나 행복해야 할 성탄절 새벽에 우리 집 현관 앞에 웅크리고 있어야 했을까?

사에키 아야노 님의 주소를 안다면 편지라도 보내고 싶은 심정이다. 이리에 고마코의 말처럼 언제고 어디서고 수수께끼는 바로 옆에 있다.

가노 도모코의 『일곱 가지 이야기』는 내가 출판사를 차리겠다고 마음먹었을 때부터 내고 싶다고 생각했던 작품이었다. 그러나 유감스럽게도 그때는 이미 다른 출판사와 계약이 되어 있는 상황이었다. 계약 기간 동안 이 작품은 출간되지 않았고, 그 출판사와 계약 기간이 끝난 이후 운 좋게도(?) 우리 출판사에서 국내 독자들에게 선보일 수 있게 되었다.

『일곱 가지 이야기』는 코지 미스터리 혹은 일본에서 일상 미스터리라고 부르는 계열의 작품이다. 피가 튀는 살인 사건은 등장하지 않는다. 보다 자극적인 이야기를 기대했던 독자라면 실망할 수도 있겠지만 작중에 나오는 이야기처럼 이 책의 표지 일러스트를 보고, 잔혹하고 선정적인 이야기를 기대한 독자는 없으리라.

어쨌든 지금쯤 아기 엄마가 되었을 법한 그때 그 소녀가 혹여라도 이 책을 읽고 출판사로 편지라도 보내 그때의 사연을 전해 준다면 좋으련만.

일곱가지이야기

초판1쇄 발행 2016년 4월 1일
초판2쇄 발행 2017년 7월 17일

지은이 | 가노 도모코
옮긴이 | 박정임
발행인 | 박세진
교　정 | 양은희, 윤숙영, 이달님, 이형일,
　　　　임은정, 장율휘, 정경혜
표지디자인 | 허은정
용　지 | 두송지업
인　쇄 | 대덕문화사
제　본 | 자현제책사

펴낸곳 | 피니스 아프리카에
출판등록 | 2010년 10월 12일 제25100-2010-000041호
주소 | 06593 서울시 서초구 반포동 47-5 낙강빌딩 2층
전화 | 02-3436-8813
팩스 | 02-6442-8814
블로그 | www.finisafricae.co.kr
메일 | finisaf@naver.com

책값은 뒤표지에 있습니다.
파본은 구입하신 곳에서 교환해 드립니다.